유쾌한 랄라 씨, 엉뚱한 네가 좋아

유쾌한 랄라 씨, 엉뚱한 네가 좋아

이은미 지음

움직이는책

차례

1장 | 덜컹덜컹, 기차를 타다

2장 | 환승, 거꾸로 느리게 가다

3장 | 여행,
배우고 성장하다

4장 | 맞얽힘, 맞섬 들이 하나되다

5장 | 인생 플랫폼, ~과 함께하다

등장인물

랄라

재미와 의미 가득한 이야기꾼이자 엉뚱하고 낙천적인 소녀 감성 소유자. 상상력과 유쾌함이 트레이드마크이다. 책과 마을공동체 일에 앞장서는 오지라퍼이다.

제나

랄라의 옆짝꿍. 랄라와 덤 앤 더머 부부이다. 기타 치며 김광석 노래를 잘해서 반월의 박광석이라고 불린다. 손재주가 좋아 뭐든 뚝딱뚝딱 잘 고친다.

햇살

스무 살 새내기 대학생이자 랄라와 제나의 아들. 누구보다 섬세하고 따뜻한 영혼의 소유자. 책, 친구, 게임을 사랑하며 매일매일 행복하다고 말한다.

유쾌한 랄라 씨, 엉뚱한 네가 좋아

아버님

햇살이 할아버지. 평소에 말수가 없으나 재치 있는 달변가. 실수투성이 며느리와 함께 살며 포용력의 진면목을 보인다. 제나, 랄라, 햇살이와 시골 반월에 산다.

룰루

만능 검지 손가락으로 트렌드를 주도하는 웹디자이너. 랄라와 21살 나이 차이를 극복하며 인형극을 한다. 이씨네(2CINE) 마스코트며 웃음전도사다.

나무

룰루랄라 인형극단 매니저이자 보디가드. 30년을 책과 함께한 사람이다. 책과 사람 그리고 문화를 잇는 유능한 콘텐츠 플랫포머이지만, 공동체와 연대를 위해 항상 자신의 꿈을 미룬다.

프롤로그

기차표를 들고서

"안녕하세요? 갈팡질팡역으로 가는 기차표를 사려고요."

"네~ 몇 시 출발로 드릴까요?"

"지금 바로 출발하는 표로 주세요. 어, 저기… 유쾌한역 표로 바꿀게요."

"뒤죽박죽역을 거쳐 유쾌한역, 맞얽힘역, 인생 플랫폼역에 도착하는 승차권이 있는데 그 표로 드릴까요?"

"아, 그럼 그걸로 여러 장 주세요."

"여행을 친구들과 함께 가시나 봐요?"

"네, 지금부터 인생 열차를 타고 친구들과 함께 떠나려고요."

"즐거운 여행 하세요."

반월에서 인생 열차표를 끊었다. 여행을 함께할 친구들이 하나둘 모인다. 햇살이와 제나가 손을 잡고 기차에 오른다. 20대 룰루가 알록달록 캐리어를 끌고 기차에 탄다. 공자, 노자, 손자, 장자가 중용과 평천하를 논하며 내 좌석 앞에 앉는다. 삐삐가 닐슨씨, 말아저씨와 옆 좌석에 앉는다. 곰돌이 푸와 토토는 창가에 앉아 보리에게 어서 올라타라고 손짓한다. 덜컹덜컹, 기차가 출발한다.

갈팡질팡역을 가는 내내 간이역에서 무얼 먹을지 고민한다. 기차여행은 간이역에서 먹는 우동 맛이 그만인데… 매콤한 라면을 먹을까? 탕수육에 짜장면을 먹을까? 떡볶이에 김밥은? 아, 내 마음도 갈팡질팡한다.

"뒤죽박죽역으로 출발합니다. 여행객들은 승차해 주세요."

갈팡질팡역에서 출발한 기차는 아주 천천히 느릿느릿 기어간다.

"어? 왜 이리 거북이처럼 느리게 가지?"

"느리다 못해 뒤로 가기도 하는걸?"

"뒤죽박죽역에 도착은 할 수 있을까?"

"내려서 다른 기차로 바꿔 타라는 건 또 뭐야?"

환승, 느리게 거꾸로 가는 역들을 지난다. 그리고 인생 여행을 하며 배우고 성장한다.

작년 겨울에 『맞얽힘: 맞선 둘은 하나다』(이하 맞얽힘) 가제본을 읽었다. 맞얽힘이 뭐지? 동양의 세계관을 새롭게 해석했다고?

동양 사상가 중에 공자, 장자를 좋아해서 동양의 세계관을 담은 맞얽힘은 궁금증과 호기심을 일으키기에 충분했다. 맞얽힘 내용은 무척 흥미롭고 재미있었다. '맞얽힘'은 '맞선 둘이 얽혀 하나'라고 설명한다. 맞얽힘이 말하는 세계 생성의 원리는 공자, 장자는 물론이고 노자, 손자까지 좋아하게 만들었다. 책을 덮고 가만히 내 인생을 돌아보았다. 일상에서 맞얽힘을 깨닫고 실천하는 내가 보였다. 삶과 죽음을 마주했던 경험들, 아이와 사춘기를 겪으며 사랑과 분노를 쏟아놓던 사건들, 룰루랄라 인형극단을 하며 기쁨과 슬픔을 느끼던 시간들, 마을활동가로 공동체와 함께하며 희망과 절망을 오가던 순간들은 모두 맞선 둘이 하나인 맞얽힘이었다. 나와 남, 삶과 죽음, 사랑과 분노, 기쁨과 슬픔, 희망과 절망… 이 둘은 모두 맞선 인소이다. 맞선 두 인소가 얽혀 하나로 내 인생에 자리하고 있었다.

그 재미난 이야기를 사람들과 함께 나누고 싶었다. 나는 어려운 이야기도 쉽고 재미있게 풀어내는 탁월한 재능이 있으니까. 어쩌면 이 능력은 어려운 이야기를 좋아하지 않는 인생철학 덕분인지도 모르겠다. 또 하나! 구름과 바람, 해와 달, 산과 돌멩이, 꽃과 책… 그 무엇과도 말이 잘 통하는 이야기꾼이니까. 그래서 이야기를 SNS에 적기 시작했다. 일상생활에서 얻은 맞얽힘에 관한 통찰을 하나하나 써가며 소통하고 나누었다. 삶에서 경험한 맞얽힘을 기록하다 보니 기차를 타고 인생 여행길을 떠나는 듯했다. 갈팡질팡, 뒤죽박죽이라고만 생각했던 지나온 삶은 유쾌한 인생과 함께였다는 걸 깨달았다. 맞선 둘이 하나인 맞얽힘으로 바라보니 여유가 생기고 평온했다.

『유쾌한 랄라 씨』는 기차를 타고 인생 플랫폼을 향해 함께 떠나는 여행이다.

여기, 랄라 씨와 함께 여행을 떠날 기차표가 있다.

기차를 타고 유쾌하게 인생 여행 고고고~♬

2021년 8월 6일 반월역에서

랄라 씨

1장

덜컹덜컹,
기차를 타다

삶의 무거운 벽돌과 모래를 짊어지고 현장에 서 있었다.

지금도 포장마차와 공사 현장을 그냥 지나치지 못한다.

그들의 수고로움과 땀방울이 얼마나 값지고 아름다운지 알기에

한참 서서 바라본다. 존경심을 가득 담아서.

10원과 뽀빠이

통증 치료를 마치고 병원을 나서니 길바닥에 반짝이는 물체가 보인다. 십 원이다. 요즘 카드 사용이 생활화 되어 동전을 만나기가 쉽지 않다. 게다가 90원으로 끝나는 물건도 거의 없으니 볼일이 없긴 하다. 10원을 주워들고 한참 들여다본다. 10원과 뽀빠이 사건이 떠오른다.

10원이던 뽀빠이 과자가 최고로 맛나던 시절. 색색이 별사탕이 들어있던 뽀빠이는 인기 만점이었다. 동생 옷 주머니에 뽀빠이가 빵빵하게 들어차 터질 듯했다. 동생은 색별로 별사탕을 내밀며 누나도 먹으라며 건넸다. 허겁지겁 달달한 별사탕을 입에 넣으니 우주에 온 듯 황홀했다. 뽀빠이를 맛있게 먹으며 누가 샀냐고 물으니 동생은 비밀이라며 귓속말을 했다.

"누나, 이거 셋째 누나가 샀어."

"언니가? 언니가 돈이 어딨다고 일케 많이?"

"그게… 그니까… 거시기… 근게….'

"말 똑바로 해라잉. 훔쳤어? 도둑질한 겨?"

"아니! 훔친 건 아냐! 아빠 양복 주머니에서 잠깐 빌린 거지."

"뭐여? 아빠 양복에서 가져갔다고? 둘이 다리몽둥이 뽀사지
려고 환장했네."

목구멍으로 넘어가던 고소한 뽀빠이가 콱 막혔다. 삼키자니
공범이 될 것 같고, 뱉자니 맛있어 갈등이 심해졌다. 부모님께서
항상 말씀하신 음식을 버리면 천벌을 받는다는 가르침을 끄집어

오며 기어이 뽀빠이를 뱃속으로 밀어 넣었다. 나도 뽀빠이를 먹었으니 몰래 돈을 훔친 동생과 언니랑 공범이 됐다.

어린 동생은 뽀빠이를 아껴 먹는다고 간직했다. 언니는 어디 싸댕기는지 해가 지고 어두워졌는데도 나타나지 않았다. 양쪽 주머니에 뽀빠이를 가득 넣어둔 채 해맑게 잠든 동생을 보니 뽀빠이 과자 속 별사탕처럼 걱정이 톡톡 터져 나왔다.

나쁜 짓을 했으면 흔적을 남기지나 말지. 딱 걸렸다.

잠든 사이 동생 주머니에선 뽀빠이가 주르륵 흘러나왔고, 그걸 아빠가 발견하셨다. 철두철미하셨던 아빠는 며칠 동안 잔돈이 사라져서 이상하다고 생각하셨는데 제대로 걸렸다. 아빠가 흔들리는 눈동자와 호흡이 고르지 않은 두 자녀를 예리하게 발견하시고 탐정 홈즈가 되어 추궁하셨다. 남의 물건은 절대 손대면 안 된다고 정직을 강조하시던 부모님이니 그날 사달이 난 건 뻔했다.

셋이 무릎을 꿇고 아빠 잔소리를 들었다(주동자 언니랑 행동대장 동생이 맞았는지, 손을 들고 벌을 섰는지는 하나도 기억나지 않는다). 듣고 또 듣고 듣다가 지쳐서 쏟아지는 졸음을 참느라 허벅지를 계속 꼬집었다. '도와줘요, 뽀빠이! 구해줘요, 뽀빠이!!'를 주문처럼 속으로 외쳤다. 올리브를 구해주던 뽀빠이는 도통 나타나질 않았다. 억울했다. 난 훔치지도 않았고, 먹다가 그 사실을 알았을 뿐인데 공범이라며 된통 혼나니 서럽고 눈물만 났다. 내가 정말 억울했던 건, 언니랑 동생이 이미 몇 차례나 맛난 과자를 둘이서만 먹었다는 사실이다. 동생과 언니 둘이서 그동안 먹은 맛있는 과자를 생각하니 화가 치밀었다. 그 뒤 뽀빠이만 보면 부아가 나고 속상해서 안 사 먹었다.

40년이 흘러 지금 레트로 과자가 쏟아진다. 뽀빠이 과자 역시 낱개로도 팔고, 세트 포장으로도 판매한다. 요즘은 사연 깊은 뽀빠이를 자주 사서 먹는다. 뽀빠이를 먹으면 97세가 되신 아빠가 생각나서 좋다. 참말 좋다.

추억의 뽀빠이! 어릴 적 엄마 수중엔 10원짜리도 없어서 과자 하나 맘대로 사 줄 수 없었나 봐요. 밀가루를 지렁이처럼 가늘게 반죽한 것을 젓가락으로 뚝뚝 잘라서 기름에 튀겼다가 채반에 살짝 말렸나 어쨌나, 암튼 뽀빠이 맛이랑 아주 비슷하게 만들어줬어요. -최운경

즐겁게 읽었어요. 그리운 시절입니다. 먹던 것도 나눠 먹던 마스크 없던 시절. -이정순

2인 1조 타짜 사기단

저녁을 먹으며 대학생이 된 햇살이와 대화를 나눈다. 대학 첫 수업이 어땠는지 물으니 고등학생 때랑 똑같단다. 코로나로 다들 집에서 줌 수업을 들으니 달라진 게 없다고 한다. 기숙사에 들어간 친구도 기숙사에서 게임하고, 다른 친구도 집에서 게임하고, 본인은 더 열심히 한단다.

"이건 다 아빠 피를 물려받아서 그런 거예요. 흐흐흐." 넉살 좋은 햇살이는 아빠 탓을 한다.

"햇살아, 네가 모르나 본데. 그건 엄마가 태교로 고스톱을 매일 쳐서 그래." 옆짝꿍 제나는 원인 제공이 나라며 피해 간다.

"정말요? 어쩐지 통계, 확률에 눈이 일찍 뜨였다 했네요."

"너, 통계, 확률 잘했어?"

"아니요. 수학은 재미없었죠. 초딩 때부터 뽑기랑 주식, 게임도 그런 쪽이 재미있고 많이 했다는 얘기죠."

그러고 보니 난 임신해서 태교로 한게임 고스톱을 쳤다. 그때 한창 유행하던 컴퓨터 게임이다. 임신했을 때 고스톱 치던 얘기를 하며 셋이서 웃다 보니 내 속에 타짜 피가 흐르는 걸 감지했다. 오래전 기억이 떠오른다.

난 여덟 살 나이에 이미 화투 신이었다. 할머니는 아침에 눈을 뜨시면 화투로 하루 운수를 떼셨다. 그렇게 어깨너머로 배워서 나도 할머니와 함께 화투로 운수를 봤다. 학교 마치고 오면 할머니는 손녀를 기다렸다가 민화투를 치셨다. 내가 좋아하는 건 홍단 청단 구사였고, 할머니는 비약 풍약 광약을 좋아하셨다. 우린 화투 친구가 되어 10원짜리 민화투를 매일 쳤다. 그 덕에 산수는 늘 백 점이었다.

시골집엔 친척들이 언제나 많이 모였다. 서울 대전 전주 목포 각지에서 할머니를 만나러 오고, 제사가 12번 넘게 있어서 매달 전이며 과일이 가득했다. 맛난 음식도 좋았지만, 내가 눈독 들인 건, 밤에 친척들이 모여서 치는 고스톱 시간이었다. 음식 심부름하며 밤만 잘 버티면 꽤 수입이 짭짤했다. 고스톱을 구경하고 있으면 이긴 사람은 딴 돈에서 얼마를 떼어 준다. 그걸 '개평'이라고 한다. 어린 나이지만 개평을 많이 받으려면 이기고 있는 사람이 쓰리고, 피박, 광박, 흔들어야 좋다는 것도 알게 되었다. 그렇게 난

전주 고모는 멧돼지고기
잡쉬봤어요? 맛난디…

유쾌한 랄라 씨, 엉뚱한 네가 좋아

서서히 타짜가 되어갔다.

고스톱을 치는 친척 중에 유독 돈을 잘 따는 삼촌이 계셨다. 난 삼촌을 팍팍 밀어줘야 내 주머니도 두둑해진다고 생각했다. 바로 작전에 돌입했다.

"목포 고모, 올해는 메주 쑤셔요?"

"아빠, 내일 비 오면 논에 나락들 비닐 씌워야겠네요?"

"전주 고모는 멧돼지고기 잡숴봤어요? 맛난디…."

이건 목포 고모가 매조를 들고 있고, 아빠는 비 10끗짜리를, 전주 고모는 돼지가 있다는 신호다. 삼촌은 껄껄 웃으시며 고걸 살살 피해서 화투를 내리치셨다. 쫙! 쫙! 화투가 부딪치는 소리가 마냥 신났다. 결과는 쓰리고 피박 광박이다! 오예~

그날 개평으로 받은 돈이 으찌나 많든지 양쪽 주머니가 무거웠다. 딸그락 싸그락 묵직한 동전을 만지며 잠자리에 들었다. 기뻐서 날이 새도 잠이 오지 않았다. 여덟 살이던 나는 삼촌과 2인 1조 타짜 친구였다.

저도 고스톱 좋아하는데 늘 열린 지갑입니다. -조미영

역시 은미는 남달랐는데 어릴 때부터. 나는 화투 치는 것 싫어했는데 우리 할머니도 나한테 맨날 민화투 치자고 해서 정말 싫었어. ㅎㅎㅎ -오정옥

측간에서 나누는 정

40년도 훨씬 전 초등시절 측간 이야기이다.

내가 살던 시골집엔 화장실이 두 개였다. 정확하게 표현하자면 변소 똥통이 두 칸이었다. 지금처럼 양변기가 아니고 깊은 산속 절에서 볼 수 있는 그런 해우소처럼 생긴 화장실이다. 할머니, 엄마, 아빠, 7남매 총 열 명이 드나드는 측간이다. 그러니 똥통이 한 칸이면 곤란했을 게다. 직접 집을 설계하신 아빠의 혜안은 변소통을 기다랗게 만드셨고, 넉넉하게 2개로 완성하셨다. 그때 당시 누구 집에 가서 봐도 우리 집 측간처럼 큰 곳은 본 적이 없다. 그럴 수밖에. 화장실 한 곳에 똥통이 두 개인 집은 없었으니. 아~ 울 아빠는 창의력이 와장창 빛나셨구나.

아침이면 밥상머리 대화를 하는 여느 집과 달리 우린 측간에서 교육이 이루어졌다.

유쾌한 랄라 씨. 엉뚱한 네가 좋아

당근 궁둥이를 까고서. 아빠 연설은 굵은 고구마 똥이 퉁! 떨어지며 시작됐다.

"숙제는 다 했제? 학교 가면 선생님 말씀에 바르게 답하고, 옷은 정갈하게 입고, 친구들과 사이좋게 지내고, 항상 남을 먼저 생각하고 양보하고…."

물론 나도 힘주어 똥으로 대답한다.

퉁! 퉁! 팅! 또르륵!

학교를 마치면 선수 교체. 엄마가 측간에 계신다.

"학교는 재밌었제? 친구랑 싸우진 않았고? 느그들 학교 가고 목화밭에 풀 매는데 거시기들이 오사게 뽑아도 많이 있네. 거, 머시냐… 성머리양반 아픈갑드라. 오늘 논에도 못 나왔다드라. 갸는 학교 왔드냐?"

엄마는 농사일과 동네 구석구석 소식을 측간에서 들려주셨다. 나도 학교에서 있었던 일들을 엄마에게 조잘댔다.

"엄마, 오늘 갸는 학교 왔든디요. 아, 근게 갸 얼굴이 아픈갑다 했는디… 갸 아빠가 단단히 아프셔서 그랬고만. 근디 엄마, 나 구두는 은제 사준당가? 언니만 구두 사주고."

물론 궁둥이를 까고서. 우린 서로 말을 안 해도 첨벙! 통! 탁! 또독! 똥 떨어지는 소리로 대답을 나누곤 했다.

저녁엔 과한 식사로 측간에서 엄마, 아빠, 형제들과도 똥을 누

며 정을 나누곤 했다. 길~~다란 똥통 한 칸엔 궁둥이를 마주 보
고 둘이 앉을 수 있다. 넷이서 도란도란 똥을 누며 웃고 난리다.
가끔 넷이서 누는 똥은 웅장한 연주가 됐다. 아마도 내 음악적 감
각은 똥 떨어지는 소리에서 시작되었나 보다. 똥! 또르르륵! 쿵!

똥통은 한세대 위 고급 시설이오. 우리 때는 돌멩이 큰 거를 쪼그려 앉아있을
만큼 넓이의 양쪽에 대놓고 볼일을 본 후 똥은 적당한 크기의 나무를 잘라 뒤
로 밀쳐내는 측간이었소. 측간 앞과 옆은 비료 포대 등으로 살짝 가리고, 화
장지가 없어서 볏짚이나 콩잎으로다 뒤를 닦았고, 혹시나 손에 묻은 똥은 물
로 세척. 결국 모든 게 자연 퇴비가 되어 다시 논으로 나가 쌀이나 보리가 되

유쾌한 랄라 씨. 엉뚱한 네가 좋아

는 데 일조를 했다는. 간혹 뒤로 밀쳐낸 똥을 댕댕이 식사 거리가 되었다는 웃지 못할. -김일수

먼~ 추억으로 소환해 주어 너무 감사합니다. 웃다가 뒤로 넘어져 머리통 깨질 뻔했어요. 똥통이 너무 커서 어린아이가 빠졌다 구조된 적도 있어요. 그 덕에 클 때까지 똥통에 빠진 녀석이라고 놀림도 많이 당했었죠. 아득한 옛날 생각하니 좋으네요. -오성자

맞아요. 저도 생각나요. 친구랑 그 냄새 나는 곳에 같이 들어가서 쫑알거리기도 했어요. 뒤처리하는 휴지의 방향에 대해 의견을 나누기도 ㅋㅋ -김이희

담벼락 얼레리 꼴레리

처음 페이스북을 접했을 때, 담벼락이 뭔지 몰라서 어리둥절했다. SNS 담벼락엔 기상천외한 다양한 사건, 사고들이 올라온다. 내 추억 속 담벼락에도 페이스북 담벼락 못지않은 사건이 있다. 초등학생이던 나를 깜짝 놀라게 한 언니들의 담벼락 키스 사건.

장독대에 눈이 수북이 쌓인 겨울, 시골 정읍 갈미. 밖에서 친구들과 눈사람도 만들고, 눈싸움도 하고, 비료 포대로 미끄럼을 타고 들어왔다. 꽁꽁 언 몸을 녹이기 전 눈 속에 깊이 묻어놨던 고구마를 와그작와그작 먹는다. 고구마와 함께 얼음 동동 떠 있는 동치미 국물을 후루룩 들이켜면 꿀맛이다. 아궁이에 불을 때던 시절이다. 시골집 아랫목엔 두툼하고 널찍한 솜이불이 항상 깔렸다. 뜨끈뜨끈한 이불에 쏙 들어가 몸을 녹이자니 금세 스르르 눈이 감긴다. 언제 나타났는지 언니와 언니 친구들이 키득거리는 소리가 잠결에 들린다. 모두 이불 속에 발을 넣고 소곤소곤 비밀 얘기가 오간다.

"그래서? 어떻게 됐어? 넌 갸랑 사귀는 겨?"

"가시나, 백여시네. 얌전한 줄 알았드만… 호호호호."

"야야~ 느그는 삥아리랑 사귄다잉? 난 동창은 애 같오서 싫든디."

"그럼 넌 지금 오빠랑 만나는 겨? 뭐여! 얼른 이바구 혀라잉."

'오호라~ 중학생 언니야들 시방 사랑이 장난 아니네.'

한 편의 연속극 같은 사랑 이야기들이 줄줄 이어진다. 나는 눈을 감고 잠든 척 쌔근쌔근 숨소리를 크게 내며 귀를 쫑긋 세우고 듣는다.

"그니까 그 오빠랑 어디까지 갔다는 겨? 손잡고 걷다가?"

"옴마야, 가스나! 뽀뽀도 했어?! 했제?!!"

언니의 거친 숨소리가 들린다.

"니 똑디 말해라잉. 뽀뽀여, 키스여?"

이불 속에서 언니들의 꼼지락거리는 발가락이 느껴진다. 언니들은 침을 꼴깍꼴깍 삼키며 진도가 젤 빠른 친구의 연애 진행 상황을 캐묻는다. 초등학생이던 난 뽀뽀랑 키스는 뭐가 다른지 그게 궁금해 죽을 지경이다. 하마터면 팔딱 일어나서 키스는 뽀뽀랑 어케 다르냐고 물을 뻔했다.

"근게. 아흐, 생각만 해도 두근거리네. 그 오빠가 나를 담벼락

에 확 밀챠뿔고 눈을 감으라드니 서서히⋯."

'흐미, 저 언니야 겁나 순딩인 줄 알았는디⋯ 크크크.'

웃음을 참느라 힘들다. 침 꼴깍! 얼레리 꼴레리~♬

"서서히 으쨌냐고!! 가시나야, 씨알데기없는 소리 다 집어챠뿔
고 본론으로 들어가라고!!"

'아이고, 시원흐네. 내가 하고픈 말을 대신해 주네.'

"서서히 입술이 내⋯."

"은미야~ 아까 찬장에 눠두란 고기 어디 됐다냐?"

'아놔;; 키스랑 뽀뽀 그 중대한 차이점을 시방 살아 있는 경험
담으로 생생하게 알아가는 타이밍인디 엄만 왜 날 찾는 겨!'

유쾌한 랄라 씨. 엉뚱한 네가 좋아

침을 꼴깍 삼키다 급한 마음에 그만… 소리를 꽥 지른다.

"찬장 오른쪽에 있다고!!! 언니야~ 그래가꼬 뽀뽀는?"

'흐미;; 이게 아닌디. 난 잠든 설정이었는디….'

언니 가시나들 10개의 눈알이 뒤룩뒤룩 날 홀기며 노려본다. 얘기를 몰래 듣고 있었다는 걸 알아챈 언니들은 건넌방으로 가버린다. 문을 잠그고 지들끼리만 시시덕거린다. 우이씩! 문고리에 귀를 밀어 넣어봐도 뽀뽀랑 키스 단어는 들리지 않고, 벌이 귀에 앉은 듯 윙윙거릴 뿐이다.

그날 엄마가 돼지고기를 썰어 넣고 끓인 김치찌개는 밍숭맹숭 맛이 하나도 없었다. 겁나 업된 기분으로 맛나게 처묵처묵하는 울 언니를 보니 담벼락에 확 밀쳐뿔고 싶었다.

'두고 봐라. 내 언니 니 복수할끼다!'

볏짚으로 엮을 묶어 쌓아놓은 시골집 담벼락에서의 추억은 있습니다. -최민수

글이 얼마나 구성진지 마치 한 편의 드라마를 보는 것 같아요. 잘 읽었어요, 선생님. -은나래

아~ 뒷이야기 듣고 싶어요~^^ -김미숙

주둥이 얼레리 꼴레리

뽀뽀와 키스의 차이점을 결국 알아내지 못했다. 그날 언니야들은 건넌방에 처박혀 한참을 낄낄거리더니 해가 뉘엿뉘엿 지자 저녁밥을 지으러 우르르 몰려나가 버렸다. 주둥이를 디밀고서.

'가스나들!! 왜 지들 주둥이를 디밀고 나오는 겨?'

담벼락 주인공 언니를 빼곤 모두 주둥이를 매만지고 입맛을 다시며 디밀고 나왔다. 그 모냥이 우습기도 했다. 난 끝내 키스와 뽀뽀 단어를 엿듣지 못해 부글부글 속이 탔다.

다음날 책상 위에 있던 언니 책가방을 보니 담벼락 키스가 떠올라 부아가 난다. 죄 없는 책가방에 맥없이 화풀이한다. 책가방을 씨게 걷어찼으나 짧디짧은 내 다리는 서랍에 걸려 나자빠진다. 쾅! 그대로 책상 모서리에 입술을 내리받는다. 오지게 아프다. 통통 부은 입술을 한 채 엉엉 울고 있으니 앞에서 언니가 배를 잡고 웃고 있다.

"가스나, 왜 책상과 키스를 하고 근다냐! 크크. 쌤통이다."

"니 엄마항티 다 꽁징러버링다잉. 우이씌!"

입술이 부어 뭉개진 발음은 언니 뒤통수에 닿지도 않는다. 언니는 날 약 올리고 쌩하니 대문을 빠져나간다. 삐그덕 쾅. 대문이 웃음을 참으며 대신 대답해 준다.

'엄마가 들어오기만 하문 언니 닌 이제 죽었어. 가시네, 연애질이나 하고 내 다 일러뿔끼다.'

이를 바득바득 갈고 있을 때 엄마가 부엌으로 들어가시는 모습이 포착된다. 쪼로롱 달려가서 살을 붙여 꼰지른다.

"엄마, 엄마! 응규 언니 바랑낭당께. 공부는 항테기도 앙 하고 뽕뽕망 하고 댕깅당깽잉. 칭구덩은 더 해부렁. 싸그리 몽 쓰긋어 그 가시나덩."

"야는 입술이 왜 이리 부었다냐. 므라는지 한테기도 몬 알아 묵긋다잉. 은규가 므시기 으쪘단 겨?"

말할 때 입술의 아픔을 참아가며 또박또박 몇 번을 다시 반복해도 엄마는 웃기만 하신다. 알고도 웃으시는 건지. 부은 입술에서 내뱉는 말을 못 알아듣고 웃으시는 건지. 그저 답답하고 슬픈 건 나일 뿐이다. 가마솥에서 쇠죽을 푸시던 엄마는 웃음만 남긴 채 쇠죽을 들고 외양간으로 가신다. 뿌연 김이 날 감싸 안으며 토닥토닥 위로해 준다. 달큰한 지푸라기 내음이 코를 감싸며 평

온하게 만든다. 아궁이에선 장작이 타닥타닥 소리를 내며 불꽃을 피워 응원을 보내온다.

'언니 니 기둘리라잉. 우이씌!!'

마루로 들어가 언니 가방을 발로 질근질근 밟고서 뒤진다. 음 홧하하! '비밀 일기'라고 쓰인 핑크색 일기장을 찾았다. 심봤다! 근디 자물쇠가 매달린 채 잠겨 있다. 된장.

'내 으트케 하든 가스나 니한티 꼭 복수할끼다잉!!'

주둥이 얘기가 이렇게 웃음의 해학을~ㅋ -이형석

그 상황에 있는 것 마냥 생생하네요. ㅎㅎ 그때 봤던 하이틴 로맨스 소설 같아. -송승연

비밀 일기 얼레리 꼴레리

자물쇠가 채워진 언니의 비밀 일기장은 내 손아귀에 있다.

'음홧하하~! 가시네 넌 이제 죽은 목숨여.'

부엌으로 달려가 제일 날카로운 젓가락을 집어 든다. 시멘트 바닥에 젓가락을 박박 문지른다. 장인 정신을 발휘하며 열심히 갈아댄다.

쓱쓱 문지르자, 싹싹 문지르자, 빡빡 문지르자!

'음… 이쯤 하면 충분하겠군.'

딸깍! 역시나 정교하지 않은 자물통은 쉽게 젓가락에 항복한다. 에헤야 디야~ 노다지가 쏟아지겠구려. 다락방으로 올라가 문을 걸어 잠그고 언니가 숨겨둔 노다지를 캐기 시작한다. 일기장에 적힌 색색 예쁜 필체가 눈을 사로잡는다.

'가시네 글씨 겁나 잘 쓰네.'

유쾌한 랄라 씨, 엉뚱한 네가 좋아

잠시 정갈한 글씨체와 곳곳 아기자기한 그림에 부러움과 존경심을 보낼 뻔했다.

'아니지, 시방 내 임무는 언니 약점을 잡아내는그제.'

정신을 가다듬고 첫 페이지부터 꼼꼼히 읽어 내려간다.

"벚꽃이 분홍 저고리를 입고 단아하게 웃는다. 수줍은 미소를 보내는 분홍 여인의 아름다움을 보니 엄마의 미소가 떠오른다."

'어쭈구리~ 가시네, 글 좀 끼작댈 줄 아네.'

"A를 보면 나도 모르게 향긋한 벚꽃 같은 미소를 짓게 된다. 나의 아름다운 A~♡ 푸른빛 강물이 황금빛 햇살을 안고 반짝반짝 부서진다. 강둑 풀밭에 누워 A의 황홀한 연주를 들으며 꿈속을 거닌다."

'아이고야, 지랄한다. 그나저나 이 가시네 언제부터 그넘이랑 연애질한 겨?'

쭉쭉 써 내려간 일기장은 A에 대한 예찬으로 가득하다.

"내 사랑은 A에게서 T에게로 흔들리기 시작한다. T~"

'가시네, 한 넘이 아녀? 아주 바람둥이고만. 바람둥이!'

　　침을 꼴딱꼴딱 삼키며 하트와 벚꽃잎이 남발인 일기장을 훔
쳐 읽느라 눈알이 핑핑 돈다.

　　'어? 뭐여! 말을 타는 머스마여? 이 동넨 말이 없는디… 어
라? 긴 머리를 휘날리며? *끄응*.'

　　그렇다. 초집중해서 읽은 글들은 안소니와 테리우스가 나오는
캔디 내용이었다.

　　'된장! 내가 찾는 건 이게 아니라고!!!'

　　수사반장이 되어 다시 확실한 증거물을 찾아 나선다.

　　　　　　　　　　　　　　　　유쾌한 랄라 씨. 엉뚱한 네가 좋아

'그렇지! 이거지 이거!'(L인지 K인지 잘 기억은 안 난다.) 일기장엔
K를 만난 시점부터 사랑을 키우는 이야기며 속상함, 열병 등이
빼곡히 적혀 있다.

'아이고, 환장하긋네. 아주 하트 뽕뽕 달고나네 달고나여.'

다락방 창가에서 따스하게 놀던 햇살이 서서히 서쪽을 향해
돌아설 때쯤 언니의 일기장을 덮는다. 자물통을 잠그고 다시 확
인한 뒤 썩소를 날린다. 일기장을 숨긴 채 다락방을 슬금슬금 내
려온다. 집안은 고요하다. 언니 책가방에 일기장을 잽싸게 집어넣
고 K가 누군지 동네 머스마들 얼굴을 총동원해 대입해 본다.

'그 오빠 책을 좋아하지 않아. 땡!'
'이 오빠 노래 딥따 못하는 음치여. 당근 땡!'
'저 오빠 목소리도 커, 다정하지 않아. 역시 땡!'
'아냐 아냐! 요 오빠 얼굴이 까무잡잡한디… 또, 땡!'
탈락× 탈락× 탈락× 탈락× 모두 탈락! 방바닥에 누워 천
장에 × 표시를 해나간다. 도무지 일기장 속 특징과 일치하는 인
물이 없다. 아무래도 이웃 동네 오빠 같다.
'엄마한티 다 일러뿔끼다. 언니 니 연애질한 행실을.'
음홧하하~ 복수는 이제 시작이다!!!

저도 그 자물쇠 달린 일기장 비싼 값에 사서 소장했던 추억이 있어요. 이중장부 쓰듯 접대용 일기장과 속 내용 일기장이었죠. 열쇠 없이도 가끔 저절로 열리기도 했던 참 허접스러웠던 비밀 일기장이었어요. -유금순

전 유치원 시절 외할머니 댁 다락방에서 엄마 어렸을 적 물건들 구경하는 것이 재미. 그러다 잠들기 일쑤였지요. -이소영

나의 테리 사진 가져가야징. 가시나 지랄헌다 연애만 해쌌고~ㅋㅋㅋ -박은경

유쾌한 랄라 씨. 엉뚱한 네가 좋아

맞얽힘 얼레리 꼴레리

해가 저무니 언니는 삐그덕 철컹 대문을 열고 들어선다.

'저 가시네 어데서 뭘 하고 쏘댕긴 겨?'

언니의 짧은 커트 머리에서 흙냄새, 겨울 냄새, 노을 냄새가 그득하다. 난 언니 곁을 지나치며 'J에게' 노래를 K로 바꿔 흥얼거린다. 실실 웃어가며 부른다.

K~ 난 너를 못 잊어 K~ 난 너를 사랑해

K~ 우리가 걸었던 K~ 추억의 그 길을

닌 이 밤도 쓸쓸히 쓸쓸히… 죽음인 겨~♪

'테리우스를 닮은 K 좋아하시네. 가시네 닌 이제 끝이여. 음홧 하하.'

부었던 입술도 어느 정도 가라앉아 발음이 새지 않는다. 슬슬 꼰지르러 나가봐야긋네. 마당을 나서니 여물을 써시던 아빠가 지푸라기를 잡으라고 하신다.

'아이 참;; 언니 연애질한 거 엄마한티 빨랑 일러야 하는디…'

급한 내 마음을 알 리 없는 아빠는 작두질에 집중하신다.

"아빠~ 학생이 공부 안 하고 연애만 하면 못쓰죠?"

"공부할 녀석이 연애질이나 하면 쓰긋냐."

"그죠 그죠! 공부를 게을리했으니 혼나야죠? 그죠?"

"암, 혼꾸녕 나야지. 손 다치니 작두 똑띠 보고 넣으라잉."

'거 봐라, 언니 닌 이제 깨까닥여.'

날카로운 작두에서 잘려 나오는 지푸라기 소리가 싹둑싹둑 경쾌하다.

아빠 응원에 힘을 받아 여물 썰기를 마치고 부엌으로 힘차게 뛰어간다. 가마솥에 불을 지피는 엄마 옆에 궁딩이를 딱 붙이고 앉는다.

"엄마 엄마~ 은규 언니 요즘 쪼매 이상하지 않든가?"

"글쎄. 갸가 낯빛이 화사하니 싱글벙글하긴 하드라."

"그게 다~ 공부는 안 하고 연애질하느라 그런당게."

엄마는 뭐가 우스운지 아궁이에 장작을 넣으며 조용히 웃기만 하신다.

'이게 아닌디… 얼굴이 굳어져야 하는디…'

겁나 살을 붙여가며 비밀 일기장에 담긴 내용을 읊는다. 공부는 한테기도 안 한다, 위험한 불량 오빠랑 만난다, 밤에 쏘다니는 게 다 그넘 만나러 다니는 거다, 울 동네 사람도 아니다….

그 남자를 봤냐는 엄마 질문에 다 봐서 안다며, 언니를 이대로 뒀다간 큰일이 날 거니 혼나야 한다고 재차 강조한다.

'일기장에서 봤으니 본 거나 마찬가지지, 뭐!'

얘기를 다 들으신 엄마는 내게 꼬치꼬치 물으신다. 이름이 뭐냐고 묻는데 그러고 보니 이름을 모른다.

"몰라. K라고 쓰여 있던데? 김씬가?"

"니 은규 일기장 몰래 봤다냐?"

"아니… 몰래는 아니고 그냥… 있길래 츠다봤당게."

"이놈의 가시나, 남의 물건에 손대는 거 아니라 했지잉!"

아놔. 이때부터 한 시간 넘게 참교육은 내가 받았다. 버려진 수박을 들고 온 언니한티 그 먼 곳까지 다시 갖다 놓으라던 엄마셨으니 그럴 만도 하다. 아궁이에서 장작이 활활 타오르고, 가마솥에서 밥 익는 냄새가 솔솔 나니 졸리고 배고프며 귀도 아프니 곤욕이다. 정작 혼꾸녕 날 가시네는 언닌데 왜 내가 이리 정신교육을 받고 있는지 억울하다.

마당을 나오니 둥근 달마저 나를 보며 실실 웃는다. J에게 노래를 구슬피 읊조린다.

J 아름다운 겨울날이 멀리 사라졌다 해도

J 나의 복수는 아직도 변함없는데…

난 이 밤도 쓸쓸히 쓸쓸히 걷고 있네~♪

말이 많으면 자주 궁하게 되니 중中을 지키는 것만 못하다. - 『노자』 5장

만족할 줄 모르는 것보다 더 큰 재앙은 없고, 얻으려 욕망하는 것보다 더 큰 허물은 없다. 그러므로 만족을 아는 만족이 영원한 만족이다. - 『노자』 46장

만족을 알면 욕되지 않고, 멈춤을 알면 위태롭지 않다(지족불욕知足不辱, 지지불태知止不殆). - 『노자』 44장

욕망의 충족을 자제하고 아껴 써야 한다. 아껴 쓰고 욕망을 채우기를 멈추면 사망빈고로 전화하더라도 얼마 안 가서 다시 회복된다. 다시 회복되면 내 삶을 오래도록 기를 수 있다. 그것이 오래 살고 오래 보는 도이다. - 『맞얽힘』 "장구長久, 궁극의 욕망"

　노자 씨 처세법을 읽으며 얼레리꼴레리에 담긴 맞얽힘을 되본다.

아~ 노자 씨! 으찌 이제 나타나신 겝니까? 가르침을 받들어 중中을 지키고, 욕망의 충족을 자제하고 멈추겠나이다. 덕으로 내 삶을 오래도록 기르겠나이다.

사랑하는 언니 가시나야~♡

25년만인가? 내가 이렇게 언니를 부르며 편지 쓰는 게.
세월 참 빠르다. 그치?
얼레리 꼴레리 4편의 글을 쓰며 언니 생각 무지 많이 했어.
뽀빠이 사건을 쓰면서도 옛 추억 떠오르니 웃음이 나는데
자꾸 마음은 아프고 슬프네.
언니가 자꾸만 보고 싶고… 근데 난 언니를 볼 수가 없잖아.
언닌 나 보고 있어?

나 잘 컸어. 햇살이도 예쁘게 성장했고. 햇살이가 벌써 스무 살이 됐네. 언닌 햇살이가 태어나는 것도, 내가 제나랑 결혼한 것도 못 봤지? 하늘에서 다 보고 있었다고? 그럼 잘 알겠네? 햇살이도 제나도 참말 멋지다는 걸! 언니가 늘 얘기했잖아~ 얼굴 뜯어먹고 살 거 아니니 나중에 결혼할 때 배우자는 꼭 사람 성격을 보고 고르라고. 그것만 보면 딴 건 자

동 따라온다고. 언니 말대로 성격 하난 진국여. 근디 얼굴도 잘생겼어.

엄마도 언니도 어느 날 갑자기 할머니께 가버려서 나 옥수로 힘들었어ㅠ 한 번도 이런 슬픔을 누구에게 꺼내지 않았는데 이젠 단단해졌나 봐. 요래 언니 추억도 쓰니 말이야. 참 이상하더라. 글을 쓰며 슬프기도 한데 언니랑 재미나게 놀던 행복함이 떠올라서 기뻤어. 언니는 할머니 곁으로 갈 걸 알았어? 왜 있잖아, 언니가 죽기 며칠 전에 내 손가락에 금반지 선물이라며 끼워줬잖아. 그 반지 간직하지 못했어. 문득 반지만 보면 언니가 보고 싶고 생각나서 힘들었거든. 그래서 그해 겨울에 없애버렸어. 그러면 언니 생각나서 울고 아프고 그러지 않을 거라 생각됐거든. 아니더라. 맨날 떠오르고 보고 싶더라. 근데 지금 언니 생각하는 건 힘들지 않고 좋아. 우리 둘 행복했던 추억이 더 생생하게 떠오르니 기운도 나. 언니~ 가시네! 니도 나 옥수로 보고 싶제?
나 씩씩하게 잘 살고 있으니 걱정하지 마.
우리 꿈속에서 만나 재미난 얘기 몽땅 나누자. 그땐 꼭 알려주라잉.

뽀뽀와 키스 차이점이랑 달콤한 언니만의 K 이야기.

사랑해, 가시네~ 징허게 보고 싶어, 언니야.

2021. 3. 12. 맨날 싸우던 언니가 몹시 그리운 동생 랄라

매번 재미나게 읽던 언니 이야기가 이리 슬픈 결말이었다니⋯ 그래도 이제 행복한 기억으로만 떠올릴 수 있다니 다행이네요. -차미경

항상 명랑하고 낭군님, 햇살이 자랑도 잘하고, 글도 잘 쓰시고 사랑이 넘치시기도⋯ 그런데 한편으론 가족에 대한 그리움이 있었네요. 힘내세요. -박태호

맞얽힘 눈밭에 눈물꽃이 피었겠군요. 은미 씨 눈꽃에 호~~ 불었어요. 위로꽃이 피어나기를. -이동현

유쾌한 랄라 씨. 엉뚱한 네가 좋아

자전거 사기단

정읍 갈미는 초등학교, 중학교가 멀다. 중학교는 초등학교보다 더 먼 거리여서 다들 자전거나 버스를 타고 다녔다. 우린 버스비를 받아서 핫도그를 사 먹거나 군것질을 하고서 버스 대신 자전거를 타고 중학교에 다녔다. 먹고 돌아서면 왜 그리 배가 또 고프던지. 자전거 하면 떠오르는 추억이 두 개 있다.

울 큰오빠는 키가 크다. 오빠가 빨간 모자를 쓰고 자전거 앞에서 찍은 사진은 상당히 멋스럽다. 나만 그리 생각하는 게 아니었다. 오빠 옆짝꿍 올케언니도 그 모습이 참말 멋지다며 얘기하곤 했다. 20대 올케언니를 처음 봤을 때 언니는 연예인처럼 예쁘고 귀여웠다. 올케언니는 지금도 산을 좋아하고 자전거 타는 걸 즐긴다. 암벽도 등산화 신고 날다람쥐처럼 슝슝 날아다닌다. 아침 일찍 자전거를 몰고 시골 파주를 달리며 풀꽃과 들판, 새와 하늘을 담아 영상을 내게 보내주곤 한다. 보내온 동영상을 보며 언니에게 문자를 남겼다.

"언니, 오빠랑 산에 같이 다녀요."

"아이구~ 오빠가 집 동산도 숨차고 다리 아프다는데요?"

오빠랑 산과 들로 함께 다니고픈 마음이 간절한 언니는 아쉬워하며 말한다.

"아, 그렇군요. 그럼 둘이 자전거라도 함께 타고 다녀요."

"옴마야, 나도 얼마 전에 알았어요. 자전거 못 탄대요."

"엥? 그럼 그 옛날 오빠가 20대 초반이었을 때 자전거 앞에서 찍은 멋진 사진은 뭐죠?"

"내 말이!! 그게 사기였던 거죠. 40년을 속은 거랍니다."

언니 증언에 따르면 오빠는 그 당시 자전거를 잘 타지 못했고, 그냥 자전거를 끌고 가서 사진을 찍었다는 게다. 단지 멋지게 보이려고. 그걸 언니나 난 얼마 전에 안 것일 뿐. 7남매 중 자전거를 못 타는 사람은 울 큰오빠뿐이다. 아마 큰오빠는 자전거를 꼭 타야 할 필요성을 느끼지 못했을 게다. 집에서 애지중지하던 큰아들이라 용돈이 풍족했으니. 오빠는 버스를 타지 않고 그 돈으로 군것질할 일이 없었을 테니까.

여하튼 자전거 사기 사진으로 연예인 언니를 유혹한 오빠다.

유쾌한 랄라 씨, 엉뚱한 네가 좋아

중학교 때 강둑을 따라 자전거를 타고 집으로 오던 날이었다. 강 왼쪽은 모내기를 끝낸 들판에서 벼가 초록 초록 흔들거리며 쑥쑥 자라고, 오른쪽은 맑은 강이 흐른다. 그 길을 자전거를 타고 달리면 온 천지가 내 것인 양 신이 났다.

한참 달리는데 저 멀리서 내가 좋아하던 동네 오빠가 강둑을 산책하며 걸어오는 모습이 보였다. 기회는 이때다. 자전거 핸들에서 손을 놓고 양팔을 활짝 날개를 펴듯 아주 활짝 편 뒤 머리카락을 흩날리며 지나가야지. 내 멋짐에 홀딱 반하리라!

'사귀자면 어쩌지?' 내 의도는 그랬다.

그러나~~ 그러나~~~ 내가 자전거 핸들에서 손을 놓고 날갯짓을 시작하기도 전에 자전거는 왼쪽으로 방향을 틀더니 들꽃이 흐드러진 강둑을 따라 사정없이 내달렸다. 전속력으로 미끄러져 그대로 논에 나를 처박았다. 논에서 신나게 울어대던 개구리도 깜짝 놀라 두 눈을 끔벅이며 날 쳐다봤다. 얼굴과 다리가 깨지고 난리였지만, 아픔은 생각할 겨를이 없었다. 내가 좋아하던 동네 오빠가 날 우습게 쳐다보나 어쩌나 거기에 신경이 곤두섰다. 동네 오빠는 배꼽을 잡고 웃다가 어찌할지 몰라 망설였다. 아픈 건 둘째 치고 쪽팔려 죽는 줄 알았다. 멋져 보이려다 겁나 후져 보이기만 한 내 꼴은 말이 아니었다. 온몸에 진흙을 뒤집어쓰고 절뚝거리며 자전거를 끌고 도망쳤다. 자전거로 사기 치려다 된통 당했다.

피는 못 속이나 보다. 오빠랑 난 남매가 확실하다. 오빠는 성

공했는데 난 실패했다. 우린 자전거 사기단 남매다.

그런 경우 있는 사람들 많죠. 꼬랑에도 논에도 처박은 사람들, 자전거 타고 통학하던 시절도, 핫도그 누가 많이 먹나 내기도. 추억 소환이네요. -강옥환

중학교 때부터 탔어요. 근데 아버지 호령으로 누나들이 엄청 고생했어요. 책임지고 동생 자전거 가르치라고. 하하하. -박상락

강둑을 타고 달리는 자전거, 걸어도 좋을 길 달려보고 싶습니다. 설마 피는 못 속인다는 건 아니겠지요. ㅎ -최원덕

유쾌한 랄라 씨. 엉뚱한 네가 좋아

마차 탄 랄라 씨

신데렐라가 궁궐 무도회에 갈 준비를 마친다. 왕자님을 만나는데 근사한 마차가 빠질쏘냐. 근육질 말들이 끄는 화려한 마차가 대기 중이다. 그녀는 드레스를 입고 유리구두를 신고 따각따각 걷는다. 랄라 씨도 왕자님 만나러 갈 준비 완료. 근사한 마차를 향해 걷는다. 마차는 불빛이 번쩍번쩍, 감미로운 음악과 고소한 향기가 흘러넘친다. 여기엔 신데렐라 마차에 없는 특이한 것들이 가득하다. 신데렐라는 12시 전에 집으로 돌아와야 하지만, 나는 자정부터 정신없이 바쁜 시간이다. 신데렐라보다 내 마차가 더 화려하고 삐까뻔쩍하다. 단지 이 마차를 타려면 치렁치렁 드레스는 안 된다. 멜빵바지에 시커먼 운동화를 신고 마차에 도착한다.

왕자님이 마차에서 환하게 웃는다. 닭발 똥집 메추리인지 참새인지 아무튼, 새와 홍합 어묵들도 인사한다. 내가 탄 마차는 신데렐라가 탔던 프리패스 마차가 아니다. 열라 피곤한 마차다. 지친 하루를 짊어지고 마차에 오르는 삶을 위로하는 포장마차다. 마차를 끄는 왕자님은 20대 둘째 오빠다. 오빠는 대학교 등록금을 버느라 학교 공부를 마치고 새벽에 포장마차를 한다. 난 그런 오빠가 자랑스럽고 안쓰러워 포장마차 일을 돕는다. 20대 초반 내게 창동 새벽은 화려함과 괴상한 일들 천지 삐까리다.

"오빠, 저기 삐뚤빼뚤 걷는 아저씨 이리로 들어올걸? 봐."

"휴~ 오늘은 왜 이리 멀쩡한 사람들이 없냐!"

예감은 적중한다. 저 멀리서 갈지자로 걷던 나홀로 양복 아저씨는 포장마차를 향해 갈지자 뜀박질을 한다. 마치 기다리던 여인에게 안기기라도 하듯 포장마차 출입문을 끌어안는다. 오빠는 아저씨를 부축한다. 난 재빠르게 오이와 홍합탕을 테이블에 세팅한다.

'쯧쯧쯧. 홍합탕 들이키고 정신 차리소, 아자씨! 글고 언능 집에 드가이소.' 속으로 중얼중얼거린다. 갈지자 아저씨들은 하나같이 쏘머즈 귀를 지녔다. 아니면 도사이거나. 겁나 신기하다. 내가 속으로 한 말을 다 알아듣고 대답을 하니 말이다.

"내가 망야~ 집에 앙 가고 영기 옹경 김부장 그넘 지랄에.. 지가 부장이몐 다영? 내가 맹한긴 무슨… 지가 더 멍텅구리지. 구시렁구시렁…."

처음엔 뭉개진 발음이어서 대체 뭔 말인지 못 알아들었다. 익숙해지니 한 소절 듣고 내가 다음 소절을 애기할 정도가 됐다. 갈지자 아저씨가 곱창볶음 한 접시를 앞에 두고 고민한다. 김 부장한테 낮에 꺼내놓은 자기 몸에 있는 내장을 바라보듯 애처롭게 눈을 껌뻑껌뻑거리며.

갈지자 아저씨는 곱창 대신 김 부장을 씹어대더니 "택시!" "상계동!"을 번갈아 외치고 쓸쓸히 사라진다. 갈지자 아저씨가 떠난 탁자 위에 피곤함과 고단함 두 접시가 놓여 있다.

남자 셋이 들어온다. 이들 얼굴은 약간 벌겠으나, 일자로 반듯한 걸음걸이다. 닭발과 똥집을 시킨다. 나이가 젤 많은 그는 젊은 두 동료에게 떠들기 시작한다. 방금 자신이 주문한 닭똥집이 입술에서 하소연하듯 꼬꼬댁 꽥꽥거린다.

"박 과장 갸는 어째 항상 일을 그따위로 맹하게 하냐. 내가 그 새끼 땜시 사장한티 오늘 욕먹은 게 한 사발여. 뭐 하나 제대로 하는 게 없다니까. 어제도 구시렁구시렁…."

박 과장을 쉴 새 없이 욕하는 요 아저씨 입술이 꼭 닭똥집 같아서 웃음이 나오는 걸 누른다. 좀 전에 갈지자 아저씨가 씹어대던 김 부장은 아마도 닭똥집 입술 아저씨일지도 모르겠다. 회사가 어디냐고 묻고 싶은 걸 꾹 참느라 징그러운 닭발만 쳐다보며 얘기를 듣는다.

'에휴. 깔끔한 양복 입은 남자들은 편하게 일하는 줄 알았는데 아니구나.'

박 과장을 뜯어대는지 닭발을 뜯는지 분간이 안 되던 그들도 포장마차를 나설 땐 십중팔구 갈지자다. 한심하다. 저런 남자들은 내 왕자님 순위에 발도 못 내밀 사람들이다. 구질구질하고 찌질한 사내들을 머릿속으로 정리하며 나만의 핑크빛 왕자님은 좁혀져 간다.

새벽 동이 틀 때 빗자루로 바닥을 쓸며 오빠에게 묻는다.

"근데 오빠, 어른들은 왜 닭발을 좋아해? 이해가 안 가."

"너도 술 마실 줄 알면 닭발 먹게 돼. 오리발 내밀려고."

"으잇~ 징그러워. 난 닭발 먹을 일 절대 없어. 그리고 술은 입에 대지도 않을 거야. 술 마시는 사람하곤 안 사귈 거고!"

그렇게 당당하게 말하던 난, 제나와 쏘맥잔을 부딪치며 닭발을 뜯는다. 나 또한 김 부장과 박 과장이 되어 씹어댄다. 위태로운 노동자의 삶과 국민이 없는 정치, 하늘에 닿을 듯이 치솟은 집값, 코로나바이러스가 득실대는 환경, 청년에게 희망을 빼앗은 잔인한 현실을 오도독오도독 씹는다. 닭발을 뜯고 곱창을 씹던 두 사내의 갈지자걸음은 30년이 지나 생각해 보니 팔자 양반걸음 있었구나. 신데렐라 마차 대신 포장마차에서 만났던 아저씨들 하소연이 그리운 날이다.

와~ 은미 씨 안 해본 게 뭐예요? 마차 향해 달려온 사내들 구경 잼나요. 그때 이미 인생을 다 알아버린 거였구만요. 보루꾸(벽돌) 만드는 공장 알바는 해봤어요. 으음~ 글구 타일 마무리(뭐 맥인다는 표현이 있는데) 래지 맥이는 일해서 쎄멘독 올라서 막걸리에 손, 팔 씻어 본 적은 있어요. -신봉기

아, 포장마차에 쏘주 한잔. 깡소주에 문어발, 닭다리 덜덜덜. 그립네요. 은미 샘 글 읽다가 나도 모르게 캬~~ -송형선

포장마차 시절 2차로 닭발과 곱창볶음에 소주 한잔 최고죠. 그리운 추억의 시간을 체험하셨네요. -박동일

마법 풀린 청춘 씨

주말이면 포장마차 일이 무척 바쁘다. 다들 어디선가 얼큰하게 취해서 포장마차로 들어오거나 문을 나설 때 갈지자가 되거나 한다. 신데렐라는 12시에 유리구두가 뿅 사라지는데 포장마차에선 시간에 상관없이 다리가 포로롱 사라지는 공주님, 왕자님이 종종 있다. 신데렐라보다 한 수 업그레이드된 버전인가? 샤방샤방 드레스에 빛나는 구두를 신고 하하 호호 다정한 웃음을 나누며 연인 둘이 들어온다. 그들은 달콤한 눈빛을 주고받으며 주말 데이트로 행복했던 시간을 되감기 한다. 닭똥집을 썹으며. 공주님이 점점 테이블과 친해지며 닭똥집 곁에 그녀의 입술이 포개진다. 이쯤되면 그들의 달콤한 하루 되감기는 끝이다. 나갈 때 남자가 내뱉는 거친 숨소리만 출입문을 통과한다. 마법이 풀려 다리가 사라진 공주님들은 하나같이 연인의 등에서 자기야를 부르다 잠자는 숲속의 공주로 변신한다.

'공주들도 오지게 바쁘긋다. 변신하려니.'

'왕자들도 징허게 피곤하긋다. 공주 다리가 사라지니.'

가끔 포장마차 출입문을 갈지자로 씩씩하게 통과하는 청춘 씨가 있다. 그건 유리구두 마법이 몇 초간 아주 잠시 덜 풀려서 다. 출입문을 통과하자마자 시원한 바람이 쥐꼬리만큼 남아있던 그들의 마법을 앗아간다. 고대로 바닥에 널브러져 인어공주가 목소리를 마녀에게 넘겨주듯 자신의 다리를 빼앗긴다. 근데 꼭 바닥에 키스하며 자신이 먹은 안주 목록을 좌르륵 쏟아놓는지 모르겠다. 에휴. 바닥에 청춘 씨가 남기고 간 꼼장어와 홍합 범벅을 치우며 오빠에게 묻는다.

"오빠, 방금 나간 젊은 사람들도 대학생들인데 오빠처럼 일하느라 공부할 시간이 없다며 한탄하더라."

"그치. 일 마치고 책만 펴면 잠이 막 쏟아져. 졸리니…."

"포장마차 오면 내가 오이랑 홍합탕 공짜로 주듯이 대학교도 학생들이 오면 책도 주고, 공부도 그냥 가르쳐주면 좀 좋아? 대우가 으찌 포장마차보다 후져?"

"네가 그런 대학교 꼭 맹글어라."

오빠는 그릇들을 정리하며 하늘을 향해 대답한다.

포장마차 일을 도우며 처음 접한 안주처럼 다양한 사람들 이야기를 만났다. 사연도 모습도 각양각색. 세상엔 내가 모르는 안

주도 많고 인생 이야기도 참말 많다. 포장마차에서 새벽에 바라본 별만큼이나.

둘째 오빠가 포장마차를 했던 정확한 기간은 기억이 가물가물하다. 포장마차를 접게 된 사연만 또렷하다. 단속반이 떠서 포장마차를 부쉈다. 다시 마차를 열 수 없었던 오빠는 학비를 버느라 또 다른 일터로 옮겨갔다. 오빠는 노가다판을 뛰기 시작했다. 무대만 바뀌었지 역시 샛별을 보는 건 똑같다. 나도 마차를 버리고 오빠를 따라서 벽돌 지게를 짊어진다. 으영차!

청춘이 고단하다. -최원덕

슬픈 젊은이들의 자화상 -박상락

정말 값비싼 경험치를 쌓으셨네요. 박수 보냅니다. -박태호

노가다와 함바집

　몇 년 전 반월 행정복지센터 맞은편엔 함바집이 있었다. 나는 비폭력대화 공부를 마치고 함바집 식당에서 점심을 먹자고 제안했다. 함바집 음식이 얼마나 맛있는지 먹어본 자만이 그 맛을 안다. 암, 그렇고말고! 30년 세월이 흘러도 함바집 메뉴와 음식을 담는 그릇은 비스름하다. 한식뷔페에서 볼 수 있는 커다란 동그란 접시, 빠지면 노가다판 공사가 무너질 돼지고기와 사골국물 같은 막걸리는 여전하다. 낮 12시가 조금 넘었는데 식당 테이블을 지키는 손님은 너덧 명이 고작이다. 일꾼들은 벌써 식사를 마치고 공사 현장으로 간 거다. 줄을 서서 제육볶음을 듬뿍 담고 나니 작업복 차림의 사내들은 믹스커피가 담긴 종이컵을 들고 있다. 한여름 찌는 더위와 공사장에서 흘린 땀 냄새가 작업복에 탱글탱글 포도송이처럼 성글었다. 그들은 함바집 주인에게 고기가 맛있었다며 잘 먹었다는 인사를 남기고 문을 나선다. 내 시선은 시커먼

　유쾌한 랄라 씨, 엉뚱한 네가 좋아

작업화 발걸음을 따라 과거로 향한다.

오빠와 내가 파주 집을 나서는 시간은 샛별이 초롱초롱 빛날 때다. 아침 해가 떠오르려면 아직 멀었다. 오빠 작업복 차림으로 동생들을 깨운다. 공사 현장을 가는 내내 잠이 덜 깬 나와 언니에게 오늘 노가다판에서 할 일과 안전사항을 거듭 강조한다. 비계가 돼지고기에만 있는 줄 알았는데 노가다판에도 있다. 비계 밑을 지나다닐 때 늘 조심해야 한다고 주의사항을 읊고 또 읊는다. 잔소리 심한 아빠 성격을 둘째 오빠가 똑 닮았다. 듣는 둥 마는 둥 "응. 응. 알겠어, 알았다니까."라며 건성으로 답한다. 차가운 새벽 공기가 얼굴을 때리며 잠을 쫓는다.

노가다판에 도착하니 벌써 일꾼들이 모였다. 며칠 왔더니 뼈대만 앙상해서 무서웠던 공사장이 제법 친근해진다. 안전모를 쓰고 지게를 짊어진다. 오빠 내가 미더운지 벽돌을 조금씩 나르라고 한다.

내가 이래 봬도 갈미에서 초등학생 때부터 지게에 쌀가마니 지고 나른 사람이여. 걱정을 하덜 말라고. 오빠를 안심하게 한다.

벽돌을 쌓아 올린 지게는 양쪽 어깨를 꾹 누른다. 제법 무겁다. 벽돌을 지고 계단을 오른다. 앞서가는 오빠 지게에 담긴 벽돌은 내가 짊어진 벽돌의 몇 배인지 가늠이 안 된다. 공부할 시기에 이리 고생만 하는 오빠를 바라보니 내 마음이 벽돌처럼 딱딱하고 무거워진다.

　고된 노동으로 찌든 낯빛도 새참 먹을 때가 되면 화색이 돈다. 빵도 잘 안 먹는데 그 시간에 목구멍으로 넘어가는 빵은 빵이 아니다. 이 잠깐의 휴식 시간과 먹거리가 없다면 그건 노가다판에서 죽으라는 게다. 막걸리를 들이켜는 인부들 사이에 섞여 빵과 우유를 꿀떡꿀떡 삼키며 재충전을 한다. 캬아~ 맛나다. 이젠 함바집 식당으로 갈 점심시간만 기다리며 벽돌을 나르면 된다.

　12시 땡! 전속력으로 달려간다. 조금만 늦어도 줄을 길게 서서 기다려야 하고, 반찬이 달라질 수 있어서 최대한 빠른 걸음으로 식당에 도착해야 이득이다. 이건 공사장에서 며칠 경험하며 터득한 통밥이다. 함바집 점심은 정말 꿀맛이다. 짓누르던 벽돌 무게

유쾌한 랄라 씨, 엉뚱한 네가 좋아

에서 벗어나 숟가락질을 해서인지, 한국 최고의 요리사가 요리해서인지 알 수 없다. 죽이게 맛나다는 건 알 수 있다. 인부들은 먹는 속도도 죽여준다. 내가 함바집을 나와 공사장 건물에 들어서면 벌써 취침 모드에 코를 드르렁 골고 계시는 아저씨들이 대부분이다. 이때 알았다. 식사하며 막걸리를 마시는 게 1초라도 빨리 단잠에 빠지게 하는 비타민임을. 함바집 주인에겐 돈이 다발로 굴러 들어온다는 사실도.

포장마차에서도 얘기했듯이 둘째 오빠는 대학교 등록금을 마련하느라 공부할 시간에 늘 노가다판에서 노동했다. 교재를 펴고 컴퓨터 이론을 배우는 대신 삶의 무거운 벽돌과 모래를 짊어지고 현장에 서 있었다. 20대 초반 오빠 덕분에 난 마차도 타보고, 노가다판에서 지게도 져보며 참인생을 배워갔다. 지금도 포장마차와 공사 현장을 그냥 지나치지 못한다. 그들의 수고로움과 땀방울이 얼마나 값지고 아름다운지 알기에 한참 서서 바라본다. 존경심을 가득 담아서.

"공사 현장과 포장마차를 그냥 지나치지 못한다." 그래요. 그들의 값진 노동을 아는 자만이 땀방울과 한숨의 꿈을 느낄 수 있지요. -조정애

노가다판서 굴러봤지유. 더욱 맛난 것은 노가다 후 배고플 때 돼지블백 아님

배가 안 차지요. ㅋㅋ -김영선

함바집 음식 맛있다우. 나도 함바집 1년 했거든. 내 음식 솜씨는 상상에 맡김.
참고로 우리 식당에 오신 분들이 다 맛있다고 이야기함. 나도 조금 벌었지. 그
함바집이 내 것이 아니라 친정엄마 것이어서 조금 엄마 몰래 ㅎㅎㅎ 내 것이었으면
많이 벌었을 텐데···. -오정옥

갈팡질팡 랄라 씨

열일곱 살 랄라, 갈미 시골에서 전주로 고등학교에 다니게 되니 그저 설레고 행복했다. 부모님을 떠나 전주에서 홀로 하숙을 하는 낯선 환경에 처음 접하게 되었다. 농촌에서 자란 내게 높은 건물부터 번쩍이는 상가, 씽씽 달리는 자동차는 화려함과 복잡함을 동시에 안겨줬다. 나는 도시 아이들과 같이 공부할 수 있다는 기대로 타지 생활을 조금씩 적응해 갔다.

고등학교 1학년 여름방학을 마치고 2학기가 시작되던 날이었다. 하늘이 시골 갈미 냇가처럼 푸르고 맑았다. 선명하고 투명한 푸른 강에 하얀 구름이 어찌나 몽글몽글 아름답던지. 학교 가는 내내 하늘을 보고 걸으며 감탄했던 날이다.

수업 도중 교무실로 오라는 연락이 왔다. 전화를 내게 건네시던 선생님 눈이 흔들렸다. 수화기도 파르르 떨렸다. 엄마가 쓰러지셔서 위독하다는 큰오빠 전화였다. 수업하다 말고 전주 예수병원

중환자실로 달려갔다. 괜찮을 거야. 괜찮을 거야. 아무 일 없을 거야. 수백 번 주문을 외며 중환자실에서 만난 엄마는 우리 엄마가 아니었다. 내가 알던 나를 사랑스럽게 안아주던 엄마가 아니었다. 머리카락은 한 올도 없고, 입엔 산소호흡기가 머리엔 의료용 기계가 달렸다. 병원 시트가 덮인 엄마 몸은 움직이지 못한 채 나무토막 같았다. 소름 끼치게 무서움이 밀려들었다. 공포감은 뱀이 되어 내 온몸을 휘감았다. 엄마를 아무리 불러도 움직이지 않았다. 눈도 뜨지 않았다. 그렇게 엄마는 16년을 마비된 몸으로 누워만 계셨다. 가족 중 누군가의 도움을 받으며 식사와 대소변을 해결하셨다. 내게 열일곱 살 가을 하늘은 눈부시게 아름답고 몸서리치게 불안한 날들이었다.

시골 논과 밭, 산을 팔아 병원비를 메꾸고 메꿔도 밑 빠진 독에 물 붓기다. 엄하셨던 아빠의 사랑까지도 내게 채워주시던 엄마의 부재는 경제적 빈곤과 함께 나를 흔들어댔다. 갈팡질팡 중심을 잡지 못하고 자꾸 무너졌다. 이때부터 내 건강에도 조금씩 이상 신호가 왔다. 마음이 아프니 몸이 견디지 못했다. 성인이 되면 돈을 많이 벌어서 엄마를 꼭 움직이게 하겠다는 다짐만 흔들리지 않았다. 스무 살 성인이 되니 하고 싶은 것도 할 수 있는 것도 많아졌다. 공부하며 돈을 벌고 열심히 살았다. 류마티스 괴물이 내게 찾아오기 전까지.

난 류마티스 친구와 함께 산다. 요 녀석이 처음엔 날 움직이지 못하게 괴롭혀서 한동안 침대에 누워만 있었다. 내 의지만으론 화장실을 갈 수가 없어 데구루루 굴러 화장실 입구까지 가고, 화장실 문턱을 기어서 들어갔다. 5cm도 안 되는 문턱 높이가 내겐 에베레스트산보다 높았다. 구르는 것마저도 되지 않으면 참다 참다 악다구니를 쓰며 울었다. 이건 나름 눈물로 몸속 수분 배출을 대신 한 거라며 나 자신을 위로했다. 빈약한 내 가슴보다 더 부풀어 오르는 무릎 염증을 빼내려고 스물한 살 소녀는 매주 병원에 다녔다. 당황스럽고 비참했던 세월은 30년 동안 류마티스를 받아들이며 친구가 되니 조금씩 나아졌다. 우울하고 좌절되던 마음의 병이 나아졌을 뿐 몸에 나타나는 이상한 변화와 증상이 나아진 건 아니다. 여전히 매일 독한 약을 먹어야 하고, 주기적으로 병원 진료를 다녀야 하며, 갑자기 변화를 보이는 신체에 익숙해져야 했다. 그래도 이리 씩씩하게 걸을 수 있고, 손을 움직일 수 있음에 감사했다. 예고 없이 가끔 걷기 힘들거나 손을 움직일 수 없을 땐 요 녀석이 밉고 우울했다. 그땐 하나도 안 고마웠다.

류마티스로 내 몸에 불편함과 불안함이 늘 자리했다. 결혼은 할 수 있을까? 아이는 낳을 수 있을까? 언제 또 몸이 움직이지 못하게 될지 알 수 없는데 열심히 사는 게 무슨 의미가 있을까? 내 몸도 이리 아픈데 엄마를 보면 더 괴롭고 몸이 아팠다. 다 버리고 도망치고 싶었다. 내 삶도 이 지긋지긋한 현실도….

갈팡질팡 마음은 하루에도 수십 번 바뀌었다. 그래도 열심히 살아야지. 삶이란 게 계속 주어지는 건 아니잖아? 내 인생 내가 만들어가는 거니 즐겁게 살아보자. 다짐하고 다짐하며 하루를 마감하던 늦은 밤, 셋째 언니가 교통사고를 당해 하늘나라로 떠났다는 연락을 받았다. 누워만 계시는 엄마를 대신해서 나를 챙겨주던 언니였다. 셋째 언니가 내 곁에서 갑자기 사라져버렸다. 25살 나에게 견딜 힘이 없었다. 그 후로 다시 류마티스가 심해졌다. 수시로 염증이 부풀어 오르고 몸을 제대로 움직이지 못했다. 이 녀석은 내 마음이 무너질 때면 재빠르게 찾아와서 내 몸을 차지했다.

'그래, 덤벼라. 네가 이기나 내가 이기나 싸워보자. 이젠 잃을 것도 없다.'

유쾌한 랄라 씨. 엉뚱한 네가 좋아

이렇게 류마티스라는 친구를 받아들이기로 마음먹으니 오히려 녀석이 내게 친절하게 군다.

'갈팡질팡하긴 류마티스 너도 마찬가지였구나.'

갈팔질팡 랄라 씨는 힘을 내서 20대 인생을 흔들거리며 살아왔다.

아픈 만큼 성숙한다는 말, 상처 입은 새가 더 높이 난다는 말. 그대를 위한 말. —김보영

너무 쾌활하시고 산에도 자주 가셔서 몸이 아프다는 생각은 못 했어요. 중학교 때 친구가 류마티스가 심해서 학교도 한참 쉬는 바람에 그 병이 그렇게 무섭고 청소년도 걸린다는 걸 처음 알았어요. —이종미

그런 속 깊은 이야기가 있었군요. 전혀 상상도 못 한··· 긍정 에너지를 뿜뿜 풍기고 사는 그대여~ 날마다 행복하시라^^ —남영숙

간이역

햇살아, 짜장면 콜?

스무 살 햇살이가 방을 나오며 투덜투덜 외친다.

"무슨 시험이 이래. 문제 읽을 시간도 안 주고 봐? 에잇!"

"시험 본 겨? 고생했네."

"숨 막혀 죽는 줄 알았어요. 짜장면이 대빵 먹고 싶어요."

대학생이 된 햇살인 대학교를 가본 적이 없다. 교수님과 친구들을 직접 만난 적이 없다. 코로나19로 수업도 시험도 줌으로 해결한다. 집에 있는 시간이 많다 보니 짜장면을 시켜 먹자는 얘길 자주 한다. 특히 진땀 뺀 날이면 꼭 짜장면을 먹어야 속이 풀린단다. 햇살이 말에 의하면 지금까지 자기가 먹어본 짜장면 중에 반월 '포청천' 짜장면을 따라갈 집이 없단다. 젤 맛나다고 말한다. 그리고 자긴 짜장면이 와장창 좋다고 한다.

점심으로 먹은 짜장면 곱빼기와 탕수육은 스무 살 청년에겐 간식이다. 뭐 먹을 게 없나 부엌을 기웃거리는 햇살에게 "짜장면

있는데 줄까?" 했더니 눈이 또 빛난다.

"자, 옥수로 맛있는 짜장면이야. 다섯 그릇이나 있어."

"파하아~~~~"

최불암 웃음소리가 새어 나온다.

"오늘 덥더니 드디어 엄마가 더위를 드셨군요. 크크크크크"

"반월 포청천 저리 가라 할 맛이라니까~ 오지게 맛있어."

햇살이에게 다시 짜장면을 내민다.

"체하니까 어머니께서 천천히 꼭꼭 씹어 드세요."

짜장면을 들고서 요리조리 살피던 햇살인 바람 빠진 풍선처럼 피식피식 파하아~ 웃는다.

내가 내민 건 『짜장면』 책이다. 다섯 작가가 요리한 다섯 가지 맛 짜장면!

'공화춘 짜장면'과 '마라도 원투 짜장면' '철룡관 짜장면' 세 그릇을 맛있게 호로호록 먹고 햇살에게 짜장면 책을 먹으라고 들이민 게다. 정명섭 은상 조동신 강지영 장아미 다섯 작가가 짜장면을 요리했다. 솜씨 있는 이야기꾼들이 짜장면을 찰지게 밀어 탐정, 희망, 역사, 퇴마, 판타지 양념장을 곁들어 단편 소설집으로 달콤새콤쫀득 고소하게 버무렸다. 요 멋진 작가님과 짜장면을 호록 호록 먹으며 짜장 소설 얘기 나누고프다. 얼마나 맛날까!!!

볶은 장을 얹은 면 요리란 작장면^{炸醬麵}. 그 어원이 발생한 인

천 차이나타운의 공화춘 짜장면부터 시작해서 배달음식 최고봉인 짜장면 다섯 그릇이 야무지게 담긴 책이다. 세 그릇을 먹어 치우는데 짜장면에서 눈을 뗄 수가 없다. 책상에 올려둔 노란 단무지를 씹어먹을 새가 없다. 짜장면 면발이 목구멍을 타고 스르륵 미끄러지듯 순식간에 넘어간다. 심지어 책 속 까만 면발이 굵고 찰지며 맛깔나서 끊어서 씹어먹을 수가 없다.

독서대에 식지 않은 '데우스 엑스 마키나 짜장면', '환상의 날 짜장면'이 내 입맛을 자극한다. 검지를 들고서 데우스 엑스 마키나 짜장면을 한쪽 감아 후루룩 먹는다.

오물오물 쩝쩝! 요 짜장면은 또 어떤 맛일지 궁금하다.

오늘 점심은 짜장면 곱빼기 콜~!

손바닥 크기의 글들 속에… 손바닥 크기의 사진들 속에… 어쩜 이리 많은 감성이 담겨있는지. -정현경

글빨 면빨 말빨~ 진짜 다 갑이네요~ㅎㅎ -유금순

맛깔난 서평!!! 오늘 점심은 짜장면!! -조승일

복권

"여보, 영어 회화를 공부할까요?"
"왜 갑자기요?"
"복권 당첨되면 세계 여행할 거니까요."
"그냥 복권을 사지 맙시다."
"네, 그게 좋겠네요. 굿 나잇~♡"

난 깔끔하게 영어 회화를 접었다.

꼰대

"알바 안 알아봐? 고생도 해봐야지. 엄마 땐 돈 벌며 공부하는 게 일상이었어. 너희들은 편한 세상에 사는 거야."

"엄마, 어디 가서 그렇게 말씀하시면 꼰대 소리 들어요."

"잉? 꼰대?!"

"그건 시어머니가 며느리에게 나 땐 손빨래하고, 불 때서 밥하고, 종일 농사짓고, 걸어 다니고, 지금은 청소기가 청소해 줘, 밥솥이 밥해 줘, 세탁기가 빨래해 줘. 아가, 너는 놀고먹으며 시상 편히 사는 겨, 이 말과 같아요."

"꼰대 맞네. 사서 고생하지 말자. 그러잖아도 피곤한 세상."

난 깔끔하게 아르바이트 구하라는 말을 접었다.

정말 유쾌하시군요. 울 집에도 그 비슷한 남자들이 있어 깨공감합니다. 근데 전

그냥 안 접어지던데···. ㅋㅋㅋ -제방신

은미 샘 이야기 주머니 속엔 신선한 보물이 무진장 들어있는 갑소. ㅎㅎ 어떤 비

단 주머니 속 이야기는 썩은 냄시만 폴폴 나더니만. ㅋㅋ -남영숙

ㅋㅋ 그 단순함 부럽네요. 행복의 비결~^^ -차미경

2장

환승,
거꾸로 느리게 가다

아이들은 있잖아,

각자 다른 빛깔을 간직하고 있더라고.

고운 빛깔이 뿜어져 나와서 합해지니 뭐가 되는 줄 알아?

두근두근 가슴 뛰게 하는 무지개가 되더라고.

얼마나 아름다웠겠어.

제나와 햇살이

제나

옆짝꿍 제나는 나와 동갑이다. IMF 시기에 방황하던 20대 쥐 띠 모임에서 친구로 만났다. 막막하고 답답한 현실에서 '일상으로의 초대'라는 또래 모임은 큰 위안이 되었다. 같은 시대를 살다 보니 친구들과 공감하는 부분도 많았다. IMF 시기니 다들 타의적 백수여서 매일 만날 수 있는 조건도 갖추었다. 단지, 20대 중반인 우린 가진 것 없고, 물려받은 것 없는 빈털터리였다. 그야말로 쥐뿔도 없는 청빈한 삶으로 노가리를 씹으며 서로를 다독이고 잘될 거라며 응원했다.

쥐띠 모임에서 만난 제나는 온라인에서든 오프라인에서든 얘기가 제일 잘 통했다. 제나 닉네임은 '언제나 한결같은 사람'인 언제나에서 언을 뺀 제나였다. 어느 순간 우린 장소팔·고춘자 만담을 방불케 했다. 쿵 하면 짝! 얼 하면 쑤! 에헤야 하면 디야! 고봉

유쾌한 랄라 씨, 엉뚱한 네가 좋아

산·하춘화가 부른 '잘했군 잘했어' 노래를 부르는 듯했다.

　기타 치며 노래 부르는 걸 좋아하던 제나는 매일 밤 전화기를 붙들고 기타를 치며 김광석 노래를 불러줬다. 나중에 안 사실이지만 그때 전화 요금이 꽤 나와서 아버님께 된통 혼났다고 한다. 밤마다 전화선을 타고 흘러오던 김광석 노래는 몇 년 뒤 공중전화선을 타고 세레나데가 되어 전해졌다. 제나가 공중전화로 청혼을 했다. 전화하자마자 청혼이라니.

　"우리 결혼하자."

　"갑자기? 둘이서?"

　"그럼 여럿이 결혼하냐, 둘이 하는 거지?"

　"그래, 그러자. 근데 너 나한테 잘할 거야? 지금도 잘하지만."

　"그걸 말이라고 해? 너 고생 안 시키고 행복하게만 해줄 거야."

　"고생시킨다고 내가 하겠냐? 바로 이혼이지. 근데 지금도 행복하긴 해."

　"그럼 우리 결혼하는 거다."

　"그러자. 대신 조건이 있어."

　"뭔데?"

　"결혼하기로 했으니 오늘부터 우린 서로 존댓말 하는 거야. 그리고 신혼여행은 좀 특별했으면 해."

　"좋아. 그렇게 해요."

　내가 아는 청혼은 장미 꽃잎이 사방에 뿌려진 멋들어진 공간
에서 달콤한 연주가 흘러나오며 시작되는 거였다. 정장을 차려입
은 그이가 은은한 불빛에 다이아가 번쩍이는 반지를 내밀며, 그대
와 평생 함께하고 싶소, 그대 없인 하루도 못 살겠소, 나와 청혼
해 주겠소? 뭐 이런 거였는데… 장미는커녕 얼굴도 못 보고 청혼
을 받았다. 전화를 끊고 나니 담백하고 깔끔한 우리 결혼하자, 말
하던 제나가 더 진실하고 달달해 보였다. 그날부터 우린 친구에서
부부로 행복하게 산다. 아, 제나와 나는 지금까지 존댓말을 쓰면
서 지낸다. 가끔 싸울 땐 반말과 존댓말이 섞여서 난감한 풍경이
다.

　"야! 너, 계속 그딴 식으로 할래요?"

　"야! 너, 죽을래요?"

　이렇다 보니 싸우다가 서로 웃는다. 결국, 싱겁게 끝난다.

　　　　　　　　　　　　　　유쾌한 랄라 씨, 엉뚱한 내가 좋아

햇살

결혼하고 아이를 낳을 수 있을까? 고민하게 된 건 학교에서 과학 수업 시간에 혈액형 관련 내용을 배운 뒤부터다. RH- 혈액형은 유산이 잘 된다, 아이를 낳더라도 기형아를 낳는다 등등 무시무시한 얘기가 많아서 근심이 컸다. 내겐 혈액형뿐만 아니라 류마티스가 심해서 이 또한 아이를 낳는데 심각성이 있다. 매일 먹는 독한 치료약을 중단하고 병을 이겨낼 수 있을지 의문이었다. 아이가 생겨도 취약한 내 관절과 뼈마디들이 버텨줄지도 알 수 없는 일이었다.

그런 걱정과 근심을 뒤로하고 사내아이를 낳았다. 아이는 낳자마자 인큐베이터에서 생활하게 되었다. 그때 알았다.

인큐베이터도 독방이라는 공간이 있구나.

인큐베이터 치료실은 여럿 모여 있는 곳이 있고, 위험성이 높은 아이만 홀로 생활하는 치료실이 있었다. 깊숙한 동굴 같은 곳이었다. 난 아이를 독방에 혼자 남겨두고 병원에서 먼저 퇴원했다. 건강하지 못한 엄마를 만나 아이가 아프고 고생하는 것만 같아 미안했다. 매일 기도하며 자책하고 눈물로 하루하루를 보냈다. 아이는 세균 감염이 심해서 인큐베이터 독방에서 혼자 병과 싸우며 일주일 만에 내 품에 안겼다. 감사하게도 건강한 모습으로 쑥쑥 잘 성장했다. 그 아이가 햇살이다. 내 마음에 햇살 같은 존재여서 이름 대신 햇살이라고 스마트폰에 저장해 두었다.

힘들게 내게로 온 만큼 잘 키워야 한다는 책임과 욕심이 동시에 일었다. 수많은 육아서를 읽고, 강의를 쫓아다니고, 교육 정보를 찾아가면 갈수록 아이와 갈등은 깊어만 갔다. 아이를 잘 키운다며 내 욕망과 욕심을 동시에 키우고 있었다는 걸 그땐 알지 못했다. 아이의 행복함이 우선인 당연한 진리를 아이가 사춘기 될 때쯤 알았다. 환희에 가득 찼던 기쁨과 설렘이 좌절과 분노, 절망과 우울로 온통 뒤덮여서 앞이 보이지 않았다. 휘청거릴 힘조차 없을 때 진흙 구덩이에서 허우적대는 나를 발견했다. 내게로 왔던 고귀한 생명이 마음을 닫은 채 힘들다고 소리치는 모습 또한 뒤늦게 보게 되었다. 깊은 수렁에서 서럽게 아이도 울고, 나도 울었다.

뒤죽박죽 랄라 씨가 제나, 햇살이, 아버님과 함께 유쾌한 랄라 씨로 변화하는 과정을 지켜보시라.

은미 쌤, 이렇게 멋진 글 쓰는 솜씨가 있었군요. '제나와 햇살이'를 읽고 있으니 신랑과 연애 시절 생각이 나고, 햇살이 육아하는 모습이 고3 첫째 키우는 제 모습과 같네요. 항상 응원하겠습니다. 좋은 글 많이 써주세요. -이미연

유쾌한 랄라 씨, 엉뚱한 네가 좋아

뒤죽박죽 랄라 씨

햇살이가 2살이었을 때다.

초보 엄마다 보니 온종일 아이와 씨름하다 겨우 어르고 달래서 아이를 재운다.

"땡동~♬ 땡동~♬ 땡동땡동~♬"

초인종이 요란하게 울린다. 문을 열고 확인하니 옆집을 찾아온 손님이 잘못 눌렀다. 이제 막 잠이 든 아이가 울고불고 난리다. 아~ 이제 겨우 내 시간을 갖나, 했는데… 다시 아이를 안고서 거실과 베란다, 방을 순회하며 이야기를 들려준다. 두 시간 뒤 아이는 내가 입고 있던 원피스에 토한 뒤 울음을 멈추고 눈을 감는다. 스르륵 잠이 든다.

휴! 이제 잠시 자유 시간이다!!!

원피스를 벗는다. 기쁨도 잠시. 원피스가 바닥에 떨어지는 속도와 동시에 초인종이 또 울린다.

벨 소리
안 돼애애애
-! -!

멈춰!! 벨 소리 멈춰!!

비상 상황이다. 아이가 꼼지락거리려 한다. 내가 옷을 찾아 입는 시간 동안 초인종은 울릴 것이며, 그 소리에 겨우 잠들었던 아이는 깰 게 불을 보듯 뻔하다. 어쩌나! 또 몇 시간 동안 아이를 안고서 재우느라 희생하느냐. 비키니 차림의 이 상태를 유지하고 빛의 속도로 띵동! 벨 소리를 차단해서 자유를 얻느냐. 그 짧은 몇 초 사이 몸은 이미 현관으로 달려간다.

그래, 확률은 50%다!

이 늦은 시각, 초인종을 누를 사람은 회식을 마치고 퇴근하는

유쾌한 랄라 씨. 엉뚱한 네가 좋아

옆짝꿍이리라.

아이를 깨우느니 확률을 믿어보자.

눈썹이 휘날리게 조용히 달려가 현관문을 살포시 연다.

"뜨.악!!!"

"캬.아.악!!!"

역시 행운의 여신은 내 편이 아니다. 옆짝꿍 대신 현관문엔 아버님께서 놀란 모습으로 서서 나를 바라보신다. 비키니 속옷 차림인 며느리를 보고 기겁하시는 아버님과 그런 아버님 모습에 까무러치게 놀란 나;; 둘이서 눈을 멀뚱멀뚱 뜬 채 얼음 땡이다.

며느리와 아버님은 현관문을 사이에 두고 서로 놀라자빠진다. 결국 현관문 바로 옆방에서 잠들었던 햇살이는 그 소리에 잠이 깨서 자지러지게 운다. 아, 괴롭다. 잠깐의 자유시간도 50% 확률도 모두 물거품이 되었다. 펑!

그땐 그랬다. 띵동 하면 문을 열어주던 시절이다. 띠디디딕 번호를 누르는 번호키 시대인 지금이야 이런 일이 발생하지 않지만, 그땐 벨을 누르면 집안에서 현관문을 열어주던 시절이다.

그땐 그랬다. 아이가 잠들면 겨우 내 시간이 주어지던….

17년 전 18금 추억이다. 그 뒤 19금 풍경에 비하면 이건 예고편인 게다!!!

한여름 더위에도 시원하게 옷을 입지 못하니 불편하다. 밖에 있다가도 식사 시간이 되면 하던 일을 멈추고 급하게 집에 들어와서 아버님 식사를 챙겨드리고 다시 나가곤 한다. 텃밭을 일구시는 아버님께서 여름이면 거실, 베란다, 안방에도 고추를 말리느라 집인지 창고인지 혼동된다. 맵고 눈이 따끔거린다. 선풍기는 고추 말리는 곳에 사용하느라 정작 더워도 우리 차지가 아니다. 텃밭 면적이 점점 넓어지고 거둬들이는 양이 많아진다. 농부의 딸인 난 아버님께서 정성껏 가꾼 농작물이 기쁘기는커녕 자꾸 싫어진다. 생각해 보면 싱싱하고 다양한 채소를 먹으니 감사할 일인데도 아버님과 함께 사는 게 불편하고 부담되니 채소마저 미웠나 보다.

아버님과 함께 사니 당황하는 일도 많이 벌어진다.

욕실에서 목욕하고 수건을 잡는 순간 바닥으로 툭 떨어져서 다 젖었다. 욕실 수납장을 열어보니 수건이 없다. 어제 푹푹 삶아서 옥상에 말린 뒤 다시 수납장에 넣어 두질 않은 게다. 햇살이를 부르며 수건을 하나 가져다 달라고 하니 아이가 네, 하며 씩씩하게 대답한다. 조금 뒤 욕실 문을 열기에 수건을 받으려고 손을 내미니 캬아악~~~~! 아버님께서 눈이 동그래져서 서 계신다. 너무 놀라 욕실 문을 닫아야 하는데 역시나 얼음 땡이 된다. 아버님께선 화장실을 쓰시려고 문을 열었던 건데 난 햇살이가 수건을 건네주는 거로 착각한 거다.

안방과 거실에 화장실이 두 개면 뭐 하리오. 이런 난감한 일들이 발생하는데….

　물론 나도 아버님께서 욕실에 계시는지 모르고 문을 벌컥 열었던 적이 있다. 아버님과 며느리는 함께 살다 보니 이렇게 예고 없이 19금 버전을 자주 경험한다.

저도 그 시절은 살짝 벗어났네요. 6살 아들, 으흐하! 이제 3~4년 뒤면 좀 편해질까요? 크면 사랑 말고 다른 것 달라고 하겠죠? 악ㅋㅋㅋ -노화정

그땐 그랬을 시기 이해가 됩니다. 선택이 도 아니면 모지요. -박동일

꾸러기들의 책날개

햇살이는 어릴 때부터 책을 무척 좋아했다. 하루에도 그림책을 수십 권씩 읽어달라고 가져왔다. 제나와 둘이서 번갈아가며 책을 읽어주곤 했다. 그림책을 읽고 나면 도화지에 그림도 그렸다. 레고로 그림책 배경과 등장인물을 만들고, 종이상자로 성을 짓기도 했다. 나도 책을 읽어주고 아이와 재미있는 놀이를 함께하는 게 즐거웠다. 햇살이 친구들이 놀러 오면 그림책을 읽어주고 같이 놀았다. 아이들은 즐거워했다.

이런 책 놀이를 햇살이와 친구들이랑 매주 하면 어떨까? 문득 그 생각이 들었다. 햇살이 친구 엄마들에게 그림책을 읽어주고, 활동해도 되겠냐고 물었더니 다들 좋아했다. 바로 시작했다. 역시 예상대로 아이들은 눈을 초롱초롱 빛내며 즐거워했다. 일단 익숙해질 때까지 먼저 그림책을 선별하고, 관련 활동을 준비해서 우리 집에서 진행하기로 했다. 안정되면 나중에 한 집씩 돌아가며

유쾌한 랄라 씨, 엉뚱한 네가 좋아

집주인 엄마가 그림책과 활동을 준비하는 단계로 나아가자고 하니 모두 수긍했다.

처음 시작이 힘들지 아이들이 좋아하니 매주 책을 읽어주고 활동하는 시간을 기다렸다. 팥빙수 그림책을 읽고 빙수도 만들고, 하늘에서 음식이 내려오는 책을 읽고 샌드위치와 인절미도 만들었다. 장승 책을 읽고 찰흙으로 장승을, 신체의 신비 책을 읽고 뼈 마디마디를 만들기도 했다. 보물찾기 책을 읽고 보물 상자를, 바느질 책을 읽고 오자미를 만들어 신나게 놀았다. 아이들과 그림책을 읽고 함께 놀 거리는 무궁무진했다.

아이들은 나를 보면 책 읽기 언제 하냐며 책 놀이 시간을 기다렸다. 책 놀이를 즐거워하니 또래 친구들이 너도나도 하겠다며 인원수가 점점 많아졌다. 유치원생이 십여 명 넘게 모이니 그야말로 왁자지껄 시장통처럼 수선스러웠다. 싸우는 친구도 생기고, 삐치고 울고, 토라져서 꿈적하지 않는 녀석이 생겨났다. 그래도 아이들은 상황 이야기를 들어주고 잘 다독이면 우리가 언제 싸웠냐는 듯 화해하고 금세 헤헤 웃으며 신나게 논다.

그러나 엄마들은 달랐다. 아이 싸움이 엄마 싸움이 되고, 누굴 제외했으면 좋겠다는 은밀한 전화까지 받으니 내가 이걸 왜 하고 있나 후회가 밀려왔다. 준비해서 활동하고 사진 찍어 그 과정을 기록하는 게 이때부터 부담이 되었다. 좋아서 시작한 활동이 일처럼 느껴지며 점점 힘이 빠졌다.

아이들은 여전히 책 놀이 시간을 기다리며 변한 게 없었다. 나 또한 아이들이 책을 보며 행복한 모습이 마냥 좋은데 왜 이런 생각이 드는 건지 한참 고민했다. 아이들이 만들어가는 친구 관계, 부모들이 만들어가는 복잡한 인간관계가 뒤죽박죽 엮이니 꼬아놓은 엿가락처럼 축축 늘어졌다. 급기야 아이들의 싸움은 엄마들까지 다투게 만들고, 서로 소원해지는 사이가 되었다. 아이들은 싸우고 나서 며칠 지나면 툭툭 털고 잘 노는데 어른들은 참 이상하다. 그게 그리 안 되니 말이다. 나도 한동안 이상한 어른이 되

유쾌한 랄라 씨. 엉뚱한 네가 좋아

어 괴로워하며 지냈다. 지금 생각하면 웃음이 나오지만, 그땐 정말 세상이 무너지는 외로움이었다. 무인도에 홀로 있는 로빈슨 크루소처럼. 그 역경을 딛고 지금까지 활동을 이어올 수 있었던 건 좋아하는 걸 나누는 마음과 마을이 아이들을 함께 키워야 한다는 강한 믿음 덕분이다.

선생님의 고민이 많으셨네요. 어른들이 판을 흐린다는 말처럼 참으로 공감이 많이 됩니다. —김형정

에휴, 증말! 할많하않(할 말이 많으나 하지 않음). 절레절레 고개를 젓게 되네요. —이예나

북울림 마을만들기

'안산시마을만들기지원센터'(이하 안산시마을만들기)는 주민이 마을의 주인으로서 주민 스스로 좋은 마을을 만들도록 추진하고 지원한다. 주민이 살고 싶은 마을을 구축하고, 지역사회가 스스로 고민하고 해결하는 건강한 마을공동체가 되도록 협력한다. 주민이 마을 공동의 미래비전을 세우고, 마을 중심의 종합계획을 세우며, 지속적인 주민 참여로 마을재생이라는 장기적인 실행 기반을 마련하도록 돕는다. 안산시마을만들기 주요 사업은 주민공모사업, 주민교육사업, 기획 및 연구사업, 관내/회 교류사업, 마을만들기 홍보사업이 있다. 북울림은 안산시마을만들기 사업 중 주민공모사업을 진행 중이다.

반월동에서는 아이의 사춘기를 맞이해 지친 부모들이 모여 비폭력대화 공부 모임을 조성했다. 함께 뜻을 모아 아이들을 건강하게 양육하자는 마음에서 시작된 단체이다. 2012년 '연어처럼'

비폭력대화 모임으로 시작해, 매년 비폭력대화 전문 강사가 상하반기 교육을 진행하며 자조모임이 이어졌다. 반월마을 행사에 참여하며 모임을 진행해 오다가, 2015년 다양한 책을 읽고 토론 영역을 넓히자는 제안에 '북울림'을 개설하였다. 북울림의 북은 책을 뜻하는 북^book^과 악기를 뜻하는 북^drum^의 두 가지 의미를 상징한다. 울림은 나를 울리고 너를 울리고 우리를 울리는 울림이다. 북과 함께하며 울림을 전달한다는 의미이다. 그후 밴드와 댄스팀으로 구성된 반울림 활동을 지원하고자 안산시마을만들기 사업을 시작했다. 2021 현재까지 안산시마을만들기 사업을 꾸준히 이어오고 있다. '반달음악회' '반달마을축제' '부모교육' '어린이 놀이터' '4·16 플래시몹' '청소년 자아 찾기' 등 다양한 문화예술교육과 지역 행사에 참여한다. 현재 2021년 안산교육청 추진 사업인 마을학교에 선정되어 반월중학교와 사업을 추진 중이다. 첫 시작이 어렵지 공동체가 마음을 모으니 진행은 순조로웠다.

마을활동가들은 마을과 주민, 학교를 어떻게 연결할 수 있을지 고민이 많다. 마을공동체와 학교, 청소년과 마을 주민이 함께 소통하고 연대하는 광장을 만들어가는 게 말처럼 쉽지 않다. 주민 따로, 학교 따로, 청소년 따로 각자 분야에서 나뉘고 흩어지는 사례가 많다. 삶의 터전인 마을에서 나와 너 우리가 모여 고민을 함께 나누는 게 중요하다. 북울림은 그런 고민을 함께 이야기하고 행동한다. 마을공동체 일원으로 살기 좋은 마을을 만드는 데 기여하며 배움과 실천을 할 수 있다는 건 행복한 일이다.

사춘기 인생여행

나를 알아가는 과정은 중년인 내게도 벅차고 꽤 힘들다. 반월 사춘기 중학생들이 그런 과정을 살펴보며 여행길을 걷는다. '반달 마을 사춘기 인생여행'을 떠나는 아이들은 무시무시한 시한폭탄, 중2 학생들이다. 아이들의 손을 잡고 인생 여행길을 함께하시는 분은 청소년 지도와 상담을 전공하고, 청소년 밴드와 댄스팀을 이끄는 반올림 대표 김병관 목사님이다. 아이들은 피아노와 의자를 책상 삼아, 바닥에 엎드려, 창가 옆 화분 곁에서 종이에 뭔가를 쓱쓱 적어나간다.

"넌 화날 때 뭐라고 썼어? 언제 화가 나지? 그게 제일 어렵네."

"내가 잘하는 게 있나? 뭘 잘하는지 도통 모르겠네."

"누가 내 별명 부를 때 열라 싫어. 나도 빡쳐"

나 자신을 알아가는 일이 생소한지 옆 친구에게 묻기도 하고, 잘 모르겠다며 목사님을 호출하기도 한다. 사춘기 아이들에게 다가간 목사님은 바닥에 엎드린 아이와 함께 바닥에 쪼그려 앉고, 의자를 책상 삼은 아이에겐 무릎을 굽히며 아이들과 심장 높이, 눈높이를 맞추신다. 펜을 쥐고 눈을 껌뻑이던 아이들이 쉬리릭 적어 내려가는 걸 보니 마음이 전해졌나 보다. 나도 종이를 한 장달라고 부탁해 여러 질문에 답해본다. "별명은? 유쾌한 랄라 씨, 몸 중 가장 예쁜 곳은? 심장, 행복할 때는? 여행, 글쓰기, 책 읽기, 등산, 대화 나눌 때."

자신의 별명부터 좋아하는 것, 화나게 하는 것, 행복할 때, 꿈, 기적 2가지, 닮고 싶은 사람, 가장 슬플 때 등 자신에 대해 적고서 누구인지 친구들이 맞추는 게임이 시작된다. 아이들의 꿈은 미술 선생님, 결혼, 외국에서 살기, 춤추는 사람 등 다양했다. 왜 그런 꿈을 꾸는지 게임을 하며 자신의 속마음을 하나하나 이야기 해나간다.

"어? 너 이런 걸 좋아했었어?"

"의외네, 너는 이럴 때 슬펐구나."

"맞아! 넌 춤을 잘 추니 꿈이 이뤄질 거야."

나에 대해 이야기하고 친구를 알아가는 사춘기 아이들의 눈에 우주가 담겼다. 외국에 가서 돈 많은 사람과 결혼해서 살고 싶다는 친구의 말에 웃음 폭탄이 쏟아진다.

"근데 왜 외국이야? 우리나라도 돈 많은 사람 많은데."라는 의아함에 친구는 수줍게 미소 지으며 말한다.

"미안하잖아. 내가 이룬 게 아닌데 나만 풍족하게 사는 모습 보면 친구들이 속상할 수도 있으니까."

아이들은 다 함께 행복하게 살고 싶어 한다. 혼자 잘 사는 게 친구들에게 미안하다고 말하는 아이도, 그 말에 고개를 세차게 끄덕이는 아이도 모두 잘 사는 게 어려운 현실임을 수긍한다. 그리고 대부분 닮고 싶은 사람과 슬플 때 힘을 주는 사람으로 부모님과 아이돌을 꼽았다. 역시 사춘기 아이들에게 비타민은 부모님과 아이돌 가수인가 보다. 미디어 영향력을 엿볼 수 있는 부분이다. 외모와 공부에 관심이 많은 것도 사춘기 아이들의 특성임이 잘 드러난다. 내 눈엔 그저 사랑스럽고 예쁜 아이들인데 그 나이엔 고민이 많을 때다.

나를 표현하고 친구들과 함께 서로에 대해 알아가는 시간이 참으로 소중하다는 걸 배운다. 사춘기 아이들이 쏟아낸 웃음과 두근거림, 고민과 희망은 이 아이들이 인생 여행길을 떠나는 긴 시간 동안 두고두고 자양분이 될 것이다. 아이들이 자신의 미래를 향해 저벅저벅 걷는 경쾌한 발소리가 들려온다. 마지막으로 친구들의 장점을 스티커에 하나하나 적어 당사자에게 다가가 얘기해 주고, 장점 스티커를 몸에 붙이는 시간을 가졌다. 예측 불가능한 사춘기 아이들에게 어떤 돌발 상황이 벌어졌을지 상상이 되지 않는가.

선을 넘는 녀석들

'반울림'은 반월의 청소년들이 밴드와 댄스팀을 구성해 예술 활동을 하는 청소년 공동체이다. 2013년부터 조성돼 9년의 역사를 지녔다. 반울림은 매년 반달음악회와 길거리음악회 공연을 한다. 올해도 상반기에 길거리음악회를 했고, 10월에 반월중학교에서 반달음악회를 성황리에 마쳤다. 반울림을 졸업한 선배와 현재 활동 중인 후배가 한자리에 모였다. 그들은 9년의 반울림 역사를 모으고, 이야기를 담아 반울림 역사책을 제작하고 있다. 선을 넘는 반울림 녀석들! 선배와 후배가 함께 9년의 공동체 역사를 넘나든다는 의미이다.

반울림 선배 민이와 하은이는 햇살이 친구들이다. 지금 스무살이 된 그녀들은 초등학생 시절부터 알고 지냈다. 착하고 귀엽고 예뻐서 내가 어쩔 줄 몰라 하던 녀석들이다. 그녀들과 이야기책을 만든다. 내 키보다 더 커버린 민이와 하은이. 귀엽고 사랑스러움은 여전하다. 두 녀석을 만나면 달려가서 꼭 끌어안게 만드는 예쁜 아이들이다. 시간이 흘러도 초등학생 때 간직했던 풋풋하고 순수한 마음이 여전한 녀석들이다. 민이와 하은이, 반울림 후배인 지원이와 연우가 어떤 책을 만들지 토론한다. 반울림 대표 김병관 목사님, 민이, 하은이는 사진과 영상을 보며 추억에 잠긴다. 이야기보따리가 줄줄 풀려나온다.

"우리가 처음 반울림 활동을 할 때였어요. 선배 언니들이 춤 연습한 뒤 먹으려고 사놨던 컵라면을 배가 고파서 몰래 훔쳐 먹었죠. 나중에 라면이 없어진 걸 알고 누가 먹었냐며 조사하더라고요. 그땐 언니들과 친하지도 않았고, 무섭기도 해서 밴드팀 오빠들이 먹었다고 뻥쳤어요." 민이는 목젖이 보이게 웃으며 그날을 추억한다. 이어서 하은이도 말을 보탠다.

"언니들이 우릴 순진하고 착하게 봐서 그 말을 믿더라고요. 죄 없는 오빠들만 오해받고 혼났어요." 억울한 오빠들 표정이 떠올랐는지 뽀얀 손으로 입을 막고 웃는다.

성인이 되어 얼마 전에 언니들과 술자리를 가졌단다. 그때 꼭꼭 숨겨뒀던 추억담을 이야기하며 함께 껄껄 웃었다고 한다. 댄스팀별로 서로 유명한 곡을 차지하려고 경쟁한 이야기, 매일 연습실에서 10시까지 춤 연습하던 이야기, 대회 나가서 신발이 벗겨져 난감했던 이야기들을 쏟아놓는다. 두 녀석이 펼쳐놓는 반울림 역사를 듣는데 나도 덩달아 설렌다.

"연습할 때 댄스팀은 밴드팀 연주하는 걸 보며 수정할 부분을 얘기해 주고, 밴드팀은 댄스팀 춤동작을 봐주며 여긴 누가 안 맞고, 이 부분은 이렇게 하면 좋겠다고 서로 의견을 주고받았어요. 그게 제일 기억에 남고 좋았어요."라는 말이 오래오래 가슴을 울린다.

그녀들은 마을에서 서로 나누고 화합하는 의미를 제대로 아는구나.

예쁜 민이와 하은아~○

'너희들은 마을공동체가 함께 조화롭게 사는 방법을 어릴 때부터 경험한

유쾌한 랄라 씨. 엉뚱한 네가 좋아

거야. 그리고 그게 값진 일임을 자연스럽게 터득한 거고. 지금 후배들과 그 기쁨을 나누며 만들어가는 거란다. 멋진 성인이 되어 와장창 기뻐!'

마음속으로 민이와 하은이에게 사랑의 메시지를 전한다.

아카이브 씀 교육

북울림 활동을 하며 안산시마을만들기에서 주관하는 아카이브 씀 교육에 참여했다. 한신대 이영남 교수님과 다섯 개 안산마을공동체가 함께했다. 아카이브를 이해하고, 좋은 사례를 학습하는 워크숍이다. 주로 각 공동체 활동을 분류·기술하며 아카이브로 만들어나가는 과정을 함께 했다. '아카이브'란 장기 보존의 가치가 있는 기록물과 그것을 관리하는 장소를 말한다. 뮤지엄은 예술이 모여 있는 집이고, 아카이브는 기록 컬렉션의 집이다. 아카이브는 단순한 기록이 아니라 아카이브의 이유, 방법, 사람들을 포함한다.

조지 오웰『나는 왜 쓰는가』책에서는 글쓰기 동기에 대해 네 가지 욕구로 설명한다.

첫째, 순전한 이기심. 똑똑해 보이고 싶고, 사후에 기억되며, 어린 시절 자신을 푸대접한 어른들에게 복수하고 싶은 등등의 욕구로 글을 쓴다.

둘째, 미학적 욕구. 세계의 아름다움, 낱말과 그것의 적절한 배열이 갖는 묘미, 어떤 소리가 다른 소리에 끼치는 영향, 훌륭한 산문의 견고함을 향한 열정이자 기쁨으로 인해 글을 쓴다. 그 자체가 즐거움이다.

셋째, 역사적 이유. 사물을 있는 그대로 보고, 진실을 알아내고, 후세를 위해 그것들을 보존해 두려는 욕망이 있기에 글을 쓴다. 공동체 활동하는 사람에게 필요하다.

넷째, 정치적 목적. 자기 생각을 사람들에게 알리고, 생각을 바꾸려는 욕구 때문에 글을 쓴다. 만일 누가 예술은 정치와 무관해야 한다고 말한다면, 그 말 자체가 정치적 태도라고 할 것이다.

아카이브에는 미학적 욕구가 크며 역사적 이유도 포함된다고 한다. 우리나라 대표 사례인 느티나무도서관과 풀무학교 아카이브 과정을 익히고, 외국 사례는 뉴욕 허스토리 아카이브를 학습했다. 특히 풀무학교의 가치와 철학이 담긴 아카이브 컬렉션과 시리즈가 와닿았다. 풀무학교는 오리농법으로 시작해서 미꾸라지, 우렁이 단계를 거쳐 유기농법으로 농사를 한다. 느티나무도서관 아카이브 영상은 많은 생각거리를 남겼다. 그들은 말한다. 아카이브란 재미이며, 도서관의 정체성이고, 도서관을 찾는 사람과 대화이며, 버려짐이나 가슴 아픔이 아니라 사랑과 행복이라고. 뉴욕 허스토리는 소설가이자 에세이 작가인 에리카 던킨이 개인 기록물과 허스토리 워크숍 활동 기록을 스토니브룩 대학에 기증하였다. 대학은 이를 '스페셜 컬렉션'의 하나로 공식 관리한다. 대학 도서관과 지역단체가 손잡은 마을 기록 아카이빙이 안산에도 있으면 참 좋겠다는 생각이 든다.

사례들을 떠올리며 반월 북울림 공동체는 어떤 컬렉션을 모으고, 컬렉션에 담을 시리즈는 무엇으로 정할지 고민에 빠졌다. 내가 드라마 시리즈는 잘 아는데 아카이브 시리즈는 어렵구나. 북울림 아카이브를 하며 앞으로 마을에서 공동체가 나아갈 방향성이 떠올라 기쁘다. 아이템과 파일을 잘 정리해서 아카이브 상자를 단단하게 만들어야겠다.

아카이브 쏨 교육과정 중 EBS 〈다큐멘터리〉 '길 위의 인문학'으로 방영된 느티나무도서관 아카이브 영상을 봤다. 햇살이가 유치원 다닐 때 자주 갔던 곳이어서 더 반가웠다. 느티나무도서관은 처음에 아파트 상가 지하에 어린이도서관으로 시작했다. 박영숙 관장님 책을 통해 알게 되어 자주 갔었다. 도서관은 2007년 이전해 지금은 320평 규모로 확대되었다. 용인 수지에 위치한 도서관은 지하 1층~지상 3층 건물로 약 5만 권의 장서를 소장하고 있다. 열람실과 자료실이 분리되어 있지 않으며 어린이실 역시 분리되어 있지 않은 곳이다. 느티나무도서관 철학이 좋아서, 반월마을 아이들에게 보여주려고 25인승 승합차로 데려간 적이 있다. 입구에 들어서면 커다란 그네가 아이들의 시선을 사로잡는다. 2층으로 올라가는 계단에 모여앉아서 아이들에게 그림책을 읽어줬

유쾌한 랄라 씨. 엉뚱한 네가 좋아

던 추억이 떠오른다. 나도 아이들도 2층 공간을 무척 사랑했다. 내 겐 어릴 적 다락방 추억을, 아이들에겐 꿈과 희망을 선물하는 듯 상상의 날개를 활짝 펼치며 즐거웠던 곳이다. 느티나무도서관은 자료를 아카이브 하는데 3명이 6개 상자로 시작했다고 한다. 차 츰 도서관을 사랑하는 사람들과 함께 모여 워크숍을 하며 방대 한 자료들을 분류하고, 기술하고, 보관하고 있다고 한다. 영상 속 박영숙 관장님은 말씀하신다.

"주민과 소통할 수 있어서 가능했어요. 도서관을 통해 삶을, 세상을 바꾸겠다는 당돌한 꿈을 꿉니다. 그러려면 계속 말을 걸 어야 해요."

공동체는 누적된 자료들이 많다. 역사가 깊을수록 자료가 방 대하니 컬렉션을 고르고 시리즈를 만들 때 애를 먹는다. 행사가 빛을 다하면 기억에서 사라지고, 사진 같은 자료가 없어지는 안 타까운 일도 생긴다.

아카이브를 하며 기록들을 파일과 스캔으로 분산해서 보존 하면 활용도가 크다고 한다. 사진 자료들은 별도의 외장하드나 웹 서비스를 이용하는 방법과 인화 후 보존 앨범이나 작은 냉장고에 보관하는 방법도 설명해 주셨다. 지역 아카이브가 있으면 공동체 기록을 보관하고, 관리하는 서비스를 제공하는 게 제일 좋다고 한다. 허스토리처럼 인근 대학이나 지역의 기관과 협력하여 아카이브 서비스를 제공하는 방법이 안정적이라고 한다.

반월마을공동체인 '북울림' 역시 자료를 모으고, 분류하는 일이 쉽지 않았다. 컬렉션을 정하는 과정부터 시리즈, 파일, 아이템을 나누며 고민에 고민을 더했다. 이번 안산마을만들기 사업에서 청소년과 함께 반울림 역사책을 만든다. 그때 아카이브를 적절하게 활용할 계획이다. 새롭게 연결되는 사람들이 공동체의 흐름과 정체성을 알 수 있게 아카이브를 활용하면 도움이 될 듯하다. 아카이브 교육을 통해 마을의 공동체 역사를 기록하고, 보존하는 일이 지역과 마을활동가들에게 얼마나 큰 의미가 있는지 다시 깨닫는다.

우리의 미래 청소년들이 그저 구김살 없이 자존감을 갖고 자기 인생을 살아갈 수 있는 세상을 바라고 또 바랍니다. -어기서

재미있고 고맙고 고단하지만, 만인에게 의미를 주는 일인 듯하네요. -엄희진

유쾌한 랄라 씨. 엉뚱한 네가 좋아

그럼, 그냥 다를 뿐이야

　그림책들과 『달라도 친구』를 꺼내 읽어주며 이야기한다. 나는 자주 책장 책들과 함께 그림책을 읽는다. 책들이 귀를 쫑긋 세우고 듣는다.

　"너희들도 창가의 토토처럼 특별한 친구를 만난 적 있지? 나도 그런 경험이 있어. 그러니까 11년 전, 햇살이가 아홉 살 때였어. 햇살이 반에 아이들과 잘 어울리지 못하는 친구가 있었지. 키도 크고 씩씩하고 멋진 친구인데 엉뚱한 상상을 많이 하곤 했어. 가끔 수업 시간에 호기심이 발동해 돌아다니거나 답답하면 밖으로 나가기도 하고. 반 아이들이 그 친구를 찾느라 애를 먹곤 했지. 토토랑 닮았지?

　학예회 준비가 있던 여름이었어. 초등 2학년 아이들은 친한 친구들과 팀을 짜서 태권도, 댄스, 노래 등 다양한 솜씨를 뽐낼 준비로 바빴지. 햇살이도 친한 친구들과 학예회 계획을 짜고 있더라고. 그때 알게 됐지. 혼자인 친구는 아무것도 안 한다는 걸. 그래서 햇살이에게 물었어. 엄마가 그 친구랑 같이 연극을 하고 싶은데 어떠냐고. 햇살이는 힘들겠지만, 엄마가 연극을 절실하게 원하니 함께하겠다고 응하더라고. 그날부터 아이들과 쉽고 재미있는 그림책으로 연극을 준비했지. 그 친구를 포함 햇살이 반 친구들 다섯 명이 함께 연극을 연습했어. 연극을 하는 아이들과 엄마들이 다 함께 도왔으니 총 열 명이 학예회 연극을 준비했지. 매일 학교 수업을 마친 후 모여서 연습을 했어. 대사까지 직접 하기엔 그 친구가 힘들 것 같았어. 그래서 대사는 내가 맡고 아이들은 대사에 맞춰 이야기를 직접 행동으로 보여줬지. 기쁘게도 아이들 모두 무척 재미있고 신나 했어.

안 힘들었냐고? 당근 진땀 뺐지. 그 친구가 자꾸 사라져서 찾아다니느라 동네 구석구석 아이들과 술래잡기 놀이를 하곤 했어. 아홉 살이니 아직 어리고 개구쟁이 녀석들이잖아. 다섯 명을 데리고 연극을 준비했으니 그게 말처럼 쉽겠니~ 맛난 간식을 준비해서 함께 먹으며 얘기도 나누고 연습했지.

그런데 신기한 일이 벌어졌어. 있잖아, 그 친구가 점점 연극에 몰입하는 거야. 또, 네 명의 아이들이 그 친구를 챙겨주고 함께 이끌어주고 서로 도와주는 거 있지. 얼마나 설레고 감동이었는지 눈물이 나더라고. 그래서 학예회 발표는 무사히 마쳤냐고? 그럼 그럼~ 아이들은 있잖아, 각자 다른 빛깔을 간직하고 있더라고. 고

유쾌한 랄라 씨. 엉뚱한 네가 좋아

운 빛깔이 뿜어져 나와서 합해지니 뭐가 되는 줄 알아? 두근두 근 가슴 뛰게 하는 무지개가 되더라고. 얼마나 아름다웠겠어. 녀석들이 이제 스무 살이 되었어. 11년 전 연극을 했던 그림책 읽어 달라고? 으음… 그건 내일 재미있게 들려줄게. 오늘은 밤이 깊었으니 잘 자. 내일 봐, 그림책들아."

그림책들이 쌔근쌔근 코를 곤다. 코 코는 소리가 이불처럼 덮여 내 가슴을 토닥여준다.

요렇게 맘껏 펼 수 있게 모두에게 떼합창 -김인훈

감동이 밀려와 울컥했어요. -조미영

글을 읽다 보면 자꾸 내가 와장창 해맑아져요~!! -심승혁

세 남자의 공통점

우리 집엔 남자만 셋이다. 아버님, 옆짝꿍 제나, 아들 햇살이. 세 남자의 공통점은 술이 오지게 세다는 것.

12시 반쯤 햇살이가 삐뚤삐뚤 현관문을 들어서더니 실실 웃으며 중얼거린다. 허허! 이넘이 성인 되더니 물려받은 집안 피를 확인하는 겐가? 나는 아빠와 할아버지를 연상시키는 햇살이에게 음주와 관련된 기막힌 사건 두 개를 들려줬다.

아버님 가출 사건

아버님께선 술을 드시면 변함없이 옛 추억을 소환하신다. 학교 다니던 시절 이야기부터 시작해서 군대, 결혼, 자녀들, 사고뭉치 두 아들, 사랑하는 아내, 열심히 살아오신 당신의 삶을 읊으신다. 그리고 다시 사고뭉치 두 아들 이야기가 시작되며 도돌이표

행진이 끝없이 펼쳐진다. 처음 몇 년간은 이야기가 신선하니 재미있기도 했다. 아버님과 꿍짝꿍짝 담소 나누는 게 즐거워서 열심히 경청하고 맞장구쳤다. 아~ 그 시간이 점점 늘어났다. 두 시간에서 세 시간 네 시간 다섯 시간….

'끝없는 이야기책이 이런 거구나.'

그래도 들었다. 두 손을 공손히 모으고. 끄덕끄덕 공감하며. 발이 저려 와도, 오줌이 마려워도 꾹 참아가며. 착한 며느리병이 심할 때였으니… 쯥!

7년쯤 지났을 때다. 그러니까 아버님 역사를 다 꿰고 있을 시기에 대사건이 터졌다. 그날도 새벽 12시쯤 기분 좋게 술에 취한 아버님께선 끝없는 이야기를 시작하셨다. 졸음이 쏟아졌다. 이미 아는 레퍼토리를 참고 듣는데 아주버님 이야기에서 일이 벌어졌다.

"큰 애랑 둘째가 얼마나 착한데… 이건 두 며느리가 잘못 들어와서 그런 거야! 갸들이 다 문제여!!"

1시간 동안 같은 소릴 듣고 있자니 부아가 났다. 나도 이 집 며느리인데 그럼 막내아들(옆짝꿍)이 잘못되면 내 탓이란 말인가? 속에서 부글거리는 걸 참고 30분을 더 들었다. 그러나 한순간 뚜껑이 열리며 말이 새어 나오고 말았다.

"아버님! 형님 잘못만은 아니죠. 아주버님도 잘못하셨죠."

그 한마디에 아버님 연설은 끝이 났고, 바로 집을 나가버리셨다. 아뇨; 새벽 두 신데…. 제나에게 아버님을 찾아보러 가자니 그 냥 놔두란다. 난 혼자 외투를 걸치고 반월 구석구석 아버님을 부르며 찾아다녔다. 반월은 시골이라 2시면 상가 불이 다 꺼진다. 한 시간을 찾아 헤맸으나 아버님 그림자도 보이질 않았다. 풀 죽어 집에 오니 아버님은 방에 계셨다. 죄송하다고 용서를 구하고 혼자 엉엉엉 엄청나게 울었다.

그 뒤 아버님께서 술을 드시는 날엔 제나가 불을 끄고 자는 척하자고 제안을 했다. 우린 계단을 오르는 아버님 발소리가 들리면 깨까닥 버전으로 불을 잽싸게 껐다. 작전은 먹혔다. 대사건 이후 아버님의 끝없는 도돌이표 이야기를 안 들어서 편해졌다. 그러나 말벗이 없어 아버님께서 외로우실지 몰라 살짝 죄송한 마음도 있다. 지금은 술을 아예 안 드시니 그날이 그립기도 하다.

가방에 싸 온 음식

결혼하고 며칠 지나지 않았을 때다. 회사 회식이 있어서 늦게 오는 제나를 기다리고 있었다. 새벽 3시가 다 되어 제나가 들어왔다. 그런데 혼자가 아니다. 동료랑 같이 왔다.

'뭐, 그럴 수도 있지.'

"여보, 회사 동생이랑 같이 왔어요. 자, 이것도."

제나가 가방을 내게 내밀었다.

아이고야~ 이 인간이 동료를 데려온 것도 모자라 오바이트까지 데리고 오다니!!!

'이쁜 가스나가 아닌 게 어디여.'

가방 안엔 그날 먹은 음식이 한가득 들어있었다. 택시 안에서 속이 울렁거려 가방에 담아왔다고 한다. 성격상 가방을 바로 깨끗하게 빨아야 시원한데… 고민이 시작됐다. 신혼 초 아닌가. 초장에 기선제압을 제대로 해야 결혼생활에 문제가 없다는 선배들 조언을 되새겼다.

두어 시간 자고 해장국을 끓였다. 생글생글 웃으며 두 남자를 출근시켰다. 그리고 조.용.히. 문자를 보냈다.

> "여보, 어제 당신이 싸 온 음식은 내 입맛에 안 맞으니 퇴근 후 당신이 처리하세요. 다음엔 음식을 씹어서 싸 오지 말고 형체가 보이게 그릇에 담아오세요. 화장실에 가방 잘 놔둘 테니 퇴근 후 어찌할지 판단하시고요~"

그날 저녁, 제나는 오바이트가 범벅된 가방을 솔로 박박 문지르고 저녁을 먹었다. 그 이후 자신이 먹었던 음식을 가방에 절대 싸 오지 않는다. 그땐 내가 맥주 한 모금도 못 마시던 때였다. 그러니 술을 좋아하는 아버님과 술 마시고 실수하는 제나가 도통 이해가 되지 않고 한심해 보였다. 기분 좋게 한두 잔만 하지 왜 저러나, 싶었던 게다.

그랬던 그녀가 어느 날부터 별명이 쏘맥대장이다.

그렇다. 내 별명은 쏘맥대장이다! 캬아아~ 그래, 이 맛이지!

시트콤을 보는 듯~^^ -김대성

파란만장한 이야기는 어느 집에나 있군요. ^^ -이재홍

세상에… 이런 아내, 이런 며느리가 있다니… 대단하세요. 저라면 1시간도 못 채우고 다른 방으로 가서 자버렸을 거예요. 새벽에 친구랑? 남편의 가방? 어후… 저리 예쁜 말로 대응하실 수 있다니. 정말 놀랍구만요. ㅎ -김혜형

라데는 말이야!

라떼는 말이야!

잘생긴 음악 선생님이 수업 시간에 오페라 이야기도 해주고, 오페라 관련된 영화와 노래를 들려주셨어. 시골 촌에서 전주시로 학교에 다니며 오페라를 처음 접한 나는 눈이 동그래졌지. 내가 말이야, 판소리와 트로트는 어릴 때부터 겁나 들으며 살았지만, 오페라는 처음이었거든. 무슨 말인지 전혀 모르는데도 얼마나 설레고 신기하며 새로웠겠어?

그때 결심했지! 오페라 가수가 되자!!

됐겠어? 당근 가능하지. 내가 또 이은미! 이름이 가수잖아?

라떼는 말이야!

그 시골에 전축이란 게 있었어. 전축이 뭐냐고? LP판을 올려 놓으면 칙칙거리며 노래가 나오는 기계야. 전축에서 클래식, 팝송,

샹송이 쌀라쌀라 들려와. 그럼 연필로 가사를 꾹꾹 눌러 적으며 노래를 따라 불렀어. 무슨 내용인지 전혀 못 알아듣지만 얼마나 두근두근 재미있고 행복했겠어?

그때 결심했지! 이 멋진 노래들을 친구들에게 알려주는 사람이 되자!!

됐겠어? 당근 가능하지. 내가 또 오지랖이 하늘을 찌르잖아?

지금은 말이야!

사람들이 그 좋은 첨단 기계로 유튜브, 게임, 학습만 해. 지금처럼 스마트폰도 없고, 라디오, 텔레비전도 몇 집 없었잖아. 아날

로그 세대였던 그때도 전 세계 음악을 많이 듣고, 자연과 그 감동을 나누며 자랐던 내가 속상하겠지?

그래서 말이야!!

재미와 의미, 감동과 설렘을 주는 클래식 명품 해설가 김이곤 감독님을 소개하려고 해. 짧은 시간에 클래식 역사와 배경, 관련 드라마와 영화까지 쉽고 재미있는 이야기로 귀에 쏙쏙 들리게 설명해주시거든. 막힌 숨통을 오페라가 탁 트이게 할 거야. 참말이야. 믿어보라니까!!

코로나19로 지친 일상에 마음의 살을 찌워야겠지? 클릭해서 확인해 봐. 내가 거짓부렁인지 아닌지!!

김이곤의 라라장터 유튜브 채널

소격동 121번지 라라장터

라떼는 말이야!

시골에 플라스틱 장난감도 인형도 게임기도 없었어.

그럼 아무것도 없이 놀았냐고?

그럴 리가!

사방천지가 놀잇감이었는걸. 산에서 솔방울 던지고 놀고, 들판에서 나뭇가지로 자치기하고, 흙바닥에 털퍼덕 앉아 돌멩이 굴리고, 논 짚단에 쏙 들어가 놀고, 밭에서 무를 뽑아 쓱쓱 문지른

유쾌한 랄라 씨, 엉뚱한 네가 좋아

뒤 와그작와그작 씹어 먹으며 놀았어.

그땐 해질 때까지 뛰어다니며 놀고도 시간이 남아돌았어.

놀다 놀다 지쳐서 잠들었지.

라떼는 말이야!

남아도는 시간에 공부 하나도 안 하고 학교 성적 잘 나왔어.

그럼 천재였냐고?

그럴 리가!

너나 나나 학교 수업 시간이 다였어. 학원은 고사하고 문제집 조차도 시골엔 없었거든. 학교에서 나눠주는 A4용지 복사물이 전부였던 게 믿어져? 그러니 죽어라 공부해도 불안한 지금 아이들 보면 불쌍하겠어? 안 하겠어?

라떼는 말이야!

학원도 안 가지, 공부할 내용도 적지! 그러니 시간이 많았거든.

그 많은 시간을 인터넷 하며 보냈냐고?

그럴 리가!

인터넷은 존재하지 않았고, 텔레비전도 몇 집 없었던 시절이야. 라디오를 품에 안고 살았지. 라디오 프로에 사연 보내고 신청곡이 소개되면 두근거리며 녹음해서 두고두고 들었지. 친구들과 평상에 누워 찐 감자와 옥수수, 수박을 먹으면서 별과 도란도란

유쾌한 랄라 씨. 엉뚱한 네가 좋아

얘기 나누고 꿈을 키웠지. 얼마나 재미있고 신나며 행복했겠어?

그래서 말이야!!

아이들 공부만 하라고 강요하지 않았으면 해. 자연과 실컷 놀게 하고, 친구들과 맘껏 얘기 나누게 해줬으면 해. 하늘과 산, 들과 강을 봐. 얼마나 아름다워. "학교 숙제했니?" "학원 과제 했니?" 묻지 말고!

"오늘 푸른 하늘 봤어?" "요 앞 나무가 새 옷을 입었는데 봤어?" "노을이 오늘은 무지갯빛인데 봤어?"

그런 걸 물었으면 해! 아이들이 얼마나 설레겠어!!!

용기를 주는 음악 좋아요. -한경석

대공감. 라떼는 말이야~~ 악기도 필요 없었어. 풀잎 하나 뚝 따서 삐리리 불고 다니고, 장난감 까짓것 부럽지도 않았제. 막대기 하나면 흙 파서 집도 짓고 밥도 맹글고, 온 세상이 내 것이었응께. -서영심

알면서 실천하기 힘든. 특히 셤 기간에는 애가 이해가 안 되고… 이런 엄마이고 싶지 않았지만 이렇게 살고 있는… T.T -허선애

엉뚱한 랄라 씨

선생님 영혼을 가출시킨 모자

사랑하는 햇살에게

넌 얼마 전에 식사하며 그랬지. 엄마 아빠~ 제가 엄청 부끄 럽지만, 이제는 말할 수 있겠어요, 하며 실토를 했지. 가끔 도서관을 친구들과 갔던 날의 진실을. 넌 도서관에 충전기 를 들고 가서 휴게실에 앉아 핸드폰 게임만 했다고. "몰랐죠?" 하며 고양이처럼 동그랗게 눈동자를 반짝였지. 입 가엔 미안함을 담아서 수줍게 웃으며 말이야. 왜 몰랐겠니! 친구들이 햇살이 공부 좀 시키라고 엄마만 보 면 얘기했었는걸. 모를 리가 있었겠니. 그래도 친구들 공부

하는 모습 보면 뭔가 느끼는 게 또 생기겠지, 싶어 아무 말 안 한 거지. 모, 안 생기면 또 어떻고. 집에서 게임만 하는 것보다 도서관에 왔다 갔다 하며 바깥 공기 쐬는 것도 좋지. 엄마 아빠가 피식 웃으니 넌 더 쪽팔린 비밀을 얘기해 준다며 말했지. 이건 진짜 창피해서 아무한테도 말을 못 했다고. 담임 선생님께서 네가 적어낸 희망 대학교와 이유를 보고 말문이 막혀 한참 침묵하셨다는 사건을. 넌 어느 먼 지방에 있는 대학교를 썼다고 했지. 이유는 사촌 형이 현재 다니고 있으며, 가본 적도 있어서 친근하고 좋아 보였다고. 그때 내신도 수능 준비도 전혀 관심 밖이었고, 아는 대학교가 없어서 그리 적었다고 했지. 그게 그렇게 선생님을 충격에 빠뜨릴지 몰랐다고. 선생님 표정은 영혼이 급 가출한 얼굴이었다며 쪽팔려서 그때 우리에게 얘기 못 했다고. 이제는 말할 수 있다고 호탕하게 웃으며 얘기했지.

아, 그런 일이 있었구나. 으쩌지? 엄마도 선생님 영혼을 급 가출시킨 사건이 두 개나 있었는데… 나도 창피해서 햇살이한테 말 못 했어. 이제는 말할 수 있겠네.

모르는 번호로 전화가 오는 거야. 당근 안 받았지. 요즘 보이스피싱과 광고 전화가 얼마나 심해. 자동 검열했지. 근데 계속 오는 거야. 이 녀석 끈기 있네, 엄마도 뚝심 있게 안 받았

지. 잠잠하더라고. 어라? 다음날 또 전화하네. 일관성이 있으

니 전화를 받았지.

"여보세요!"라고 짜증 담아 톡 쏘았는데.

"안녕하세요?" 그러잖아.

"누구세요!!!"라고 한 톤 높여 신경질적으로 답했지.

"아, 햇살이 어머니~ 저 담임 누구입니다." 이러는 거야.

옴마야! 담임 선생님 번호가 내 휴대폰에 없었던 게지. 전혀

당황하지 않은 척 미소를 머금고 입술을 깨물었지.

"어머니. 제가 작년에도 햇살이 담임이었는데 기억하시죠?"

기억하긴 개뿔. 담임이 여자였었군. 처음 알게 된걸.

정신 바짝 차리고 "아, 네에." 하며 말끝을 흐렸지 뭐. 선생

님 영혼이 여행 떠날 채비를 하는지 잠시 조용하더라고. 조

금 뒤, 수학여행 경비가 통장에 없어서 햇살이만 수납이 되

지 않아 전화했다고. 음홧하하~ 그거라면 내가 일찍 잽싸게

통장에 넣어뒀었지. 돈이 빠져나간 것도 확인했었고. 그래서

당당하게 말했지.

"학교에서 착오가 있었나 보네요, 제가 잊을까 봐 일찍 돈

넣어뒀거든요, 호호호호."

만회할 기회를 잡은 게지.

그런데! 그런데!! 선생님께서 그러시더라.

"아, 어머님! 그게요. 수업료가 먼저 빠져나가서…."

유쾌한 랄라 씨. 엉뚱한 네가 좋아

우쒸! 넌 고등학생이었던 게지. 수업료를 내고 학교에 다니는 고등학생. 아, 신이시여! 선생님 영혼은 급 가출했는지 아무 말씀이 없으시더군. 전화가 끊긴 줄 알았다니까. 긴 침묵이 흐르고 선생님께서 웃으며 한 마디 남기시더라고.

"어머니, 너무 놀라지 마세요. 그렇게 착각하시는 분들 종종 있어요. 햇살이 별일 없는 거죠?"

별일이 있긴. 일상이 늘 이런 걸.

학교에서 돌아온 넌 나를 보자마자 고개를 갸우뚱거리며 그랬지.

"엄마, 담임 선생님께서 엄마 아빠 무슨 일 있는 거 아니냐고 물으셨어요. 엄마가 아프시지 않냐고…. 왜 갑자기 그걸 물으시지?"

이제는 엄마도 말할 수 있어. 사실 나도 그때 쪽팔려서 말 안 했어. 어제 네 얘기 들으니 그때 엄마랑 통화하고 선생님 영혼이 가출해서 너랑 진로 결정하며 뿌사지셨겠구나, 얼마나 충격이 크셨을까, 싶네. 우린 덤 앤 더머 모자 맞네, 맞아. 모, 그럴 수도 있지. 산다는 게 그리 호락호락 하간? 그제? 네가 그랬지? 넌 그때나 지금이나 옥수로 행복한 삶을 살고 있다고.

그럼 됐지, 뭐! 행복이 별거 간디, 그치?

와장창 사랑해~ 햇살!

2021. 6. 24. 목요일. 이제는 말할 수 있는 엄마가.

선생님 멘탈 붕괴

앗! 대낮에 깜빡 잠들었네. 햇살이는 초등학생 1학년. 아이가 처음으로 학교에 갔으니 내가 얼마나 설레고 아이를 잘 챙겨주고 싶었겠어. 내가 종아리 통통이라 치마는 잘 안 입지만, 아이가 초등 1학년이니 바지 입고서도 치맛바람 씽씽 일으키며 교실로 아이를 데리러 갔겠지? 그날은 햇살이 친구들을 맡아달라는 부탁도 받은 터. 깔끔하게 세수하고 나름 전문직 느낌 풍기는 정장으로 갈아입고 초등학교로 뛰어갔지.

'휴~ 다행이네. 이제 수업 마쳤나 보군.'

운동장에서 아이들이 뛰어노는 소리 참말 유쾌하네. 서로 쫓아다니고, 손잡고 거닐며 조잘거리고, 고무줄놀이를 하고, 축구를 하는 아이들로 꽉 찼더라고.

'짜슥들, 집에 먼저 가서 가방은 놔두고 놀지.'

짧은 다리로 총총총 빠르게 이 어미를 기다리고 있을 햇살이 교실로 향했지. 학교 현관 입구에 양치 컵을 들고 계시는 햇살이 담임 선생님이 딱 계시네. 내가 얼마나 반가웠겠어. 방금 자다 깬 흔적 따윈 전혀 눈치채지 못하게 세상 환한 미소를 날리며 다가갔지. 선생님께 햇살이 엄마라며 오지게 밝고 경쾌하게 인사드렸지.

"선생님~ 아이들 수업 끝났죠? 호호호호."

"네. 끝나서 놀고 있죠. 이 시간에 어쩐 일이셔요?"

"어쩐 일은요. 아이 데리러 왔죠. 호호호. 옆 반 친구도요."

"네? 교실에 있긴 한데… 무슨 일 있으세요?"

"무슨 일은요, 호호호. 엄마니까 데리러 왔죠. 아직 1학년 적응 기간이니…"

"네에…? 그런데 이 시간에 데려가는 이유를 제가 알아야."

"제가 쪼끔 늦었죠? 밖에 일이 있어서 학교로 바로 달려왔는데도 몇 분 늦긴 했네요."

개뿔. 일은 무슨. 퍼질러 자다가 뛰어와 놓고선!

"네? 저… 그러니까 지금 햇살이를 데려가는 이유가 1학년 적응 기간이라 도중에 데려가신다는…."

뭐래는거. 몇 분 늦지도 않았는데 디게 까칠하네.

"호호호. 네~ 선생님. 내일은 늦지 않게 더 일찍 올게요."

"네에?"

"근데 선생님께선 퇴근하시기 전에도 양치질하고 가시나 봐요. 깔끔하셔라. 치아 관리가 중요하긴 하죠."

"네?!"

아뇨, 왤케 네? 네에? 하면서 치약 거품 같은 얼굴빛으로 위아래로 날 자꾸 훑어보셔? 내일부턴 일찍 온다고요!

"그럼 전 햇살이랑 친구들 데리러 교실로 갈게요. 호호호."

"네?!!! 저기… 어머님~ 지금 점심시간인데 혹시…."

"네엣?!!!!!!! 지금 하교 시간 아닌 거예요?"

"하하하하. 어머님~ 이제 막 급식 먹었어요. 아직 수업 안 끝났어요."

"앗! 점심시간…. 제가 시간을 착각했네요. 죄송합니다."

에이쉬! 잠이 덜 깨서 시계를 잘못 보고 혼자 쇼를 했던 게지. 쪽팔려서 멍해졌어. 고개를 푹 숙이고 빛의 속도로 학교를 빠져나갔지.

으악~ 이건 또 무슨 날벼락 빠손인 겨.

난 분명 정장을 입고 왔는데… 잠결에 허겁지겁 나오느라 상체는 샤방샤방 블라우스에 정장 재킷을 입고, 바지는 김칫국이 여기저기 화려하게 있고, 말라비틀어진 밥풀때기 덩어리가 떡하니 무릎 전체를 덮은 몸뻬를 그대로 입고 왔던 게지. 그걸 난 지금 본 것뿐이고.

아, 신이시여! 그래서 자꾸 선생님께서 날 위아래로 쳐다보셨구나.

허벅지와 무릎에 시선이 길게 머문 이유가 뻘건 김칫국과 덕지덕지 붙은 밥풀때기를 보고 계셨구나;; 에헤야 디야~♬

이렇게 난 햇살이 초등 첫 담임 선생님부터 멘탈을 제대로 붕괴시켜버린 게지. 역사는 이어질 뿐이고.

안드로메다로 보내버린 선생님

랄라와 제나, 우리가 누구던가! 반월의 덤 앤 더머 부부 아니더냐. 초등학교 선생님부터 영혼을 가출시킨 게 시작일 리가. 절대 그럴 리가.

햇살이가 유치원 다닐 때였지. 햇살이를 유치원에 데려다주면 선생님들은 아이 머리를 쓰다듬으며 꼬옥 안아주셨지. 어쩜 이리 귀엽고 잘생겼냐며 무척 예뻐하고 좋아하셨어. 햇살이 별명을 꽃미남이라고 지어주며 부르더라고. 유치원에서 학부모 상담하던 날이었어.

"꽃미남 햇살이가 어쩜 그리 재미있는 말을 잘하는지 몰라요. 항상 교실을 웃게 만드는데 오늘 보니 어머님을 똑 닮아서 그렇군요. 하하하."

"네~ 까불까불하는 게 저랑 같긴 해요."

"성격이 좋아요. 햇살이 진짜 잘생겼고요. 키도 크고. 완전 꽃미남이에요. 그건 아버님을 닮았나 봐요. 복이네요."

아직 제나를 본 적 없던 선생님께선 햇살이 아빠를 무척 궁금해하셨지.

며칠 뒤 햇살이를 유치원에 데려다주러 제나랑 같이 가게 되었어. 선생님과 제나가 인사를 나누었지. 갑자기 선생님 얼굴이 막걸리 빛으로 변하더라고. 안줏거리가 있었으면 입에 넣어드릴 뻔했지. 선생님께선 고개를 갸웃거리며 우리 둘을 번갈아 한참 쳐다보셔. 그러더니 조용히 내 곁으로 다가와 속삭이시네.

"그런데 어머니~ 꽃미남은 도대체 누굴 닮은 거예요?"

푸하하하하. 우리 둘이 엄마 아빠 맞다고요!

우리 부부는 말없이 얼굴만으로도 선생님 멘탈을 안드로메다로 보내버린 게지.

뼛속까지 완전 진한 농부의 딸이라 때를 기다리느라 말씀을 못 하시거나 안 하신 적이 있을 거랑게요. 지나고 나면 지난 일잉게 이젠 말할 수 있는 일이구 유. 삶이 그래유~ 그 과정을 다 꾀고 계시니 쓰시는 글 한 자 한 자에 삶의 역정이 묻어 있고, 인생이 뭔지 삶 속에 엮어진 사람의 관계를 알게 허시는 재주가 있으시당게요~ 당신은 신이유, 글귀신. -김종성

이제는 말할 수 있다는 우리 삶에 웃음을 줘요. 지나고 나면 참 재밌죠. 딸애 초6 때 엄마들과 같이 담임을 만난 적 있는데 담임께 "누구 엄마신데 제 딸에 대해 그리 잘 아세요?" 했어요. 29세 비혼이신 분이 을매나 충격이 컸을까 생각하면 아찔해요. ㅎㅎ -조미영

개학 날을 착각해서 방학 끝나기 하루 전날 학교를 보낸 적도~~ㅋ 방학 마지막 날이라고 늦은 시간까지 놀다가 시간이 없어서 겨자색으로 염색한 머리를 어떻게 하지 못하고 이발소에 가서 빡빡 밀고 갔는데 개학이 다음 날이라니… 어찌나 억울해하던지. 머리카락은 시간 지나면 저절로 자라는데 뭘 그래~~
-한숙희

무식한 그녀

불광동 신혼집. 위층 엄마와 11살 딸은 또 지지고 볶는다.

"야! 이년아, 나가!!"

거참, 위층 엄마 욕 찰지네. 엄마에게 욕을 한 바가지 뒤집어쓰고 쫓겨난 딸은 현관문을 부여잡고 악다구니를 쓰며 울고불고 난리다.

'아니, 저 집구석은 허구한 날 애하고 싸우냐. 애를 아주 잡아먹네. 난 저렇게 무식한 엄마는 절대 안 될 거야.'

그때 다짐했다. 아이를 부드럽고 온화하게 대하리라. 보석처럼 빛나는 아이에게 꼭 행복과 사랑만 주는 현명한 엄마가 되리라고.

에너지 넘치는 남자아이가 엄마와 함께 전철을 탄다. 역시나 다섯 살 사내아이답게 녀석은 의자에 가만 앉아있질 못한다. 발을 좌우로 동동거리고, 창밖을 보려고 의자에 무릎 꿇는다. 파워

맨 흉내를 내고, 액션 가면을 외친다. 그녀는 눈으로 사내아이에게 레이저를 쏘고, 손으로 아이 몸뚱이를 잡아채 진정시킨다. 그녀에게 제압당해 답답해진 녀석은 두 발을 세차게 휘젓다가 옆에 앉은 할아버지 정강이를 툭 친다.

"에휴, 애 교육을 어떻게 했기에 이리 정신이 없어. 쯧쯧쯧."

할아버지 질책에 눈이 삼각김밥처럼 변한 그녀는 안절부절 어찌할지 모른다.

"아얏! 말로 하지, 왜 엉덩이를 꼬집어, 아프게!!"

사람 많은 전철이라 몰래 아이 엉덩이를 꼬집은 그녀에게 녀석은 큰소리로 항의한다. 얼굴이 벌게진 그녀가 복화술을 하듯 속삭인다.

"얌마, 조용히 안 해?!! 얌전히 있어. 새꺄!"

손찌검에 욕설이라니. 저러니 애가 뭘 보고 배우겠어. 무식하긴.

기말고사가 한창이다. 여차하면 밖으로 튀어 나가 놀 궁리만 하는 아이를 책상에 앉혀놓는다. 녀석이 풀어놓은 수학 문제집을 그녀가 채점한다. 빨간펜이 죽죽 그어진다. 아이가 억지로 하는데 당연한 결과 아니겠어?

"이걸 몇 번이나 알려줬어, 새꺄! 너 새대가리야, 인마?"

그녀가 들고 있던 빨간펜과 문제집은 무기가 되어 새대가리 아이를 무참히 쪼아댄다. 아이는 놀지도 못하고 욕만 듣게 된 게

억울하다. 악을 쓰며 울어댄다. 녀석과 그녀는 둘이 죽이네 살리네 난리 뻐꾸기다. 이 집은 불광동 위층 모녀보다 더 심하네.

애한테 새대가리라니. 무식하긴.

늦은 저녁. 피용피용. 슈우웅쾅. 다다다펑. 컴퓨터 게임에 정신 없는 사춘기 사내 녀석과 그 모습을 노려보는 그녀. 둘은 신경전이 한창이다. 그녀는 키보드 옆에 놓인 마우스로 녀석의 머리를 세차게 내리친다.

"야! 이 새꺄! 밥 처먹고 게임만 하냐!! 정신 안 차려?"

모니터도 뽀사버릴 듯한 그녀의 찢어지는 고성에 녀석은 눈알을 부라리며 그녀를 밀친다.

"우쒸! 나가버릴 거야."

"그래. 나가라, 나가~ 새꺄!! 들어오기만 해봐!"

잘한다. 애 가출하게 생겼네. 쯧쯧쯧. 무식하긴.

전철에서, 책상에서, 컴퓨터 앞에서 무식한 행동을 하며 아이와 푸닥거리로 하루를 마친 그녀는 나다. 우린 햇살이가 사춘기를 시작할 때까지 매일 전쟁을 치렀다. 신혼일 때 그렇게 비웃던 불광동 위층 엄마보다 더 무식한 엄마로 햇살이를 잡아먹었다. 내가 상상하고 계획했던 아름다운 엄마 버전은 눈을 씻고 찾아봐도 보이지 않았다. 악다구니와 욕지거리로 하루를 보냈다. 밤이 되면 슬픔에 겨워 잠든 햇살이를 보며 용서를 구하던 엄마가 나였다. 무식은 애교일 정도로 무지한 엄마였다.

매일 햇살이와 다투기만 하던 바보 멍충이 엄마가 한쪽에 서 있다. 그 옆에 햇살이를 믿어주며 지지해 주던 엄마가 서 있다. 낮에 악마였다가 밤에 천사가 되던 두 엄마. 하루는 괴물이 되었다가 하루는 인간이 되던 두 엄마. 극과 극을 오가던 두 엄마가 서 있다. 시간과 환경에 따라 변화했지만, 맞선 둘은 햇살이 엄마로서 내 모습이다. 햇살이도, 엄마인 나도, 진흙 구덩이에 빠진 모습을 알아차리며 천천히 빠져나오는 기나긴 노력이 이어졌다.

아~ 요즘의 전 사춘기 두 녀석과 보내는 게 힘든데… 왠지 위안이 되네요. 땡큐! -김상미

아이고, 난 연년생 둘을 이렇게.. 어쩜 똑같나. 하나 손잡고 하나 둘러업고 어느 날 웬, 미친 여자가 거울 속에 서 있길래 난 교육사상사라는 학습을 평학 분들과 2년여 했지. 그리고 아이들하고 중1 때 선포했어. 얘들아, 앞으로 성적표 내게 내밀지 마라. 대신 들키지 마라. 어쩜 그거 보고 내가 한순간 돌 수도 있어. 그러니 참으로 평화가 오더라. 참 모진 소리 많이 했어. 늘 반성해. -박은경

햇살이가 달리 햇살이가 된 게 아니군요! 우린 저마다의 어둠과 터널을 뚫고 빛을 향해 나아가는 것이니…^^ -이재경

유쾌한 랄라 씨. 엉뚱한 네가 좋아

발걸음에 음표를 단 아이

"햇살아, 학교 즐겁게 다녀와~"

등교하는 햇살이에게 매일 뽀뽀를 하며 꽉 안아준 뒤 나누는 아침 인사다. 아이는 환하게 현관문을 열고 콧노래를 흥얼거린다. 발걸음에 음표를 단 아이~♪

이러기까지 햇살인 울면서 현관문을 나서기도 참 많이 했다. 오래전 아이와 있었던 일들을 기록한 일기를 본다. 그 절절한 일상에 가슴 저림과 행복함을 동시에 느낀다. 햇살이와 사춘기 전투를 벌이며 노력하던 예전 글을 보니 아이도 나도 참말 애썼구나, 토닥토닥. 칭찬해 주고픈 아침이다.

2012년 일기. 좋은 엄마란?

한양대학교에서 열린 캠프에 갈 시간이 다급한데 아이 태도는 한가했다. 나는 추운 날씨만큼 찬바람 쌩쌩 이는 잔소리를 하고선 미안해서 고개를 숙였다. 햇살이를 캠프에 보내고 간식을 만들면서 강연을 들었다. 문득 아침 일을 떠오르게 만든 강연 속 질문자의 말이 내 귀에 맴돌았다.

"아이들에게 좋은 선생님이 되고 싶은데 그게 잘 안되니 우울해요. 어떻게 해야 좋은 선생님이 될 수 있을까요?"

아이들을 위해 좋은 선생님이 되려고 수많은 노력을 했는데 자신이 없고, 죄를 짓는 것만 같다며 흐느끼는 고등학교 선생님 모습이 흐릿하게 보였다. 나 또한 아이에게 좋은 엄마가 되기 위해 좋은 엄마는 어떤 엄마인지 질문하고 고민했다. 그 방법을 찾고, 노력하며 애를 쓰다가 서러움이 복받쳐 화를 내기도 하고, 두려움에 울기도 했다. 그러다 문득 '아이에게 좋은 엄마는 어떤 엄마일까?' 원초적인 질문으로 다시 돌아왔다. 고민하고, 방법을 찾고, 노력하며 애를 썼다. 계속 반복되는 과정에서 깨달은 게 하나 있다.

내가 판단한 좋은.이란 형용사는 아이가 생각한 좋은.과 동일하지 않았다는 것이다.

좋은 엄마는 좋은이란 단어에 나도, 아이도 같은 의미, 생각, 가치를 담으려는 노력이 아닐까? 나는 설움과 두려움에 목이 잠긴 선생님을 마음속으로 꼬옥 안아드렸다.

유쾌한 랄라 씨. 엉뚱한 네가 좋아

2012년 일기. 비폭력 대화와 함께하는 아이

"너!!! 밥 다 안 먹으면 지각해도 못 가!"

"옷 입는데 30분도 넘냐!"

"뜸부적뜸부적 잘~~한다!"

구시렁구시렁~ 내게서 잔소리 총알이 나갔다. 날 쳐다보는 햇살이 눈에선 레이저가 발사됐다.

"네가 늦지, 내가 늦냐~!!!"

앙칼지게 마지막 폭탄을 투하하고 방으로 들어갔다. 이분 뒤,

조용히 문을 열고 들어온 녀석이 차분한 목소리로 말했다.

"엄마~ 제가 늦었는데 얼른 밥을 먹지 않고, 바둑만 만지고 있어서 속상하셨죠? 죄송해요. 밥을 국에 말았는데 뜨거워서 빨리 먹을 수가 없었어요."

"…………."

"엄마가 밥 다 안 먹으면 학교에 못 간다고 하시니 걱정이 돼요. 또, 뜸부적거린다고 말씀하시니 절 비난하는 것 같아 힘이 빠져요. 대신 '8시 30분이니 얼른 먹고 학교에 가야 늦지 않겠네.'라고 해주시면 저에게 도움이 되어 좋겠어요."

"어?……… 어?!…………."

누가 비폭력대화를 배우고 실천하는지 모르겠다. 초강력 폭탄은 내가 던지고 내가 맞았다. 펑~!

사춘기 햇살이와 전쟁을 치르던 과정과 그 시기를 외면하지 않고 고민하며 노력한 내가 거기 있다. '나도 엄마 처음이라고.' 울며 겁먹었던 내가 서 있다. 그래도 고맙고 예쁘다. 그런 나를 안아주며 칭찬한다. 잘했어 랄라.

어무이는 사랑이래요~ -이성봉

음~~ 엄마가 초보라 실수를 많이 했나 보네요^^ 엄마가 되기 전에 부모교육

유쾌한 랄라 씨. 엉뚱한 네가 좋아

을 받아야~ -이승철

공감합니다. 우리도 엄마가 처음이니 서투를 수밖에요~ 그렇게 서투른 엄마 밑
에서 우리도 잘 자라왔고, 또 아이들도 잘 자랄 거예요. - 제방신

21°C 차이

매주 토요일이면 서점을 찾은 아이들에게 그림책을 읽어주고, 재미난 활동을 한다. 아이들과 서점에서 만나는 시간이 소풍 떠나듯 기다려지고 행복하다. 이번엔 무슨 책을 들려줄까? 고민마저도 설레고 들뜬다. 햇살이가 어릴 적 동네 아이들과 그림책 놀이를 할 때도 그랬다. 난 아이들과 그림책 놀이를 하면 뽀빠이가 시금치를 먹은 것처럼 힘이 났다. 아무래도 그림책 놀이는 내게 에너지원인가 보다. 『줄줄이 꿴 호랑이』를 들려주려고 호랑이를 몇백 마리씩 그려서 오리고 붙이고, 커다란 참깨나무도 만들었다. 『길로 길로 가다가』 옛 동시집을 아이들에게 들려주려고 옛이야기를 담은 보드게임을 만들었다. 수박만 한 주사위를 던져가며 하는 기다란 보드게임은 아이들에게 이야기 속 노래를 흥얼거리게 했다. 『까마귀네 빵집』 그림책에 나오는 빵과 상상 속 빵들을 만들어 그림책과 함께 보여주기도 했다. 아이들의 웃음소리가

유쾌한 랄라 씨, 엉뚱한 네가 좋아

까르륵 빵빵 서점 안에 울렸다.

이렇게 시작한 서점 그림책 읽기는 인형극으로 발전했다. 평일 오전 시간에 유치원 어린이들이 서점에 견학을 왔다. 서점 곳곳을 보여주며 서점 라운딩을 한 뒤 인형극과 그림책을 읽고 함께 놀이하는 프로그램이다. 매주 토요일마다 함께 그림책을 읽어준 20대 룰루와 인형극을 준비해서 시작했다.

룰루와 난 21살 차이가 난다. 좋아하는 음식부터 자주 사용하는 언어까지 대부분 다르다. 커피를 시킬 때도 이렇다.

"랄라, 아아메 드실래요? 전 얼죽아거든요."

"얼죽아는 또 뭐꼬?"

"아, 구리긴. 얼죽아는 얼어 죽어도 아이스 아메리카노 줄임말이잖아요."

그녀는 드실래요? 존칭을 쓰며, 구리다는 거침없는 표현과 얼죽아라는 줄임말을 한다.

'젊은것들은 뭐가 그리 바쁜지 도통 못 알아먹게 말을 줄이고 난리람.'

또, 특이하게 발을 좋아한다. 닭발, 족발, 노발대발. 발들도 룰루를 만나서 먹기 시작했다. 젊은것들은 발을 안주로 잘 먹나 보다.

그런 그녀와 매일 함께 아이들을 만나며 인형극을 하게 되었으니 준비과정이 파란만장했으리란 건 짐작될 것이다. 쓸데없이 희생정신 투철한 나, 자신이 해야 할 일만 뚝 부러지게 하고 나면 얄짤없는 요즘 청년다운 룰루. 피곤하게 꼼꼼한 성격인 나, 정해진 시간 안에 무조건 끝내야 직성이 풀리는 20대 감성 룰루. 하기 싫어도 어떻게든 남을 도와야 한다는 강박증 나, 내가 피해준 거 아니면 선을 분명하게 긋는 시크한 룰루. 이러니 인형극을 준비하며 둘 다 붉으락푸르락 부글부글 훌쩍훌쩍 3종 세트가 선물처럼 따라다녔다.

결국, 그동안 해왔던 그림책 읽기 전시회를 준비하며 둘 다 폭발했다. 화장실에서 코를 킁킁 풀어가며 울어도 울어도 돌아서면 눈물이 펑펑 쏟아졌다.

'저 어린 게 열라 재수 없어. 마빡에 피도 안 마른 게 제멋대로야.' 구시렁 구시렁.

눈물 콧물 쏟아내며 속으로 중얼중얼 욕 한 바가지를 퍼부으니 좀 미안해졌다. 화장실에 오래 쪼그리고 있었더니 발이 저려 미안함이 금방 사라졌다.

'어디 두고 봐. 내가 가만두나 봐. 쥐똥만 한 게!'(사실 나이만 나보다 어렸지. 룰루는 키도 덩치도 힘도 나보다 크고 세다. 얼굴만 나보다 월등 작다.)

20대 그녀와 내가 티격태격 다투면서도 함께할 수 있었던 건 아이들을 사랑하고 그림책을 좋아하는 마음이 같아서이다. 이렇게 싸우고도 돌아서선 또 히죽히죽 웃으며 인형극 대본을 쓰고,

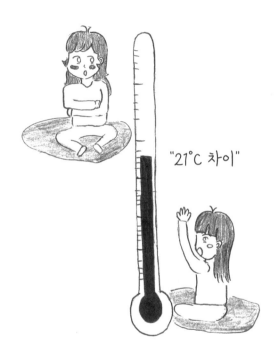

"27℃ 차이"

인형을 만들고, 전시회와 시 낭송 공연 준비를 하고 있으니 말이다. 21년이라는 간극을 룰루와 랄라가 서로 맞춰가는 과정은 둘에게 어려우면서도 쉬웠다.

"랄라, 아까 그렇게 말한 건 미안해요. 전 6시엔 갑니다."

역시 얄짤없는 20대 그녀다.

'에잇! 가라 가! 가버려!'

혼자 호랑이와 사슴 눈을 붙이며 인형들에게 하소연한다.

"하다 말고 시간 됐다고 가버리면 어쩌냐고. 뭘 좀 끝내놓고 볼일을 봐야지. 안 그래, 호랭아? 네 생각은 어때?"

"그러면 피곤해. 시간 되면 가야지. 랄라, 너도 얼른 집에 가셔. 궁상떨지 말고."

이론. 퍽! 호랑이 눈탱이가 밤탱이 되게 어퍼컷을 날린 뒤 사슴 인형에게 다시 묻는다.

"사슴아, 그러니까……."

룰루랄라는 21℃ 차이를 극복하며 그림책 전시회를 기획했다. 그림책 전시회는 복합문화공간에서 인기 만점이었다. 아장아장 걷는 아이부터 유치원생, 초등학생은 물론이고 청소년과 어른들도 와장창 좋아했다. 우린 이렇게 티격태격하면서도 조금씩 앞을 향해 손잡고 걸어가고 있었다. 씩씩하게.

오빠는 풍각쟁이, 조카는 춤쟁이

오빠 큰딸은 춤쟁이다.

나이가 계란 한 판을 꽉 채웠는데도 현란한 춤꾼이다. BTS '다이너마이트'와 Solar '뱉어'를 추는 조카 소라를 보니 20대 초반 내 모습과 똑 닮았다. 그럴 만도.

소라 아빠, 큰오빠는 풍각쟁이다.

시골 갈미 우리 집엔 유일하게 전축이 있었다. 외갓집이 정읍에서 꽤 잘 살았는데 외삼촌이 동생인 엄마에게 선물로 주신 거다. 오빠는 음악을 좋아해서 아침이면 전축에 온갖 노래를 틀어놓고 동생들을 깨웠다. 만화 주제가부터 최신 가요, 올드 팝송, 샹송… 장르를 넘나들며 전축에선 LP판이 빙글빙글 지지직 돌아가며 노래를 쏟아냈다. 오빤 하모니카를 특히 잘 불었다. 나는 오빠 덕분에 노래를 많이 듣고 자랐고, 신나는 음악이 나오면 춤도 췄다.

어릴 때부터 내가 살던 시골집엔 친척들이 다 모여 거실에서
늘 춤을 췄다. 그때 난 초등학교에 갓 입학한 꼬맹이였지만, 삼촌
들 파트너가 되어 춤을 췄다. 친척들이 추는 씰룩씰룩 궁디춤도
곧잘 따라 하며 신났다. 10대가 되기 전부터 다진 춤 솜씨가 아니
던가. 오빠 풍각쟁이! 여동생은 춤쟁이! 소라가 춤을 잘 추는 건
다~ 아빠와 고모인 내 피가 흐르는 게다. 20대에 에버랜드 춤 대
회에서 일등을 한 추억을 되살리며 조카가 춘 춤을 따라 했다. 우
두두둑! 관절에서 항의가 빗발친다. 20년만 젊었어도! 세월이 흘
러 춤을 멀리한 지 오래되니 내 맘 같지 않다. 춤추는 조카를 보
니 10년 전, 나이트클럽 이야기가 생각난다. '니가 왜 거기서 나

유쾌한 랄라 씨, 엉뚱한 네가 좋아

와' 노래가 떠오르는 슬픈 추억이다. 난 영탁(니가 왜 거기서 나와 노래를 부른 가수)의 마음이 백만 번 공감된다.

반월에서 매주 비폭력대화 공부 모임을 하던 때다. 모임 시간은 항상 바쁜 저녁 시간이었다. 아이 밥을 챙겨주고, 설거지를 후다닥 마쳤다. 책을 챙겨 공부 모임에 도착하면 옷차림이 가관이었다. 집에서 신던 슬리퍼와 땀에 절어 시큼한 냄새가 풍기는 늘어진 티셔츠를 입은 채로 오게 된다. 이날은 오래간만에 비폭력대화를 마치고 회식을 했다. 빈속에 막걸리를 과하게 마신 지인이 금세 취기가 오르나 보다.

"언니들~ 나이트 가자! 내가 쏜다. 돔 알아? 돔? 안산 중앙동 유명한 돔 가자. 렛츠고!! 하늘이 열려! 쉬리릭, 하늘이 열린다니까!!"

"으메, 하늘이 열린다고라? 그럼 쏟아지는 별들을 신나는 음악 들으며 볼 수 있다는 겨?"

하늘이 쫘아! 바다 물길 갈라지듯 열린다는 놀라운 정보에 모두 귀가 솔깃, 눈이 휘둥그레졌다. 이리 구질구질한 스타일로 그 멋진 곳을 갈 순 없다고 말하려는 순간 그녀는 이미 도로변에서 택시를 잡아타며 외친다.

"언니들! 야 타!! 아저씨, 중앙동 돔 나이트 고고~!"

그렇게 난생처음 쓰레빠(슬리퍼가 아니다. 이 상황에선 쓰레빠가 맞다)를 신을 채, 때꼬장물이 꽃무늬처럼 물든 늘어진 난닝구 같은 티셔츠를 입고 나이트에 갔다. 우리들의 옷차림은 상상 초월이었다. 쓰레빠는 다 기본. 심지어 쪼리에 생활한복 차림의 지인도 있었다. 그날 태어나 처음으로 나이트를 가는 지인도 있었다. 과연 아줌씨들을 들여보내 줄까? 의심스러웠는데 손님이 없었던 건가? 무사통과. 결혼하고 아이를 키우다 보니 삐까뻔쩍 나이트가 몇 년 만이더냐. 신나는 음악 소리, 화려한 조명은 신세계였다. 어쨌든 하늘이 열린다는 그 유명한 곳에 드디어 우리가 도착했구려. 모두 기쁨에 가슴 벅차했다. 하늘이 열린다는 기대감에 들뜬 우리와 달리 취기가 만땅 오른 그녀는 나이트클럽에 들어서자마자 화장실로 직행했다. 커다란 음악 소리에 취기가 후끈 올라왔나 보다. 기본 안주가 나오고 3분이나 지났을까?

"야~ 이 18색 크레파스야! 눈 똑바로 뜨고 다녀, 쌔꺄! 어디서 지랄이야. 쏼라 쏼라~ @%*☆&"

익숙한 저 목소리~ 우린 동시에 고성이 들리는 곳을 응시했다. 니가 왜 거기서 나와! 니가 왜 거기서 나와~ 내 눈을 의심해 보고 보고 또 보아도 딱 봐도 너야 오마이 너야! 그녀다! 우리가 아는 그녀!! 우리를 신세계로 인도한 그녀!! 그녀는 허공을 향해 헛발질했다. 화장실 입구에서 우락부락 덩치 큰 깍두기 아저씨를 향해 소리쳤다. 무시무시한 깍두기 아저씨한테 똑바로 걸으란다. 그녀는 허공에 발길질하며 깍두기 아저씨를 훈계했다.

오 마이 갓! 취해서 비틀거리는 건 너.라.고!

우린 그 유명한 돔나이트에 도착한 지 3분 만에 집으로 되돌아왔다.

하늘이 열린다더니 왜, 내 뚜껑만 열리냐고!

별이 쏟아진다더니 멀미에 막걸리만 쏟아지냐고!

돔 나이트 슬픈 전설이다. 깍두기 아저씨에게 시비 건 그녀는 현재 반월에 안 산다.

집에서 오 분 거리였는데 가본 적은 없어요. 돔 나이트! 이야기는 들었어요. 이야기를 아주 맛나게 쓰셨네요. -김건숙

늘 웃으면서 읽어요. ㅎㅎ 마음도 돔처럼 열리면서 즐거워지고. -박태호

간이역

아버지들이 흘린 눈물

아빠의 눈물

"아버지가 울었다는 전언이 얼음장 같던 마음을 흔들었다. ……
아버지가 울었다는 말에 문득 사방이 적막해져서 왜 우셔? 내가
묻자 여동생은 몰라, 했다." - 『아버지에게 갔었어』

나는 아빠가 서럽게 우시는 모습을 17살 때 처음 봤다. 아빠
는 여동생인 전주 고모와 얘기를 하시다가 참고 있던 울음을 토
해내셨다. 아빠 옆에서 잠들었던 난 아빠가 우시는 소리에 화들
짝 놀라서 깼다. 더 당황스러웠던 건 아빠를 하염없이 울게 만든
주인공이 엄마였다는 거다. 평소에 엄마에게 애정보다 잔소리와
무덤덤함으로 일관하시던 아빠여서 그 떨리는 목소리에 집중하지
않을 수 없었다.

유쾌한 랄라 씨. 엉뚱한 네가 좋아

"네 올케언니가 저렇게 돼서 내가 이제 어찌 살긋냐. 고생만 하다 그랬으니 내가 무슨 낯으로 살어야. 다 내가 죄지은 게 많아서… 착한 느그 언니가… 저렇게… 내가 고생만 시켜서… 내가 죄인여… 내가 저렇게 됐어야 혀."

아빠는 뇌졸중으로 쓰러진 엄마를, 중환자실에서 산소 호흡기에 의지하고 있는 엄마를, 병원에서 가망 없다는 엄마를, 당신이 고생시킨 탓이라며 서럽게 우셨다.

아빠도 우시는구나. 엄마를 많이 사랑하고 의지하셨구나. 그때 처음 알았다. 그날 이후 아빠가 등을 새우처럼 말고서 휘청거리며 흐느끼는 모습을 종종 마주했다.

아버님의 눈물

"전염병에 형들을 잃고 장남이 된 열네 살 아버지는 다시 전염병에 부모까지 잃고 호리쟁기질을 배웠다." - 『아버지에게 갔었어』

내가 시댁에 가면 아버님께선 어릴 적 이야기를 많이 들려주셨다. 열아홉 되던 해에 아버님의 아버지께서 교통사고로 갑자기 돌아가셔서 가장이 되셨다고 했다. 아버님께서는 학교 선생님이 되고자 했던 꿈을 접고 서울로 무작정 올라오셨다고. 먹고 살 수

있는 일들을 찾아서 닥치는 대로 일을 하셨다고. 아버님께선 여동생과 할머니의 보호자가 되어 샛별을 보며 달동네 골목을 오르내리셨다고. 그때 바라본 별만큼이나 많은 눈물을 골목골목 씨앗처럼 뿌렸다고 하셨다.

햇살이 돌이던 해, 아버님께서 꺼이꺼이 우시며 내게 전화를 하셨다. 온종일 식사도 안 하시고 우셨나 보다. 햇살이를 포대기에 둘러업고 바로 아버님께 갔다. 아버님께서는 큰아들, 작은아들을 찾으셨다. 보고 싶다며 나라도 연락하라고. 답답한 가슴을 쥐어뜯으며 우셨다. 막내아들인 제나가 매주 찾아와도 자식을 향한 그리움은 눈물로 하염없이 쏟아졌다. 자식이 미워도 미워할 수 없구나. 한평생 자식을 위해 사셨음에도 자식 생각에 가슴을 치시는구나.

큰오빠의 눈물

"어렸을 때부터 장남이라는 말을 듣고 자랐지. 맏형이니 반듯해야 한다고 했어. 동생들이 잘못된 길로 가면 맏형인 내가 이끌어줘야 한다는 말을 초등학교 입학하기 전부터 들었지. 고백하자면 나는 그 말들이 힘겨웠어. … 장남인 나는 어떡하나. … 불안했다." - 『아버지에게 갔었어』

7남매 중 맏형인 큰오빠는 서울에서 동생들을 데리고 보살폈다. 아픈 엄마와 무덤덤한 아빠를 대신해 여섯 형제에게 부모 역할을 했다. 막내 학교에 보호자로 참석하고, 동생들이 독립할 때마다 현관문부터 수도, 전기, 살림살이까지 채워주고 고쳐줬다.

　환갑이 지난 오빠가 어느 날 나를 붙잡고 펑펑 울었다. 장남이어서 힘겨웠다며. 도망치고 싶어도 그럴 수 없었다고. 누워 계시는 엄마도, 무기력해 보이는 아빠도, 그저 어리게만 생각되는 여섯 형제도. 자신을 바라보는 그 애처로운 눈빛이 두렵고 버거웠다고. 자신이 부모님과 동생들을 책임져야 한다는 무거운 짐이 늘 가슴을 누르며 괴롭혔다고. 오빠가 엉엉 울었다. 마음이 항상 무겁고 힘겨웠다고.

　큰오빠는 돌덩이를 안고 살았구나. 오빠 자신을 위해서 뭔가를 해본 적이 없었구나. 마음이 무척 아팠구나.

아버지들의 눈물

　『아버지에게 갔었어』 소설책 속에서 잊고 지냈던 아버지들이 흘린 눈물을 만났다. 내가 처음 접한 아버지들의 눈물이 가을철 태풍이 되어 휘몰아친다. 아빠도 아버님도 장남인 큰오빠도 가슴 속에 거친 바다를 안고 살았는데 난 잊고 있었다.

　"가장이니까, 장남이니까, 장손이니까 가족을 위해 당연한 거 아닌가."라고 생각했는지도 모른다.

소설 속 아버지처럼 아빠도 전쟁을 피해 도망 다니셨다. 산에 숨고, 들에 숨고, 광에 숨고… 쫓기고 숨는 자. 지서에서 여동생과 엄마를 매일 찾아와서 괴롭혔다. 그 모습을 보고 아빠는 입대하겠다고 결심했다고. 그렇게 6·25전쟁에 참여하고 아빠는 죽어 나가는 전우들 틈에서 살아남으셨다. 그리고 우셨다. 지금도 두렵다고.

아빠보다 11살 어린 아버님은 중학교에 다니던 중 전쟁이 터져서 등교를 멈췄다. 전쟁이 끝나고서 중학교를 졸업할 수 있었다. 그래서 고등학교도 열아홉 살에 입학하셨다고. 그해에 가장이 되어 학업을 이어가지 못한 게 그렇게 한이 된다고 우셨다. 소설 속 아버지처럼 자식만은 공부하고 싶은 만큼 꼭 할 수 있게 해주고 싶었다고.

3대 독자 장남으로 태어난 오빠는 6·25 전쟁을 겪진 않았지만, 아픈 부모와 여섯 형제를 책임지며 삶의 전쟁터에 내몰려 살았다. 무거운 돌덩이를 어깨에 짊어지고 힘겹고 불안한 날들을 보냈다. 오빠는 그런 삶을 포기할 수 없었다고 한다. 피하지도 않았다고. 자신보다 가족을 위해 하루하루 힘겹게 싸워왔다고.

『아버지에게 갔었어』 소설 속 아버지들은 아빠, 아버님, 큰오빠가 되어 말한다.

"살아냈어야,라고 아버지가 말했다. 용케도 너희들 덕분에 살아냈어야,라고." -『아버지에게 갔었어』

아! 가슴 속에 바다를 안고 살았다는 표현에 위로가 됩니다. 고맙습니다. -이재필

울지 않는 사람이 있을지 모르겠군요. 단지 장소와 시간이 다를 수 있겠지만. 나는 TV 보면서도 질질거리는지라. 그래도 애들 앞에서 울었던 기억은 없네요. -최원덕

친정아부지가 저 이민 올 때 우셨어요. 그렇게 서럽게 많이 우시는 거 정말 처음 봤어요. 사연이 있어서 4년 정도 못 보고 살다가 비행기 타기 이틀 전에 아버지를 만나게 되었거든요. 미안하다 하시면서 정말 많이 우셨어요. -김애란

유쾌한 랄라 씨. 엉뚱한 네가 좋아

당신은 좋아하는 책을 읽으며 에너지 충전 하시오~!

에너지 낭비

"여보, 더운데 에어컨 켤까요?"

"안 움직이면 시원해요. 에어컨은 에너지 낭비요."

"여보, 그럼 산책할까요?"

"밥 먹었는데 걸으면 배가 꺼져서 에너지 낭비요."

"그럼 당신은 왜 동영상만 보며 에너지 낭비하는데요?"

"그건 에너지 절약이오. 영상 보며 웃으니 에너지 충전. 당신은 좋아하는 책을 읽으며 에너지 충전하시오."

"네에~ 재미난 책을 읽으며 에너지 충전해야겠네요."

난 깔끔하게 책을 펴고 에너지를 충전했다.

난장판

"햇살아, 네 방 난장판이네. 대청소 좀 해야긋다."

"나름 어지러움 속에 다 규칙이 있어요."

"이렇게 지저분한데?"

"또 더러워질 건데 매일 청소하면 안정감이 사라져요."

"그럼 대체 언제 청소해?"

"부조화의 조화로움이 깨지면 그때 청소해야 현명해요."

"그래. 그게 안정감 있긋다. 청소 안 해도 되긋네."

난 깔끔하게 안정감을 느끼며 방문을 스르르 닫았다.

열받고 싸울 일이 없겠어요. "아들아~ 그럼 넌, 어차피 밥 먹음 똥으로 나올

건데 밥은 왜 먹니?"라고 해주세요. ㅋㅋ -이종미

유쾌한 랄라 씨. 엉뚱한 네가 좋아

너저분함 속에 나름의 규칙이 있더라구요. -손승희

되는대로 살면 됩니다. 뒤에서 치우는 사람 따로 있어요. -서현란

3장

여행,
배우고 성장하다

세 시간 동안 아이와 대화를 나눈다.

"고등학교 3년 동안 저처럼 행복한 학생은 없을걸요?"

"네 모습 그대로 존중해 주는 멋진 부모 만난 덕이야!"

"그건 그래요. 뭘 해도 지켜봐 주신."

"요런 고3 엄마 없어. 짱 존경스러운 엄마로 인정하지?"

"제가 알아서 잘 놀고 잘 살아간 게 신의 한 수였죠."

"그것도 맞는데 멋진 부모가 먼저야. 인정?"

아이는 웃기만 한다.

햇살이와 다람쥐

햇살이 여친 다람쥐

고2 아들 녀석이 네 시간째 청소 중이다. 드륵드륵. 드르륵.
쓱쓱 싹싹.

"오~예! 러브 미~"

"웬일이니? 청소를 다 하고?"

"어… 헤헷. 반 친구가 이틀 후에 놀러 온대서요."

"아~ 그래? 청소가 즐거운가 보네. 하하."

지금껏 단 한 번도 먼저 청소를 해본 적 없는 아들이 노래까
지 흥얼거리며 수상하다. 많이!

"여보, 이상하지 않아요? 친구가 수백 번은 다녀갔지만, 한 번
도 청소한 적 없는데 자진해서, 그것도 네 시간씩 노래 부르며 청
소하다니…."

"그러게요. 지금 시험 기간인데 무슨 청소를 저리 오래 한대

요?"

"단비인지 다람쥐인지 여친이 오나 보네요."

확실해. 이건 필히 여자 친구가 방문하는 게다.

"다람쥐 놀러 오니?"

"네~ 시험 끝나는 날 우리 집에 오기로 했어요. 엄마, 베개 커버는 바꿨는데 베개 솜은 새것 없어요? 침대 커버는 바꿔놨으니 이불 빨아주세요. 아~ 그리고 내일 제방에 디퓨저 좀 부탁해요."

제 방에
디퓨저 좀
부탁해요~

헉~~~ '아들아! 신혼방 차리니? 너 고2다! 지금은 시험 기간이고!!!!'

목구멍에서 올라오는 울림을 조용히 가라앉힌다. 노래를 부르며 구석구석 박박 방바닥을 문지르는 아들에게 친절하게 답한다.

"그래~ 햇살아, 디퓨저는 무슨 향으로 사놓을까?"

"아무래도 은은한 게 괜찮겠죠?"

"로맨틱한 향이 좋으려나? 너무 티 나니까 순수한 향으로 사놓을게."

다람쥐는 햇살이와 같은 반 친구다. 둘이서 이야기가 잘 통한다고 한다. 뽀송뽀송해진 햇살이 방 좀 자주 접하게 다람쥐가 반월에 종종 놀러 오면 좋겠다.

햇살이와 다람쥐의 베개 사용법

눈부신 웃음을 안고 드디어 다람쥐가 현관문으로 들어선다. 상큼한 보랏빛 수국 향기가 한가득 퍼진다. 햇살이는 노란 해바라기처럼 그녀를 바라보며 헤죽헤죽 웃기 바쁘다. 친히 반월역까지 나가서 모셔오는 바지런도 떨었다. 어제 사온 사과 향 디퓨저도 침대 자리로 옮겨놓고 그녀를 맞이할 만반의 준비를 마쳤다.

다람쥐를 위해 간식을 들고 문을 두드린다. 캬아악!!! 햇살이와 다람쥐가 베개를 각각 하나씩 사용한다. 열여덟 햇살이와 다람쥐는 방바닥에 앉아 무릎에 베개를 올리고, 스마트폰을 하며 도란도란 이야기를 나눈다.

그렇다. 그들에게 베개는 '스마트폰 거치대'였던 거다. 푸하하하. 그래서 뽀송뽀송 베개에 넣을 새 솜이 필요했구나. 아이고~ 사랑스러워라.

……

다람쥐와 햇살이가 몇 시간 동안 방 안에서 너무 조용하다. 주섬주섬 과일을 깎아 문을 두드려도 답이 없다. 방을 들여다보니 햇살이와 다람쥐는 고대로 꼬꾸라져 스마트폰에 얼굴을 묻고 곤히 잠이 들었다. 시험 보느라 나름 피곤했을 게다. 과일을 내려 놓고 조용히 문을 닫고 나왔다.

명절 연휴에 나타난 다람쥐

햇살이가 다람쥐랑 배드민턴을 치고 집으로 함께 온다고 연락이 왔다. 다람쥐가 설 연휴 마지막 날 우리 집에 오고 있다니 느낌이 묘하다. 전을 부쳐야 하나? 갈비를 재워야 하나? 제나도 기분이 이상야릇하긴 마찬가지인가 보다. 며느리가 설 인사 오는 기분이라며 한참 웃는다. 집에 도착한 햇살이와 다람쥐는 음악을 듣고 얘기하며 알콩달콩 논다.

저녁 먹을 시간이다. 제나는 삼겹살을 굽고 김치를 볶고 분주하다. 난 상추와 깻잎을 씻어 놓고, 전을 데우며 바쁘다.

"햇살아, 다람쥐랑 삼겹살 먹자."

넷이 둘러앉아 저녁을 먹는데 기분이 이상하다. 이 기분은 뭐지? 아무래도 설 연휴라 그런가 보다. 제나는 다람쥐에게 고기 접시를 들이밀며 말한다.

"며느리, 맛있게 많이 먹어!"

푸하하하. 햇살이와 다람쥐는 밥 먹다가 빵 터진다.

식사를 마치고 얘기를 나눈 뒤 운전해서 다람쥐를 집에 안전하게 데려다줬다.

햇살이 방벽에 짝대기 두 개가 그려져 있다. 아이가 성장할 때면 보통 벽에 키를 체크하느라 표시를 한다. 울 집은 햇살이와 다람쥐 두 연인의 키가 예쁘게 그려졌다. 반듯한 글씨체를 보니 다람쥐가 적어놨나 보다. 야들이 언제 이런 귀여운 짓을 했을까. 벽을 볼 때마다 아주 깨가 쏟아져 나온다. 나물 무칠 때 이 깨소금을 써야겠구려. 아이쿠~ 고소해라. 벽지를 떼어서 햇살이 보물상자에 넣어둬야겠다. 울 집 벽지엔 햇살이와 다람쥐가 산다. 3년 동안 둘이서 꽁냥꽁냥 만남을 이어간다.

답이 없다니!

"엄마, 이게 말이 돼요? 내일 재시험 본대요."

"아이쿠~ 빡치겠네;;"

"그니까. 답이 없는 문제라서 내일 다시 시험 본대요."

"시험과목이 하나 더 늘어서 욜라 짜증이 나겠네, 이론"

"전 심지어 맞춘 문제라고요!!! 단박에."

(공부를 안 하시니 헷갈릴 일이 하나도 없긴 하지.)

아이가 마지막 시험을 앞두고 분노한다. 한 과목에서 답이 없다는 이의 제기로 재시험을 본다며 투덜투덜. 자긴 그 문제 정답이 바로 보여서 맞췄다며 억울해한다.

"햇살아, 인생도 정답이 없긴 마찬가지인데 오늘 시험문제도 우리 인생과 똑 닮았네."

"선생님께서 답이 정확한 문제로 다시 내실 거예요."

햇살인 개빡침이 가셨는지 공부 열심히 한 친구들을 위해서는 재시험을 당근 봐야 한다고 말한다. 공부한 친구들은 답이 없는 문제 하나로 시간을 다 낭비해서 다른 문제들도 당황했을 거라며 걱정해 준다.

"답이 없는 문제는 선생님께서 다시 문제를 내서 해결할 수 있어 다행이네. 햇살이 삶에서도 이런 일이 많을 거야. 그땐 햇살이가 직접 문제를 내고 답을 찾아가니 재시험보다 우리 인생이 월등 낫겠다, 그치?"

"그렇긴 하네요."

친구를 공감할 줄 아는 넌! 지금 삶의 답을 찾아가는 중이란다.

답이 없는 문제를 어찌 알고 바로 맞췄냐고 물으니 찍기 신이라며 웃는다.

멋진 부모 vs 신의 한 수

세 시간 동안 아이와 대화를 나눈다. 고3이니 대입 원서를 쓸 학교와 학과가 주 내용이 되어야 하는데 어찌 된 게 햇살이 여자친구 다람쥐 일상과 햇살이 절친 동현, 서진, 희찬, 건이 이야기와 학교 친구들 이야기가 쏟아진다. 그러다 주제가 바뀐다.

"햇살아~ 요즘 무슨 책 읽고 있니?"

"베르나르 베르베르『죽음』과『기억』읽고 있어요."

"어때? 재미있어? 엄마는 요즘 이승우 소설 읽어."

"그럼요. 제가 좋아하는 작가잖아요. 역시 멋져요."

"그래~ 좋다. 다른 건 몰라도 책 읽는 시간은 꼭 먼저 챙겨. 삶에서 그 시간이 영혼을 성장케 하는 햇살을 비추는 따스한 시간이니… 1번으로 만들어."

열아홉 살 햇살이. 아이는 전쟁 같은 고3 수능 준비는 뒷전이어도 베르나르의『죽음』과『기억』을 읽으며 삶의 끝과 자기 정체성을 스스로 배우고 알아가리라. 다람쥐와 햇살이 둘이서 같이 읽고 얘기 나눠보라고 『배움의 발견』을 선물한 적이 있다. 그 책을 읽었는지 궁금해서 물으니 배시시 웃는다. 아직 읽지 않아서 미안한가 보다.

"고등학교 3년 동안 저처럼 행복한 학생은 없을걸요?"

"우리나라 고3의 막막하고 슬픈 현실에서 행복했다니 기쁘네."

"억지로 공부 안 하고, 읽고 싶은 책 읽고, 제가 하고 싶은 거 하면서 3년을 보낸 시간이라 행복해요."

"그게 다~ 부모 잘 만나서 그래. 널 믿고 기다리며 잔소리 없이 널 그대로 존중해 주는 멋진 부모 만난 덕!"

"그건 그래요. 뭘 해도 지켜봐 주신…."

"요런 고3 엄마 없어. 짱 존경스러운 엄마로 인정하지?"

"제가 알아서 잘 놀고 잘 살아간 게 신의 한 수였죠."

"그것도 맞는데… 멋진 부모가 먼저야. 인정?"

아이는 웃기만 한다. 세 시간 대화를 마치고 방으로 향하던 햇살이가 말한다.

"이제부터 엄마 아빠는 저를 위해 할 일이 처음으로 생겼어요. 매일 합격 기도하시면 돼요. 붙으면 인정!"

존경받는 멋진 부모 되기 참 쉽다.

시인과 음악가

햇살이 동네 친구들이 놀러 왔다. 햇살인 부엌에서 친구와 달그락거리며 요리를 한다. 거실에서 빨래를 정리하고 있는데 친구 기웅이가 재미난 이야기 들려줄게요, 하며 학창 시절 이야기를 꺼낸다. 옥수로 재미있다.

"고등학교 1학년 때 수업 시간이었어요. 수업하고 있는데 갑자기 한 녀석이 기다란 우산을 펴들고 있는 거예요."

"우산을? 교실에서? 수업 시간에?!!"

우리 셋은 놀라서 동시에 물었다.

선생님께서 "넌 비도 안 오는데 지금 우산을 왜 쓰고 있니?"라고 하시니까 그 녀석 대답이 그랬단다.

"선생님! 제 마음에는 지금 비가 많이 내려요."

그러고 우산을 펼쳐 들고 수업을 받았단다.

"우와~ 기웅아, 근사한 시인이 교실에 있었네."

"엉뚱한 애들 진짜 많아요. 시험 보는 날에 이런 일도 있었어요. 1교시 시험이 끝나고 쉬는 시간에 2교시 시험 준비하기도 바쁜데 만화 주제가를 피리로 부는 애가 있었어요."

"피리를? 시험 보는 날? 괴짜네."

"다음날은 단소를 가져와서 쉬는 시간 내내 불더라고요."

"기웅이 교실엔 근사한 시인과 멋진 음악가가 살았네."

모두 박장대소한다. 교실 속 시인도 음악가도 맘껏 꿈을 펼치는 학교면 좋겠다.

햇살이가 친구들과 추억 가득한 학교를 졸업하는 때가 다가왔다. 난 햇살이가 고등학교에 다니는 3년 동안 학교가 어디 있는지도 몰랐다.

"졸업식 날 처음으로 학교 가보겠네."

"엄마, 코로나가 심해서 온라인으로 짧게 졸업식 해요."

결국, 햇살이 고등학교를 가보지 못하는군.

졸업앨범을 받아든다.

"근데 햇살, 너 몇 반이니?"

"엄마! 아들이 몇 반인지도 몰라요?!!!"

"이모~ 햇살이가 고3인 건 아시는 거죠? 대박 엄마세요."

햇살이 친구가 놀라며 웃는다.

"어느 날 수능 원서를 썼다고 알려주더라고.. 그래서 고3이구나, 했지!"

"엄마, 제가 아들인 건 아시죠? 크크크크크크"

빵 터진 햇살이 친구는 "우와!!! 이모, 짱!"이라고 외친다. 엄지손가락을 치켜세우고 웃느라 고개가 휘청거린다. 졸업 축하해! 사랑하는 햇살아, 친구들아~ 하고 싶은 것 맘껏 하는 행복한 어른이 되렴.

교실 속 시인과 음악가는 스무 살인 지금 무얼 하고 있을까?

햇살이가 어릴 때 둘이서 좋아했던 그림책을 펼친다. 피아노 연주가 빗소리와 춤을 추는 『노란 우산』 그림책과 추운 겨울을 위해 햇살을 모으는 『프레드릭』 그림책을 읽으며 나도 시인과 음악가가 되어본다.

스무 살 햇살

"엄마, 친구들 놀러 올 거예요."

"그래~ 오랜만에 보니 우수로 반갑겠네."

"네, 다들 종강해서 기념 파티하려고요."

"응. 잘했네. 뭐 준비할까? 친구들 좋아하는 거 알려주면 사놓을게. 놀다가 자고 가는 거지?"

"당근 날 새서 놀 거예요. 히힛!"

학교가 종강이니 오랜만에 모여 파티를 하려나 보다. 그렇게 모인 햇살이 친구들. 장정 네 명이 모이니 방이 꽉 들어찬다. 게임 이야기부터 시작되던 수다는 고등학교 시절 추억담, 사랑 이야기, 각자 전공하는 과목과 교수님 이야기, 학점 이야기, 군대 신체검사 이야기를 거쳐 고등학교 앨범을 펼치며 추억을 불러 모아 박장대소로 이어진다.

좋을 때다. 그 웃음소리가 어찌나 예쁘던지.

저녁을 먹은 지 얼마 안 지났지만, 저리 수다를 떨고 나면 배가 고프겠다. 아이들 먹거리를 사러 제나와 슈퍼에 가는데 햇살이 친구를 만났다.

"안녕하세요. 저 건이에요. 오늘 상현이 고등학교 친구들 모였죠? 근데 어디 가셔요?"

"아, 건이구나. 응. 친구들 와서 놀고 있어. 먹거리 좀 사려고. 너도 와. 애들이랑 같이 술 한잔해."

헤헤~ 웃는 건이 뒤로 자동차 창문이 열리며 "언니!" 하는 소리가 들린다. 건이 엄마가 운전석에서 부르는 소리다.

"햇살이 친구들이 집에서 모여요? 난 밖에서 만나라고 하는데. 언니도 참 대단하네요."

"아, 고등학교 친구들. 오랜만에 모여서 날 새서 놀아요."

"악! 잠도 자고 간다고요? 아휴~ 난 못 해. 으~~~"

그녀는 생각만 해도 몸서리가 쳐지는지 부르르 몸을 떤다.

"왜~ 얼마나 예쁜데요."

"언니도 하여간 병이다. 허허, 참나. 근데 어디 가요?"

"아, 애들 술 마실 때 먹을 안줏거리 사러 가요."

"헉! 미쳐. 저것들이 스무 살 되더니 맨날 술이라니까요. 햇살이도 그래요?"

"예쁘지 않아요? 정말 귀여워. 저번에 갈지자로 집에 와서 엄마~ 히히, 그러더니 오바이트 시원하게 한 적도 있어요."

"으악! 그게 예뻐요? 암튼 언닌 애들 너무 좋아해. 존경스럽네요. 아효, 난 못 봐. 못 봐!"

"그때 햇살이를 제가 부축하고 데려다줬어요. 크크"

"아, 그때 건이가 데려다줬구나? 고마워. 난 자다 깨서 봤어. 오바이트 열라 하는 소리 듣고 다시 문 닫고 잤는데. 힛!"

"꺅! 언니는 아들이 안 들어왔는데 잠이 와요? 대단. 대단."

그녀는 고개를 절레절레 흔들며 별나라 사람을 보듯 한다.

"사랑스럽잖아. 얼마나 귀여워요. 난 예뻐죽겠어요."

"병이다, 병! 심각한 병이라니까요!"

"그래서 병 찾아가잖아. 맥주병 소주병 사러~"

그날 밤 햇살이와 귀여운 친구들은 소주 3병을 넷이서 나눠 마시고 밤새워 이야기꽃을 피웠다. 잠결에 햇살이 방에서 들려오는 아이들 웃음과 이야기들이 클래식 연주처럼 들린다.

이건 병 맞네, 병 맞아. 쭈욱 행복하게 성장하렴.

말들이 참 예쁘다. 엄마와 아들의 대화 같지 않고 오누이? 같은 말 대화! 역시 언어?! 말은 과격하면 안 돼 ㅎㅎㅎ -맹봉학

우리 아들들은 우리 집이 아지트다. 울 아들 군에 갔을 땐 적적하더니 다시 시끌시끌해. -박유신

여하튼 끝내는 베개가 제 쓰임새를 했네요. -안중현

유쾌한 랄라 씨, 엉뚱한 네가 좋아

미나리 아내

미국 영화계를 떠들썩하게 만든 미나리
커뮤니티에서 감상 호불호가 판이하게 갈리는 미나리
뇌졸중 엄마와 미나리를 팔던 아빠가 떠오르는 미나리
어릴 때 맛본, 쓰며 감당하기 힘든 향에 외면했던 미나리

내게 미나리 영화는 단순한 미나리가 아니다.

파주 금촌 장터 한 길목에 할아버지가 미나리를 파신다. 한여름 뙤약볕에 미나리 보따리를 펼쳐놓고 손님을 기다리신다. 뜨거운 8월의 태양이 미나리 숨통을 옥죄니 할아버지께서도 미나리처럼 생기가 말라가신다. 90이 넘은 할아버지는 미나리 곁에 쪼그리고 앉아 아침부터 미나리를 파신다.

길을 가던 중년은 그 모습이 안쓰러워 다가간다. 시들시들해

진 미나리 한 움큼을 집어 얼마냐고 묻는다. 태양 볕에 죽어가던 미나리가 맛난 요리가 될 거란 기대에 초록 생기를 끄집어내듯이 할아버지는 오그라든 몸을 힘껏 펴시며 웃으신다.

"이거, 깨끗한 곳에서 정성으로 키운 미나리요. 싱싱해요."

"네에~ 제가 본 미나리 중에서 제일 맛있어 보이네요."

"얼마치 줄까요?"

"음… 지금 있는 미나리 다 주세요."

"이걸 다? 많을 튼디…."

"네에~ 싱싱하고 좋은 미나리니 몽땅 다 주세요."

쓰러질 듯 꾸벅꾸벅 졸고 계시던 할아버지 눈꺼풀이 미나리처럼 싱싱해진다. 미나리가 담기는 봉지가 할아버지 손등처럼 푸석푸석 메말랐다. 미나리를 차에 싣던 중년의 어깨가 할아버지 삶을 싣듯 무겁기만 하다. 고개를 숙인 중년의 어깨가 들썩인다. 중년은 싱싱하고 맛난 미나리를 주셔서 감사하다는 인사와 함께 식사도 하시라고 돈을 더 건넨다.

멀리서 차를 멈추고 중년은 할아버지를 바라본다. 미나리를 담아온 빈 보따리를 들고 할아버지가 터벅터벅 가시는 길을 하염없이 바라본다. 중년은 운전대를 붙잡고 목이 메어 울고 있다.

할아버지는 중년의 아버지며 울 아빠다. 그 중년은 둘째 오빠다. 뜨거운 태양이 미나리의 푸릇한 생명력을 빼앗아가며 97세 아빠의 인지력도 훔쳐 갔다. 아빠는 아침부터 더위와 싸우며 자신의 생명력을 넘겨주고 미나리를 파셨다. 아들을 못 알아보고, 그저 싱싱한 미나리를 인상 좋은 어떤 사람에게 모두 팔았다며 기뻐하신다. 아빠는 집으로 걸어가시며 큰오빠에게 전화하신다. 청년 칭찬을 하며 행복해하신다.

"거 봐라. 내가 장담했지. 미나리가 좋아서 비싸게 다 팔릴 거라고."

"네… 아버지, 찻길 조심하시고 찬찬히 쉬며 들어가셔요. 아버지께서 미나리를 얼마나 정성스럽게 키우셨는데요. 그럼요. 그럼요."

이미 둘째 오빠에게 소식을 접한 큰오빠는 회사에서 일하다 말고 전화기를 붙잡고 하염없이 눈물만 흘린다.

미나리.

내게 미나리는 단순한 미나리가 아니다.

미나리 영화에서 데이빗 할머니가 뇌졸중으로 쓰러지신다. 미나리는 어디서나 돌보지 않아도 알아서 잘 자라는데 고국을 떠나 미국으로 온 데이빗 할머니는 그렇지 않다. 미나리 같은 질긴 생명력을 고국에 두고 오셨나 보다. 울 엄마도 그러셨다. 미나리는 물이 있는 곳에선 쑥쑥 크고 생명력이 강한데… 엄마는 그렇지 않으셨다. 7남매와 시어머니 그리고 농사일을 하며 엄마 삶의 무게는 뿌리까지 뽑혀 말라갔다. 엄마는 뇌졸중으로 쓰러져서 16년을 마비된 채 천장만 바라보며 누워 지내셨다. 아마 아빠는 그런 아내가 안타까웠나 보다. 미나리처럼 싱싱하고 푸릇푸릇하며 질긴 생명력이 있길 지금도 소망하시나 보다. 97세가 되셨어도 미나리를 아내 대신 당신 곁에 두고 싶으신가 보다.

토닥토닥. 목이 메어 아무 말도… 따뜻한 가족들이십니다. 두 오라버니, 은미샘이 부러워요~♡ -이정순

제가 가슴이 다 먹먹해지는군요. 갑자기 장사익 노래가 생각나는군요. [파도]… '우리네 삶이란 눈물처럼 따뜻한 희망인 것을….' 이렇게 작은 위로를 전합니다. -김동창

저도 오늘 화제의 '미나리' 보면서 미나리국 좋아하시던 아버지를 생각해 봤습니다. -박상문

매를 부르는 삼각관계

파주 금촌에 간다. 아빠는 오빠네랑 산다. 세배를 마치니 큰
오빠가 묻는다.

"예쁜 막내 여동생, 뭐 먹고 싶어?"

"소고기!"

씩씩하게 소고기를 외치는 나.

"그래? 나가자. 막내 여동생이 소고기 먹고 싶다고 하잖아."

오빠는 한마디만 남기고 옷을 챙겨 입는다.

우린 식당에서 소고기를 배불리 먹고 집에 와서 소파와 거실
바닥에 드러눕는다.

"오빠, 부엌 갈 거야? 나 시원한 사이다 한 잔 부탁해."

방으로 가는 오빠에게 음료수를 부탁한다.

"그럼 여보, 나도 발목에 차는 것 좀 가져다줘요."

유쾌한 랄라 씨, 엉뚱한 네가 좋아

올케언니도 찜질팩을 가져다 달라고 한다. 오빠는 방으로 가다가 방향을 틀며 바로 사이다를 내게 건넨다.

"네네~ 예쁜 막내 여동생, 시원한 사이다 대령이오."

어라? 그러고서 오빠는 올케언니의 부탁을 까먹었는지 방으로 그냥 들어간다.

"이한익! 동생만 챙기냐! 아내를 챙겨야 밥 얻어먹지!!!"

오빠는 올케언니의 소프라노 외침에도 굴하지 않고 장난을 친다.

"아~ 아내는 바꿀 수 있지만, 사랑하는 내 막내 여동생은 한 명뿐이라서. 난 내 여동생이 좋거든! 으ㅎㅎㅎ."

우르르 꽝!⚡ 철퍼덕 짝!!

올케언니의 눈에서 번개가 내리치며 오른손으로 등짝 스매싱이 오빠에게 날아간다.

"오빠 그렇게 까불다가 언니한테 한 대 맞을 줄 알았어."

오빤 등짝 스매싱 세례를 받으면서도 끝까지 언니를 약 올린다.

"울 막내 여동생이 얼마나 사랑스럽고 예쁘다고~ 질투해? 으ㅎㅎㅎ~"

아이고야, 등짝 스매싱을 당하면서도 히죽히죽 웃고 있는 큰오빠를 빤히 바라보며 나도 한마디 던진다.

"오빠가 잘못했네. 미안해, 오빠! 난 오빠보다 올케언니가 더

더 더 좋아. 언니한테 충! 성!!"

등짝 스매싱 소리가 멈춘다.

"거봐, 이한익! 아가씬 내 편이야. 호호호호~"

화목한 가정의 本입니다. 오빠가 大人이십니다. -이도행

저런 멋진 오빠를 두셔서 좋으시겠어요. 25년 전 오빠를 교통사고로 잃었는데
이 글을 보니 갑자기 문득 오빠가 생각납니다! -박정연

유쾌한 랄라 씨. 엉뚱한 네가 좋아

얼마면 돼?

'매를 부르는 삼각관계' 오빠 이야기를 들은 지인에게 걸려온 전화다.

"은미야~ 오빠가 참 멋지더라."

"네~ 그렇죠. 감사한 일이에요."

"그러게. 넌 뭔 복이 그렇게 많아서 오빠도 엄청 멋지고, 옆짝 꿍은 더 멋지냐~ 부럽다!"

난 반월산에서 숨을 헉헉거리며 운동 중이어서 멋진 오빠 이 야기를 더 전하지 못하고 전화를 끊었다. 그래서~~~~ 추가 염장 질을 적어본다.

2019년 9월 유럽 여행을 같이 가자는 봉 동지(반월 지인)의 다 급한 전화에 그래 가자, 하고 덜컥 답해버렸다. 문제는 비싼 여행 경비;; 그리고 장기간 집을 비워야 하니 제나 동의가 필요한 상황.

여행을 가기로 한 날짜가 다가온다.

초조하다.

복권을 산다. 꽝이다.

통장을 본다. 뭐 늘 마이너스다.

여행 가기 6일 전이다. 에라 모르겠다. 큰오빠에게 문자를 남긴다.

"오빠, 잘 지내지? 동네 지인과 유럽 여행이 적절한 게 나와서 진즉 신청은 했는데… 내가 돈이 없어서 난감한 상황이야. 여행은

유쾌한 랄라 씨. 엉뚱한 네가 좋아

이제 6일 남았어. 오빠가 도와주면 내가 유럽을 여행하고 와서 무지 건강하게 잘 생활할 거라는 기대가 마구 되는데… 전화로 얘기 못 하고 문자 남겨서 미안해."

엔터를 누르고 심장이 콩닥거려 힘들다. 띨롱! 1분도 안 되어 답이 왔다.

"경비 얼마 필요하니? 계좌번호와 입금할 돈 문자로 보내."

바로 돈이 입금되었다. 그리고 오빠가 남긴 한 줄 문자가 있었다.

"건강하고 즐겁게 추억 많이 쌓고 와." 사랑을 담은 문자 외에 오빠는 그 어떤 궁금증도 묻지 않았다.

제나에게 이 모든 황당한 폭탄은 언제 꺼냈을까?

여행 가기 삼 일 전;;

"여보, 봉 동지랑 둘이 12일 동안 유럽 여행 가요. 여행 경비는 오빠에게 해결했어요."

"아~ 경비 당신이 해결한 거면 그럼 됐죠. 잘 다녀오소! 아부지 밥은 내가 책임지겠소!"

이렇게 난 9월 유럽 여행을 무사히 떠났다.

전생에 나라를 구하셨구만요. 저는 전생에 이완용이 나라를 팔 때 손꾸락을 눌러줬던 모양임돠~ㅋㅋㅋ -이희영

오빠도 옆 짝꿍도 끝내주네요. 끝내주는 분들의 응원이 있는 멋진 여행 다녀오셨군요. -김천묵

멋진 분들입니다. 오빠는 화통, 옆지기는 배려심이 염장질이네요. ㅎㅎ -고운길

룰루랄라 인형극단

티격태격 다투면서도 룰루와 랄라는 인형을 만들고, 옷을 꿰매고, 시나리오를 작성하고, 무대배경을 만들어 공연한다. 노인복지센터, 도서관, 서점, 북 페스티벌, 음악회, 미술관, 전통시장, 대학로, 무안 바닷가, 제주도… 우린 룰루와 랄라 인형을 손에 들고 크든 작든 즐겁게 공연한다. 인형극을 함께했던 시간을 돌아본다.

서구 노인재가복지센터에서 룰루랄라가 인형극을 했을 때다. 『훨훨 간다』 그림책 이야기를 인형극으로 준비했다. 몸이 불편하신 어르신들께서 그렇게 좋아하실 줄 몰랐다. 인형극을 하는 내내 웃음이 끊이지 않는다. 룰루랄라 인형들이 하는 대사를 따라 하신다.

"훨훨 온다.""훨훨 온다."

"예끼! 이놈~""예끼! 이놈~"

"훨훨 간다." "훨훨 간다."

다 함께 큰 소리로 리듬을 타며 외친다. 손뼉 치며 웃으시는 어르신들을 뵈니 풍선처럼 기쁨이 솟아오른다. 공연을 마치니 센터장님께서 말씀하신다.

"보통 어떤 공연이든 화장실을 10번도 더 가시는데 오늘은 어르신들이 꼼짝 않고 박장대소하며 저리 좋아하시니 놀랍네요. 이렇게 환한 웃음을 주셔서 너무너무 감사합니다."

감동이 전해져 기쁨이 펑펑 터진다. 룰루랄라 심장에서 달콤한 팝콘향이 퍼진다.

"어르신~ 항상 건강하고 행복하세요!" 밝게 인사드리고 돌아오는 발걸음이 가벼워진다.

아이들과 인형극을 할 때면 종종 반전이 일어난다. 복합문화공간에서 유치원 아이들과 서점 견학 프로그램을 진행할 때였다. 다섯 살, 여섯 살, 일곱 살 아이들은 공연장, 전시장, 카페, 책과 문구가 진열된 곳곳을 둘러보며 궁금한 것들을 묻는다. 그 질문들은 엉뚱하면서도 꽤 재미있다. 아이들은 진열된 물건을 보고 진지하게 얘기를 나눈다. 난 그 물건이 되어 대답해 준다. 내가 대답한 걸 아이들도 안다. 그런데도 아이들은 머리핀, 인형, 필통, 크레파스를 보며 말 걸기를 잘했다는 흡족한 미소를 짓는다. 간혹 "무슨 필통이 말을 해요? 에이… 죽었는데 어떻게 대답을 해요?"라

유쾌한 랄라 씨, 엉뚱한 네가 좋아

며 나보다 세상 더 살아온 듯한 날카로운 일침을 가하는 아이도 있다. "아~ 너희들이 오기 전에 다시 살아났어. 선생님이 아까 봤어. 막 깨어나는걸. 봐! 저기 저기. 다들 살아 있어." 그러면 아이들은 안녕. 안녕. 친구들 대하듯이 인사한다. 아이들이 제일 좋아하는 그림책 서가에 도착하면 눈이 반짝반짝 빛난다. 호랑이 그림책을 읽어주고 인형극을 보여주면 좋아서 어찌할 줄 모른다. 행복해하는 아이들을 보면 내 심장은 꼭 물고기 같다. 바닷가에서 팔딱팔딱 뛰어다니는 물고기처럼 요동친다.

　도서관에서 인형극을 할 때도 아이들은 보석처럼 빛난다. 『충치 도깨비 달달이와 콤콤이』 그림책을 인형극으로 만들었다. 단 것을 좋아하는 두 충치 도깨비와 치카푸카 경찰특공대가 벌이는 격투신에 환호한다. 인형극은 직접 아이들 표정을 보고, 이야기를 주고받고 하면 더 신난다. 지금은 코로나로 직접 만날 수가 없어 아쉽다. 줌으로 참석하는 아이들 표정이 멀리서 화면으로 전달된다. 화면 밖으로 튀어나올 듯 집중하는 아이들이 그저 사랑스럽다. 이렇게라도 만날 수 있어서 뿌듯하다.

　인천에서 북 페스티벌을 할 때다. 아이들은 인형과 소통한다. 인천에는 168개나 되는 다양한 섬이 있다. 그중 영종도 섬 설화 이야기를 담은 『영종도 아기장수』 그림책을 인형극으로 했다. 북 페스티벌에 참여한 아이들은 인형극을 보며 "얼씨구나! 절씨구나!

아기장수 좋~~다!"를 큰소리로 함께 외친다.

"룰루야~ 너, 인천 섬 어디 어디 가봤어?"

"나~? 대따 많이 가 봤지! 선재도에서 팔딱팔딱 뛰는 물고기도 잡고, 백령도에서 해병대 아저씨랑 인사도 해봤지~ 필승!"

"에헴~ 여봐라! 저게 무슨 새냐? 어서 저 새를 잡아라!!'

인형극을 하다 보면 아이들은 서로 약속이나 한 듯 대본에 없는 대사를 외칠 때가 많다.

"안 돼! 사또 너 나빠!! 아기장수야~ 가지 마!!!" 안 돼, 사또 나빠, 가지 마~~ 돌림노래가 되어 계속 이어진다. 욕심쟁이 사또를 혼내주고 아기장수를 지키려는 아이들 외침이 메아리친다. 아이들의 순수한 마음은 룰루랄라 인형과 함께 영종도 섬을 지킨다. 상상과 호기심이 가득한 이야기보따리가 풀어지면 이렇게 재미난 마법이 펼쳐진다.

마법은 아이들 세계에서만 이뤄지는 게 아니다. 어른들도 마찬가지다.

전남 무안 전통시장을 찾은 봄날, 북적북적할 시장이 주말인데도 한산하다. 코로나19로 장사가 안되니 걱정이다. 상인들 한숨소리가 들려온다. 룰루랄라는 즉석에서 위로와 응원을 담아 보낸다. 인형 중엔 눈에서 눈물이 나오게 만든 것도 있다. 랄라 인형이 눈물을 흘리며 응원을 보내니 생선을 파는 상인이 깜짝 놀라며 웃는다. 옆 가게도 공연을 해달라며 우리를 안내한다.

"코로나로 많이 힘드시죠? 힘내세요!" 눈물을 쏟는 인형을 보고 손뼉 치며 깔깔 웃으신다.

호떡을 파는 부부도 호떡을 냠냠 먹는 룰루 인형을 보며 신기해한다. 호떡을 한 장 얹어주며 인형에게 말한다.

"인형이 말도 하고 울기도 하네. 요상시럽네. 하하. 그래, 너희들도 코로나 잘 이겨내고 씩씩하게 자라야 한다. 좋은 생각만 하면서."

꽃을 파는 아저씨는 룰루랄라 인형에게 꽃 이름을 알려주며 즐거워한다. 룰루 인형이 꽃 이름을 다 배웠다며 외친다.

"이건 노란 꽃! 이건 빨간 꽃! 이건 하얀 꽃! 아저씨, 저 꽃 이름 다 알죠?"

꽃집 아저씨도 룰루 재치가 재미있는지 꽃 이름을 따라 하며 웃는다. 무안 전통시장에 웃음꽃이 활짝 핀다. 전통시장에 상큼한 바다 내음과 황홀한 오렌지빛 노을이 우아하게 수놓는다. 무안 바닷가 노을 지는 풍경과 닮은 웃음꽃이다

룰루랄라 공연은 삼순이 드라마에서 유명했던 맹봉학 배우와도 함께했다. 맹봉학 배우는 7년 동안 한 해도 거르지 않고 '맹봉학을 사랑하는 모임'(맹사모) 회원과 연탄 나눔 봉사를 한다. 후원자를 모집하는 일부터 연탄이 집에 도착하는 일까지 모든 과정

을 맹봉학 배우께서 한다. 매년 '개념배우 맹봉학과 함께 따스한 연탄 나눔'을 맹사모와 한다. 벌써 7년째다. 나는 작게나마 도움이 되고자 스케치북에 그 멋진 역사를 담고 인형극을 준비한다. 밤을 꼬박 새우며 색칠하고, 사진을 오려 붙인다. 따스한 연탄 나눔을 실천한 사랑을 정성껏 소환한다.

대학로 마로니에 공원에서 룰루랄라는 연탄 나눔 인형극을 연습한다. 귀요미 룰루 예나의 애드립에 오늘도 역시 빵빵! 터지며 뒤집어진다. 공원에 있던 아이들이 모여든다. 지나가던 참새와 고양이도 낄낄호호 까륵푸하하 웃는다.

맹복학 배우가 출연한 〈불편한 너와의 사정거리〉 연극을 관람한 뒤 연탄 나눔 인형극을 한다. 모두 함께 서로를 힘차게 응원한다. 우리의 열정과 온기도 따뜻한 연탄 불꽃처럼 후끈후끈 퍼져나간다. 따뜻함과 감사함을 룰루랄라 인형극으로 전할 수 있어서 행복하다.

청소년들과 인천에서 남동마을학교 프로그램을 진행한다. 코로나19가 점점 확산되어 대면 수업을 할 수가 없는 상황이다. 코로나가 잠잠해지길 기다렸으나 상황이 더 악화하여 준비했던 수업을 전면 수정한다. 새롭게 시나리오를 작성하고 인형을 만든다. 연습을 마친 뒤 16회차 수업을 영상으로 찍는다. 동영상 촬영 장비가 없는 환경에서 스마트폰으로 인형극을 찍는다. 찍고 찍고 다

시 찍기를 반복해서 동영상을 완성한다. 룰루는 20대 톡톡 튀는 감성으로 자막을 넣고, 섬네일을 만들고 영상 편집을 한다. 공연 포스터와 리플릿을 제작하는 만능 룰루 예나와 함께하면 안 되는 게 없다. 인천시 남동마을학교 영상을 룰루랄라 유튜브 채널에 업로드한다. 1년 동안 준비했던 정성, 청소년을 사랑하는 마음, 룰루랄라의 재미 의미를 가득 담은 이야기를.

올해도 아이들과 인형극을 함께하는 안산시마을만들기 프로그램이 있다. 지금 한창 초등학생들과 인형극을 연습하고 있을 시기인데 코로나가 또 발목을 잡는다. 줌으로 비대면 수업을 준비해야 할 것 같다. 인형극 공연을 아이들과 같이하는 걸 계획했는데 안타깝다.

청소년들이 음악회 준비하는 과정을 인형극으로 만들어 공연하고, 이정순 화가 작품 전시회에서 즉석 인형극을, 4·16 합창단과 '너'를 함께 부르는 인형극을, 제주도 비자림 숲속 나무 아래에서도 인형극을 했다. 어디든 재미 의미가 있는 곳이면 룰루랄라 인형은 함께한다.

두 분을 때론 응원하고 때론 존경합니다. -임경환

공룡 삼촌 가면 난리 나겠군. -유윤열

모든 이에게 웃음을 주는 재주꾼이세요. 룰루랄라 ㅎㅎ -박태호

유쾌한 랄라 씨, 엉뚱한 네가 좋아

비자림 숲속 요정

룰루와 랄라가 제주 여행을 떠난다. 김포공항에서 제주도를 향하는 비행기에 오른다. 슝!

"랄라! 이 많은 집 중에 왜 내가 살 집은 없는 걸까요? 슬프게."

제주공항을 향해 출발한 비행기가 몽실몽실 구름 사이를 통과해 하늘 높이 떴을 때, 20대 룰루가 제주 하늘에 슬픔 한 조각을 띄운다. 제주 여행을 떠나는 비행기 안에서 드넓게 탁 트인 푸른 바다와 솜사탕처럼 포근한 하얀 구름을 가슴에 담고 설렐 만도 한데 20대 청년의 현실은 그렇지 못하다. 수많은 아파트가 그녀의 눈을 사로잡는다. 비행기가 떠 있는 높이만큼 치솟은 집값 걱정이 앞선다. 룰루는 하늘에서조차 편히 마음을 두지 못한다.

"룰루~ 책을 보며 룰루가 원하는 예쁜 집 한 채 지어보시오."

룰루의 속상한 마음을 아는지라 고운 집 한 채를 책에 담아

건넨다. 제주도에서 룰루와 나눌 눈물과 웃음, 희망과 응원을 가득 담아서 룰루 닮은 재미 의미 가득한 집을 곱게 지어 보낸다. 그녀는 깊은 한숨을 제주 바다에 풍덩 떨어뜨리고 책을 편다. 4일간 함께 나눌 제주 여행의 추억을 놓치지 않으려는 작은 애씀이리라.

"룰루, 오늘은 맛있는 저녁을 먹고 푹 잔 뒤 우리 내일부터 즐거운 제주 여행 떠나봅시다."

본격적인 제주 여행이 시작되는 설렘 가득한 아침이다. 일찍 서둘러서 숙소를 나온다. 비가 부슬부슬 내리더니 비자림에 가는 사이 굵어졌다가 가늘어지길 반복한다. 우리에겐 제주 바다를 담은 비옷과 장화가 있으니 끄떡없다. 배낭에 룰루랄라 인형도 챙겨왔으니 귀여운 요 녀석들과 신나게 숲길을 거닐리라. 준비해 간 파란 우비와 땡땡이 장화를 신고 폴짝폴짝 뛰니 신난다.

빨간 동백꽃이 세찬 비를 안고 후드득 떨어져 있다. 편의점에 다녀온 사이 룰루는 동백꽃 하트를 만들었나 보다. 잔디 위에 동백꽃 하트가 사랑을 속삭이며 웃는다. 오늘 비자림 숲에서 요정들을 만날 걸 생각하니 두근두근 발이 공중 부양하며 떠오른다. 가슴에 안고 가던 룰루랄라 인형도 요정을 만날 생각에 동백꽃처럼 볼이 빨갛게 상기된다. 콩닥콩닥 뛰는 룰루랄라 인형의 심장 소리에 발을 맞춰 하나둘! 서이너이! 숲길에 들어선다.

비자림은 천연기념물 제374호로 지정, 보호하고 있다. 500~800년생 비자나무 2,800여 그루가 밀집해 있는 곳이다. 그 웅장함이 어떠할지 상상이 되는가.

빗물이 초롱초롱 가지에 맺혀 그네를 탄다. 반짝반짝 나뭇잎에 모여 합창한다. 웅덩이에 비친 맑은 하늘과 흔들흔들 춤을 추는 초록 나무들과 인사하고 내 친구 룰루랄라 인형도 소개한다. 또로롱 뾰로롱 포롱포롱! 제주도에서 만난 새들도 우릴 따라다니며 말을 건다. 반월에서 듣던 새소리와 달라서 해석하느라 꽤 힘들다. 요약하니 비자림 숲에 온 걸 와장창 환영한다는 내용이다.

"나도 너희들 만나서 억수로 기뻐."

비가 그치고 아바타 숲이 펼쳐진다. 요정을 만나러 왔는데 아바타와 놀다 갈 풍경이다. 초록 잎들이 더 선명하게 반짝거린다. 잎사귀 끝에 이슬이 또롱또롱 맺혀 있어 달려가서 꿀꺽한다. 밤에 마시던 이슬이와 차원이 다르군. 요고이 참이슬이지! 목 넘김이 다르다. 캬아~ 비 오는 아침 숲에서 뿜어내는 달콤한 향기가 상쾌하게 마음을 적신다.

햇살이와 31일간 배낭여행을 할 때 라오스 깊은 숲속에서 맡던 그 맑고 신비한 내음과 비슷하다. 하늘하늘 바람이 나뭇가지를 툭 간질이고 지나가니 여기저기 깨알 웃음이 일렁인다. 온통 푸르른 나무들과 함께하니 눈이 맑아진다. 지금 시력을 재면 3.0은 나올 것 같다.

타다닥! 토도독! 하나 둘 셋 … 여덟 아홉 열! 이제 찾는다. 숲속에서 곰돌이 푸와 크리스토퍼 로빈, 피글렛, 이요르가 숨바꼭질을 한다. 나도 곰돌이 푸 곁에 숨는다. 비자림 숲속은 나무들이 울창해서 숨기에 그만이다. 룰루랄라 인형들도 커다란 나무 뒤에 숨어서 까르륵거린다. 지나가던 여행객들이 룰루랄라 인형을 보고 웅성웅성 모여든다. 나무 뒤에 숨어서 즉석 공연을 해준다.

"아빠, 인형이 말을 해요! 우와, 신기해요."

아이들이 인형극을 보며 룰루랄라 인형과 진지하게 대화를 나눈다. 즉석 공연에 아이들이 환하게 웃는다. 척하면 탁하는 룰루 덕분에 비자림 숲속에서 웃음 한 보따리 선물을 흩뿌린다. 즉석 인형극을 마치고 숲길을 걷는다.

부부 나무로 알려진 연리목과 800년 넘는 세월을 함께한 새천년 나무가 우릴 반갑게 맞는다. 신비함 그 자체다. 심장이 요란하게 요동친다. 터질 듯이 부풀어 오른 기쁨을 안고 나무와 인사를 나눈다. 할아버지 할머니 나무는 무척 건강하다. 비자림 숲에서 늘 좋은 생각만 하고 욕심 없이 살아왔나 보다. 어르신 나무들은 심장 소리도 투명하고 경쾌하다. 지금 내 마음처럼 오두방정 흔들리지 않고 평온하다. 어르신 나무께 인사드리고 기념사진도 찰칵 남긴다.

"오래오래 건강하세요, 나무 님."

비자림 숲길에서 요정, 아바타, 새, 나무, 꽃, 이끼, 돌멩이, 구

름, 곰돌이 푸와 친구들, 웅덩이와 수다를 떨고 신나게 놀다 보니 몇 시간이 훌쩍 지나간다. 숲속 친구들과 또 만나자고 약속하고 다음 여행지를 향해 발길을 돌린다. 안녕~ 숲아!

동화책 읽고 보는 것 같아요. -김애란

비자림 매일 두 번씩 산책하고 싶더라고요. -이남희

만능 검지 손가락 룰루

안개에 싸인 웅장한 비자림 숲길을 오전에 거닐고 룰루의 검지 손가락이 지목한 제주 바닷가를 향한다. 가늘게 내리던 비가 멈춰 제주 바다는 더 푸르고 사랑스럽다.

창밖으로 비친 빨간 등대를 보자마자 그대로 뛰어든다. 바다 빛깔 장화와 비옷으로 깔 맞춤한 룰루랄라. 우린 제주 바다를 온몸에 걸치고 해변으로 달려간다. 상쾌하고 시원하다. 바다가 일렁이며 부르는 노래에 맞춰 리듬을 타고서 해변을 거닌다.

"룰루, 누가 바다인지 모르겠소. 아주 예쁘오. 화보요."

그녀는 바다와 하나가 되어 모래사장을 거닌다. 깊은 바다에서 튀어나온 인어공주가 나풀나풀 춤을 추는 모습이다. 인어공주의 건강한 심장처럼 콩닥콩닥 뛰는 빨간 등대를 배경으로 룰루의 맑은 모습을 카메라에 담는다.

찰칵 찰칵 찰칵! 하얀 거품을 내뱉으며 환호하던 파도도 감탄한다.

샤르르르 철썩! 쏴아아아 촬싹!

"랄라, 우리 바다가 보이는 예쁜 카페에 가요."

감성 충만한 그녀는 바닷가를 거닐며 벌써 주변에 핫한 장소를 검지 손가락 하나로 낚시질해놓은 상태다. 검지 손가락이 함덕 해수욕장을 가리킨다. 20대 룰루처럼 팔딱팔딱 뛰는 대어를 걸어 올렸으니 함덕해수욕장으로 고고고~♬

유명세만큼이나 자동차와 손을 꼭 잡은 연인들이 넘친다. 반짝이는 전구가 어서 와, 불을 밝히며 대롱대롱 웃는다. 구수한 커피와 빵도 코끝을 간질이며 우릴 반긴다. 델문도카페에서 바다를 눈에 꼭꼭 눌러 담는다. 뱃속에서 꼬르륵거리는 소리가 들린다. 벌써 점심을 먹을 시간이 되었나 보다. 비 온 뒤여서 제주 바닷가는 써늘하다.

"이런 날에 따끈하고 얼큰한 해물라면이 진리죠. 룰루, '오빠네' 가요. 그곳이 또 맛집이거든요."

아~ 20대 그녀는 검지 손가락 하나로 모든 정보를 비트코인 캐내듯이 휘리릭 채굴한다.

'나도 검지 손가락이 있는데 뭐가 문제인지 도통 써먹질 못하는군.'

눈부신 바다 풍경을 흡수한 룰루랄라는 오빠네에서 칼칼한 해물라면과 시원한 보말칼국수를 폭풍 흡입한다.

'그래, 이 맛이야. 핫한 이유가 있었군.'

그녀는 놓치지 않고 빠르게 검지 손가락을 이용해 SNS에 음식 사진과 글을 올린다. 그녀의 검지 손가락은 음료수 서비스까지 득템한다. 경이롭다. 그녀의 검지 손가락!

이젠 그녀의 얼굴을 보며 말하지 않는다. 룰루의 검지 손가락을 바라보며 다음 코스가 어디냐고 묻는다. 만능 검지 손가락은 신속 정확하게 '책방무사'라고 답한다. 내가 좋아하는 요조가 책방지기인 책방무사를 향해 고고고~♬

책방무사는 입구 간판부터 요조가 부르는 노래처럼 상큼하고 독특하다. 제주도 한아름 상회에서 '한'자가 빠진 채 '아름상회'라는 옛 가게 이름을 그대로 살려냈다. 책방을 들어서는 문 앞에 작게 레고로 만든 상호가 책방을 알리는 간판 전부다. 제주 책방무사에서 사려고 꾹꾹 아껴뒀던 요조 산문 『실패를 사랑하는 직업』 책을 집어 든다. 책방무사는 아담하다. 커다란 창을 통해 뒤뜰을 보니 제주의 소박한 아름다움이 숨 쉬고 있다. 뒤뜰 옆으로 공사 중인 게 책방을 확장하나 보다. 좁은 책방 안엔 책방지기 요조의 실천과 정성이 곳곳에 자리한다. 채식주의자를 담은 코너, 여성과 인권을 담은 코너, 노동이 엿보이는 코너, 폴라로이드 카메라 대여 코너… 시간 가는 줄 모르고 구석구석 책방지기의 손길

과 숨결을 느끼며 작은 책방에서 행복을 담는다. 창밖이 어두워진다. 이제 오늘의 여행을 마치고 저녁 만찬을 위해 출발할 때군. 룰루의 검지 손가락을 보며 묻는다.

"저녁은?"

"제주 흑돼지와 전복, 문어가 뒤범벅된 만덕이네요."

"그럼 우도땅콩 막걸리도 한 사발 찌크려봅세다, 룰루!"

그녀의 검지 손가락은 참말 신비하고 경이롭다.

가제트의 만능 팔이 부럽지 않군요^^ -하주현

지난주 나의 함덕은 이러했습니다. 엄마가 세화에 살고 있어 약간은 식상한. ㅋㅋ 세화해변에 은미 씨가 더해지니 새롭습니다. -홍인숙

제주 가면 삼합은 드셔야 하는디. 말고기 흑돼지 전복. 요거이 기가 차당께요. -윤치우

유쾌한 랄라 씨, 엉뚱한 네가 좋아

세화마을 돌다가 내가 돌겠쇼!

혈기 넘치는 20대 룰루. 오늘 그녀가 계획한 제주 일정은 세
화마을 스탬프 투어다. 룰루는 스마트폰에 제이스탬프 앱을 신속
하게 깔고 다닐 곳을 체크한다. 옆에서 지켜보던 나는, 나이 들어
시린 뼈마디와 삐걱대는 관절을 보호하사 태풍급 바람과 강추위
를 들먹이며 그녀 마음을 돌려본다.

"오늘 겁나 추워, 룰루!"

"랄라, 옷 따습게 여러 개 껴입어요."

"바람 무지 불어서 오즈처럼 날아갈지도 몰라, 룰루!"

"랄라, 코로나로 몸이 무거워져서 그럴 일 전혀 없어요."

"책방 갔다가 거기서 쭉 책 읽는 것도 즐겁겠네, 룰루!"

"랄라, 책방 먼저 간 뒤 스탬프 찍으러 다닐 거예요."

에이비씨 된장. 씨알도 안 먹힌다. 흔들림 없는 일관성!

우린 태풍급 제주 바람을 뚫고 세화마을에 도착한다.

풀무질 책방을 찾아 골목을 돌고 돌아 헤매길 한참 만에 도착이다. 평화로운 분위기와 딱 맞는 예쁜 책방이다. 풀무질 책방을 들어서니 광복이가 문 앞에 드러누워 있다. 광복인 하얀 털로 내 손길을 유혹하는 풀무질 책방 개다. 풀무질 서가를 둘러보니 제주 햇살을 가득 안은 창가 테이블이 어서 오라고 손짓한다. 룰루와 창가에 앉아 책을 펴고 따뜻한 햇살 조각을 모은다. 우린 이렇게 멋진 곳이 집이었으면 좋겠다고 얘기한다. 토론 친구들에게 선물할 책과 책갈피를 고르고, 풀무질 곳곳 정성과 애정을 감상하니 몇 시간이 금방 가버린다.

"랄라, 이제 스탬프 찍으러 가요."

앗! 치밀한 그녀. 룰루가 계획한 스탬프 투어 2단계 장소로 떠날 시간이다. 바람과 추위 따위 몰아치면 얼마나 하겠어. 그래, 렛츠고!

바람은 세차게 불고 어제 내린 비로 기온은 뚝 떨어져서 춥다. 심지어 제주 세화 바닷가 바람은 모래를 춤추게 한다. 갸들은 춤만 출 것이지 왜 내 싸다구를 때리며 춤을 추는지, 원. 입과 귀, 눈에 바람맞은 모래가 리듬을 타며 싸그락 침입한다.

스탬프 투어를 위해 세화마을 구석구석을 걷고 또 걷는다. 예쁜 바다를 닮은 카페도 많고, 내가 살고 싶었던 아담한 집도 많다. 아름답다. 그런데 지금 춥다. 다리도 무지 아프다. 점심으로 배불리 먹었던 감자전과 김치찌개, 불고기는 세화마을 골목을 돌며

몽땅 사라졌다. 씩씩하고 열정 넘치는 룰루는 제주 바람이 으르렁 대도 끄떡없다. 스마트폰 지도 앱을 켜고 앞만 보고 걷는다. 뚜벅 뚜벅. 나도 룰루를 따라 걷는다. 쫄래쫄래. 세화마을 돌다가 내가 돌아버리겠네! 절레절레.

해녀박물관과 해녀항일운동기념탑을 돌고 스탬프를 쾅!

떡집을 돌고 스탬프를 쾅!

문화의 집을 돌고서 쾅!

고사이 제주 바람과 모래는 내 싸다귀를 백만스물한 대는 때 린 듯하다. 세화 해안가를 따라 뚜벅뚜벅 걷는 룰루를 보니 전생에 전사였지 싶다. 아니다. 스탬프에 집착하는 게 도장집 장인의 자손이었지 싶다. 그녀가 씩씩하게 다시 걷기 시작한다.

세화슈퍼를 돌고서 스탬프를 쾅!

드디어 6개 스탬프를 몇 시간 만에 성공한다. 할렐루야~ 제주 신께 마음 다해 감사드린다. 컵받침 획득이다. 룰루는 질그랭거점센터에서 고난의 행군을 마치고 당당히 획득한 스탬프를 자랑스럽게 내민다. 선물로 받은 컵받침을 안고 행복감에 심취한 룰루를 보고 있자니 올림픽에서 금메달을 거머쥔 표정이다. 나도 21년 전에 저랬는데. 옛 생각이 나서 웃음이 쏟아진다.

"랄라, 너무 추웠죠? 고마워요. 바람이 이리 부는데 함께 걸어줘서요. 관절도 안 좋은데 많이 걸어서 괜찮아요?"

"괜찮소. 나도 룰루 나이 때 그래 봐서 그 기쁨 알고도 남소. 난 더했소."

"하하하. 룰루, 저기 포토존이에요. 바닷가 앞에 서 봐요. 예쁘게 사진 찍어줄게요."

21살 어린 그녀는 세화 바닷가에 나를 세운 뒤 카메라를 누르고, 누르고, 계속 누른다. 세화 바닷가 파도, 바닷바람, 카메라 셔터가 합창한다.

찰칵 철썩 쏴아. 찰칵 철썩 쏴아.

추운데 함께 세화마을 돌아줘서 고맙다며 찰칵!

뼈마디 쑤시는데 자박자박 걸어줘서 고맙다며 찰칵!

세화마을 스탬프 투어 집념을 이해해 줘 고맙다며 또 찰칵!

그녀는 컵받침을 품에 안고 세화마을 아름다운 풍경을 담는다. 나도 그런 그녀가 귀여워 웃음으로 답한다.

"나도 그랬어, 룰루! 그 나이 땐 다 그래. 그게 좋을 때요. 룰루 덕분에 세화마을 아름다움을 느낄 수 있어서 고마워요."

'룰루랄라, 제주 봄!'이라는 제목의 잘 만든 단편영화 한 편 본 듯합니다. —박상문

저도 돌겠소~~~~~ —김종만

너무 재미있어 붕 떠서 날아다녀요~ ㅎㅎㅎ —오성자

눈물 콧물 인물 선물

제주에서 3일째 맞는 밤이다. 젊은 그녀, 룰루와 제주 태풍을 온몸으로 흡수하며 세화마을 이곳저곳을 누빈 뒤 숙소에 돌아오니 그저 평온하다. 세화 바닷가 모래와 바람이 따뜻한 방 안 공기에 부딪치며 후두두둑 쏴아아악 데구루루 바닥으로 쏟아진다. 입안, 귓속, 눈에 싸그락거리는 모래와 바람을 살포시 내려놓고 룰루와 제주에서 마지막 밤을 보낸다.

오전에 풀무질 책방에서 함께 사 온 책을 펼쳐 들고 까르륵거린다. 세화 바닷가 파도 거품을 담은 맥주를 꿀꺽 마신다. 안주는 오늘 고른 책이다. 책 속 한 문장을 소리 내 냠냠 읽으니 시원한 파도 소리가 들려온다. 룰루도 의미 있는 문장을 소리 내 읽는다. 주거니 받거니 같은 책을 안주로 들이켜니 맥주 맛이 와장창 고급지다.

"랄라~ 내가 요즘 디자인을 하며 자괴감이 많이 들어요."

유쾌한 랄라 씨. 엉뚱한 네가 좋아

제주 여행을 오기 전부터 룰루는 자신이 하는 일에 깊은 고민을 하던 터였다.

　내가 지금 잘하고 있나? 이 일을 내가 진정 좋아하는 걸까? 과연 능력은 있나? 나만 이대로 멈춰 서는 걸까? 룰루의 얘기를 들으며 나 또한 같은 고민 중이라 고개를 끄덕인다. 코로나19가 안겨준 우울함과 고독함, 불안감이 제주 3일째 밤에 슬며시 고개를 내민다.

　"막막하고 답답한 코로나 시국에 새롭게 작업실을 내고 프리랜서로 일하려니 두렵고 많이 힘들죠? 지치고⋯."

　"네에. 친구들은 안정된 직장에 취직해서 일하는데, 전 수입도 일정치 않으니 걱정도 돼요. 일하며 수정사항이 반복되면 능력을 점검하게 되고 자신감이 사라져요."

　끄덕끄덕. 어찌 그 힘듦을 모를까. 코로나가 가져온 변화에 우리 모두 적응하기 어려운 상황. 급변한 현실이 20대 청년에게 얼마나 무거운 짐을 떠안겼을까.

　"룰루~ 난 그런 그대가 참 멋지오. 자신이 하고 싶은 일에 의미가 있고 재미가 있나 살피고, 나 자신만을 위한 일이 아닌 사회에 도움이 되는 일들을 찾고, 그걸 실천하는 모습이 아름답고 기특하오. 룰루가 흔들릴 때 그 모습을 잊지 말고 토닥토닥 안아주구려. 참말 고맙고 사랑스럽다고요."

　우린 작년 봄에 겪은 아픔을 얘기 나누며 눈물 콧물이 쏟아

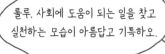

유쾌한 랄라 씨. 엉뚱한 네가 좋아

진다. 그런데도 이렇게 멋진 일들을 해내고 이겨냈으니 룰루 그대는 훌륭한 인물이오. 룰루와 함께한 시간이 내게 선물이듯 아픔을 이겨낸 시간 또한 룰루에게 값진 선물이오. 암, 그렇고말고.

강한 제주 바람을 뚫고 세화마을을 탐방하던 추위와 뻐근하던 몸이 밤새 이야기를 나누며 와르르 풀린다. 눈물 콧물을 흘리는 귀여운 인물, 룰루랄라는 그렇게 제주에서 마지막 밤에 귀한 선물을 안고 스르륵 잠든다.

꿈속에서 룰루의 또랑또랑 경쾌한 목소리가 들린다.

"랄라, 세화마을 마저 돌고 못다 한 스탬프 찍어야죠!"

으아악~~~~~~~ 낮의 스탬프 투어 악몽이… 살려줘!!!!

책을 안주로 삼는 분은 처음 봬요. -김성욱

예전에 다랑쉬 오름서 세화 이장님 만나 얘기하다 용눈이오름까지 차로 데려다 주셨던 기억나네요. 아, 가고 싶어라~~ -이종미

모래바람 바닷가 백사장 옆에는 큰 소나무가 즐비한데 그게 다 모래바람 막기 위한 거. 해서 모래는 나무 밑동에 성을 쌓는다는- -윤치우

반달마을학교

안산형 마을학교

안산교육지원청에서 장학사, 교육청 팀장, 학교장, 행정실장, 마을공동체 대표자, 마을활동가와 함께 얘기를 나누는 자리를 마련하였다.

"그동안 학교가 속해있는 생활공동체 단위의 마을단체가 학교 교육공동체 구성원(학생, 교사, 학부모)과 협의체를 만들어서 협의하거나 논의해 본 적이 없습니다. 그래서 학생 생활공동체 단위 마을교육협의체가 작동하는 것이 가장 중요하고, 마을교육공동체와 마을교육과정의 핵심입니다."

박은영 장학사께서 마을교육협의체 중요성을 강조하며 안산혁신교육지구 내 '안산형 마을학교'가 만들어진 취지를 설명한다. 안산형 마을학교는 아이들이 생활하는 마을의 생활공동체 구성원들과 교육공동체가 함께 마을의 교육 이야기를 고정적으로 나

유쾌한 랄라 씨. 엉뚱한 네가 좋아

누길 바라는 마음에서 생겼다고 한다. 마을의 인적, 물적 연계를 통해 마을교육 역량을 강화하고, 마을이 학생들 교육에 참여하여 마을 구성원이 학교 안팎 청소년들에 대한 교육적 책임과 권한을 함께 가진다는 내용이다. 마을 아이들을 같이 길러내며 지속가능한 마을교육생태계를 조성하고, 마을구성원도 동반 성장하는 기회를 만들기 위해 시작된 사업이다. 마을 아이들에게 자신이 발 딛고 살아가는 마을에 대해, 마을을 통해 가르치고, 나아가 마을을 위해 기여할 수 있는 장을 마련해 줌으로써 아이들은 민주시민성을 함양하고 앎과 삶이 일치하는 배움을 터득한다고 설명한다.

마을 주민은 학교에 진입하기 어려워하고, 학교는 마을로 나가고 싶으나 고민이 많은 게 현실이다. 안산에 자리한 학교를 돌아다니며, 마을공동체 사람들을 만나고, 해결방안으로 교육협의체를 마련하게 되었다고 한다. 마을교육협의체가 활성화되어 그 마을의 아이들에게 필요한 교육 논제를 발굴하고, 마을과 학교가 함께 협력하는 것을 최종 목표로 꿈꾼다.

마을학교는 두 단계로 나누어진다. 마을에 필요한 것을 찾기 시작하는 '준비단계 마을학교'와 마을활동에 힘이 있고 학교도 여력이 있는 곳을 선정해 모델링 하는 '정식운영단계 마을학교'가 있다.

반월에서 운영하는 '반달마을학교'는 2021 안산혁신교육지구

마을
학교

유쾌한 랄라 씨. 엉뚱한 네가 좋아

시즌Ⅲ인 '안산형 마을학교' 공모에 정식운영단계 마을학교로 선정되었다. 반월중학교 구성원과 마을단체 및 활동가로 구성된 마을교육협의체가 현재 마을학교를 운영한다. 작년에 반월복지센터, 청소년, 주민들과 안산시 사업을 하며 학교와 학생들이 함께하면 얼마나 좋을까? 생각했는데 우리의 소원을 들었나 보다. 꿈은 이루어진다.

반월교육협의체가 반월중학교에 모여 마을학교에 관한 이야기를 나눴다. 교장 선생님, 교감 선생님, 학생부장 선생님, 마을학교 담당 선생님부터 학부모, 마을활동가, 학생 대표가 모여 회의를 했다. 마을학교 담당 선생님께서 학교 수업 과정을 말씀하셨다.

"얼마 전에 수업 과정으로 흙공이와 씨앗 폭탄을 만들어 건건천에 던졌어요. 아이들이 즐거워하니 기쁘더라고요."

"씨앗 폭탄 투척하셨다고요? 그러잖아도 건건천이 오염되어 시청에 민원 넣고 개선해달라고 얘기 중인데 반가운 소식이네요."

"학생들과 EM에 관한 이야기도 나누고, 씨앗 폭탄을 만들며 환경과 생태를 다시 알아가는 시간이었어요. 마을 하천 가꾸기 활동을 꾸준히 할 생각이에요."

긴 시간 마을학교 진행 과정을 토론했다. 반월 길거리음악회에서 씨앗 폭탄과 흙공이를 만들어 던지기로 했다. 벼룩시장과 씨앗 폭탄 부스도 자그마하게 준비하기로 이야기를 나눴다.

"흙공이를 여러 개 던지는 것만으로 건건천 수질개선 문제가 완전히 사라지는 건 아닐 테지요. 학교와 학생, 학부모님께서 함께 의견을 알리고 전달하며 행동합시다. 학생들이 마을을 통해 배우고, 마을에 기여하는 주체적이고 행복한 민주시민으로 성장할 수 있기를 기대합니다. 우리가 힘을 모으니 마을학교가 나아갈 방향이 가닥을 잡았네요."

교장 선생님 말씀에 모두 동의하며 마음을 포갠다. 학부모회에서는 시청 환경과와 회의할 때 적극적으로 피력할 사항을 정리했다. 길거리 음악회가 열리는 일정에 맞추어 1학년으로 구성된 생태·환경반은 건건천 생태와 환경도 살피고, 포스터도 준비하기로 했다.

그 밖에 북울림은 길거리음악회에 재활용 악기로 연주를 계획 중이다. 룰루랄라 인형극단은 『재활용 오케스트라』 그림책으로 인형극을 준비하고 있다. 지금 이 시간에도 반월교육협의체는 안산형 마을학교 진행 과정과 앞으로의 계획을 세우며 나눔 씨앗, 공동체 씨앗, 지구 지킴이 씨앗, 행복 씨앗을 와장창 퍼뜨린다.

유쾌한 랄라 씨. 엉뚱한 네가 좋아

흙공이 만들기

반월에는 작지만 기다란 개천이 있다. 공을 들여 만든 만큼 주민들이 산책을 제일 많이 하는 장소다. 시골이라 어딜 걷든 산책길이 널려있는 게 반월이긴 하다. 그래도 밤엔 가로등이 밝혀주고, 개구리, 새소리, 풀벌레들이 노래하는 소리를 들으며 들꽃과 벗삼는 개천을 걷는 게 안전하고 좋다. 하지만 그 좋은 산책길 중간중간 개천에서 냄새가 올라온다. 저 멀리서 오수가 흘러내려 오는 듯하다. 시청 환경과에 민원도 넣고 방안을 마련 중이라는 답을 들었지만, 냄새는 사라질 기미가 보이지 않는다. 이런 고민을 마을교육협의체에서 함께 나눈 뒤, 씨앗 폭탄과 흙공이를 만들어보자고 논의했다. 학생과 선생님 그리고 주민이 맑은 천 지킴이인 흙공이 만드는 활동을 반월중학교에서 함께했다.

"흙공이는 유용한 미생물이고, 흙을 섞어 발효시킨 거예요. 고령토에 음식물로 만든 발효 촉진제와 EM 활성액을 넣어 동그랗게 만들 거예요. 크기는 야구공만 하게. 너무 크면 미생물 작용이 일어나지 않고, 너무 작으면 떠내려가요."

반월중학교 이혜경 부장 선생님께서 흙공이 재료와 발효 과정을 자세히 들려주셨다. 설명을 듣던 학생들이 자신의 손을 동그랗게 쥐어본다. '이 정도면 되겠지?' 친구와 눈빛을 교환하며 주먹을 비교한다.

"우리가 만든 흙공이를 2주 정도 숙성, 발효시키면 하얀 곰팡이가 펴요. 그걸 건건천에 넣으면 여러 가지 오수가 흘러나와서 썩은 물과 하얗게 둥둥 떠 있는 부유물들, 독한 냄새를 제거할 수 있어요. 한 달이나 두 달 정도면 없어져요. 일 년 동안 두세 번 정도 건건천에 흙공이 던지기 활동을 해서 냄새도 없애고 물도 깨끗하게 만들 거예요."

우리는 이렇게 만든 흙공이를 길거리음악회 때 공연을 마치고 건건천에 모여 던질 예정이다. 때마침 비가 와서 수돗가 옆 복도에서 흙공이를 만들기 시작했다. 모둠을 나누고 커다란 수박 모양 비닐을 깔았다. 선생님 설명대로 흙을 붓고, 발효 촉진제와 EM 활성액을 부어 잘 섞었다. 비릿한 젓갈 냄새에 학생들은 코를 감쌌다. 여기저기서 "으악, 냄새! 구린 냄새! 우웩!" 하는 소리가 들렸다. 그러면서도 재료가 섞인 흙을 두 손에 끌어모아 동글동글 단단하게 다지며 잘도 만든다. 하나둘씩 동그란 흙공이가 쌓여갔다. 동그란 흙공이 속에 친구들과 나눈 장난기가 올망졸망 섞였다.

"우와, 넌 딱 야구공만 하게 잘 만들었다. 난 너무 작게 했네."

"이거 꼭 감자 같다, 그치? 한 입 먹어볼까?"

"난 눈사람 만들어야지. 5단 눈사람."

"매끈매끈 수박 안에 커다란 초코볼 탄생!"

시작할 때만 해도 냄새가 역겹다던 아이들은 언제 그런 일이 있었냐는 듯 조물조물 동글동글 흙공이 만드는 재미에 푹 빠졌

유쾌한 랄라 씨, 엉뚱한 네가 좋아

다. 벌써 15개를 만들었다며 흐뭇한 친구, 보들보들 감촉이 좋다는 친구, 야구공을 주고받듯 양손으로 탁탁 다지는 친구, 상자에 차곡차곡 완성된 흙공이를 담는 친구. 모두 즐겁게 흙공이를 만든다. 흙공이를 종이상자에 넣으니 정말이지 감자를 담아놓은 것 같다. 모든 활동을 마친 학생들은 복도를 정돈하고 바로 옆 수돗가에서 손을 깨끗이 씻었다. 다들 열심히 즐겁게 만들어서 일찍 끝나니 학생들은 더 신이 났다. 수돗가에서 학생들의 맑은 웃음소리가 흙과 함께 동동동 떠내려간다.

선생님들이 복도를 쓸고 정돈하는 사이 여섯 명의 학부모는 수박 모양 비닐과 고무장갑을 씻었다. 모두 흙공이가 가득 든 상자를 과학실로 조심조심 옮겼다.

"하얀 곰팡이 쑥쑥 피워내거라, 흙공이들아!"

며칠 뒤 점심시간이었다. 배꼽시계가 요란하게 울려댔다. 꼬륵 꼬륵 꼬르륵!

반월중학교 이혜경 선생님께서 도넛 사진을 보내셨다. 동그란 찹쌀도넛에 하얀 설탕이 송송송 곱게 뿌려진 도넛이다. 냠냠 쭙쭙 꼴깍꼴깍 군침이 돈다.

"아이들과 만든 흙공이가 벌써 하얀 곰팡이를 예쁘게 피우고 있네요. 곰팡이가 이렇게 예쁘긴 처음이에요."

어머나~ 도넛이 아니다. 반월중학교에서 선생님과 학생, 마을 주민이 함께 만들었던 흙공이가 숙성 발효 중인 모습이다. 흙공이는 막걸리가 발효할 때 풍기는 구수한 향기를 뿜으며 꼼지락꼼지락 활발하게 곰팡이를 피워내고 있다고 한다.

'길거리음악회 때 아이들이 건건천에 신나게 던질 수 있겠구나.'

벌써부터 건건천에 맑고 깨끗한 물이 흐를 걸 생각하니 마음이 콩닥콩닥 행복해진다. 안산형 마을학교를 하니 학생과 학교, 주민과 마을이 다 같이 건강해진다.

흙공이처럼 내 마음에도 하얀 곰팡이 꽃이 간질간질 간질인다. 그 틈으로 까르륵 웃음꽃이 몽글몽글 피어난다.

반월 길거리음악회

반월 청소년들이 바쁘다. 두구두구둥 칙칙! 징징징 징가징가! 또로로롱 딩가딩! 드럼, 기타, 피아노, 바이올린, 아코디언, 콩가 연주 소리가 아름답게 들려온다. 반울림 밴드와 드럼베어 밴드가 연주를 하고, 그에 맞춰 고운 노래도 울려 퍼진다. 사뿐사뿐 쿵쿵! 반울림 댄스팀 역시 안무를 맞추느라 꿈쟁이 교실이 들썩인다. 반월 청소년들이 반달마을학교 길거리음악회 공연을 준비하느라 무척 분주하다. 반월 거리를 곱게 수놓을 청소년들의 노래와 춤, 연주가 늦은 밤 울려 퍼진다. 청소년들은 서로 연주를 듣고 가

유쾌한 랄라 씨, 엉뚱한 네가 좋아

르쳐준다. 피아노를 치는 친구가 드럼 연주를 봐주고, 드럼 치는 선배가 기타 연주를 수정해 준다. 댄스팀도 마찬가지다. 후배들이 선배 언니의 춤 동작을 수정해 주고, 언니들도 동생들 춤 동작을 봐준다. 서로의 생각을 나누고 모으는 일 모두 청소년들이 스스로 한다. 어찌 감격하지 않을 수 있겠는가.

탕탕! 톡톡! 쓱쓱! 반월 주민들도 바쁘다. 오리고, 붙이고, 두드리며 재활용품으로 악기를 만드느라 요란한 소리가 마을에 가득하다. 재활용 캔, CD, 딱풀통, 젓가락, 병뚜껑, 소라껍데기, 나뭇가지가 드럼, 기타, 탬버린, 피리로 멋지게 탈바꿈한다. 재활용 종이상자는 청소년들 사진으로 꾸며 응원 문구를 새겨 넣었다. 재활용 악기와 종이상자로 꾸민 응원 팻말도 완성했다. 룰루랄라 인형극단도 재활용 오케스트라 인형극 준비에 한창이다. 한편 반월중학교 과학실에선 건건천을 맑게 해줄 흙공이가 예쁜 곰팡이를 피우며 발효되고 있다. 마을과 학교, 청소년과 주민이 함께하는 반달마을학교로 반월마을에 행복이 둥실둥실 떠다닌다.

길거리음악회 당일, 비 소식이 있어 애간장을 태웠다. 비싼 악기와 음향 장비가 비에 젖어 망가질까 봐 노심초사. 공연 시작 몇 시간 전부터 메이크업과 고데기로 머리를 샤방샤방 말아 올린 청소년들 헤어가 풀어질까 봐 근심. 몇 달을 연습한 청소년들 공연을 하지 못할까 봐 전전긍긍. 반월중학교 선생님들께서 준비한 흙공이도 다시 상자에 들어가는 거 아닌지 초조. 청소년들이 빗물에 미끄러져 댄스 하며 넘어질까 걱정. 이 모든 감정이 뒤섞여 공연을 앞둔 시간 내내 모두 가슴 졸였다. 다행히 비가 살짝 내려주길 반복해서 무사히 공연이 진행되었다.

청소년 밴드가 공연하는 아코디언과 콩가 연주 소리가 환상이었다. 재활용 악기로 연주하는 청소년과 인형극단이 함께 환경송을 불렀다. 공연을 관람하는 아이들은 연신 "멋지다!"를 외치며 떼창한다. 청소년들이 보내는 응원과 함성이 반달 길거리음악회 분위기를 말해준다. 언니 오빠 친구 동생을 응원하는 아이들이 사랑스럽고 심쿵하다.

토요일인데도 반월중학교 교장 선생님과 담당 선생님, 장학사님, 학부모회에서 청소년들을 응원하고 함께해 주셔서 더 힘이 났다. 반월복지센터에서 아이들 간식도 챙겨주고 거리두기 안전 수칙에 신경을 많이 썼다. 이 공연을 위해 연주와 노래, 춤으로 단단히 준비한 아이들, 촬영 담당 주원이, 사회를 보는 하영이, 안전요원을 하며 자원봉사를 하는 아이들 모두 반월에 사는 청소년들이다. 그들이 있었기에 비가 내리는 상황에서도 반달 길거리음악회는 척척 진행된 끝에 무사히 마칠 수 있었다. 청소년들에게 참말 감사하다.

마을과 학교가 함께하니 행복하다. 난 이런 멋진 반월에 산다. 안산형 마을학교가 내 가슴에 꿈이 가득한 건강한 학교 한 채를 뚝딱뚝딱 짓는다.

이런 지혜로움이 주변에 있네요. 감동입니다. -이근호

오우~ 재활용 드럼이 멋지네요. 드럼베어도 재활용 악기로 연습해 보려고요. -정중진

어머! 진짜 도넛인 줄. 흙공 발효라니 신기하네요. 건건천과 아이들 그리고 마을
과 학교, 교사와 학부모 아름다운 관계네요. -김운경

왕십리 김종분

룰루랄라 인형극단에는 룰루 예나, 랄라 은미, 나무 재필이 있다. 셋은 복합문화공간에서 만났다. 우린 모두 성이 이 씨고, 재미 의미 가득한 일들을 작당하는 걸 좋아한다. 모였다 하면 영화 한 편을 찍는다. 그래서 2CINE(이씨네)라 부른다. 이씨네 나무 재필은 20대 발랄한 룰루와 천방지축 랄라의 매니저다. 27살 차이가 나는 룰루와 소통이 잘 되는 걸 보면 둘 다 신기하다. 가끔 셋이 싸울 때도 있지만, 서로 무척 아끼고 챙긴다.

나무는 1991년 5월에 국가 폭력으로 희생된 김귀정 열사를 추모하는 단체 위원장이다. '귀정, 2021'을 준비하는 사람들이 챌린지 캠페인을 시작한다고 말한다. 우리가 누구인가. 2CINE(이씨네) 아니던가. 재미 의미를 담은 챌린지 영화 한 편을 찍으러 바닷가로 셋이 함께 떠난다.

유쾌한 랄라 씨, 엉뚱한 네가 좋아

맑은 하늘과 부서지는 햇살, 상쾌한 바닷바람과 열사의 30년 인생을 이야기하며 행복한 웃음을 가슴에 담는다. 김귀정 열사가 되어 친구들과 떠났을 MT 장면을 찍는다. 열사가 좋아하는 떡볶이를 펼친다. 친구와 선배, 후배들과 나누었을 이야기를 상상한다. MT 장기자랑을 준비하며 웃는다. 가을 바다도 부드러운 바람을 보내며 맑게 웃어준다. 우리는 김귀정 열사가 되어 과거와 현재 사이를 오간다. 30년 전 김귀정 열사의 멈춰버린 일기장을 펼쳐 한 글자 한 글자 이어서 적는다. 김귀정 열사가 결의를 다진 일기를 모래사장에 적으며 열사의 손을 꼬옥 잡는다.

"어떠한 시련도 이겨낼 수 있고 내 작은 힘이 타인의 삶에 윤기를 줄 수 있는 배려를 잊지 말고 한 순간도 머무르지 않고 끊임없이 역사와 함께 할 수 있는 그런 내가 되자." - 김귀정 열사가 남긴 일기(90. 1. 21.)

우리는 그리움과 감사함, 미안함과 연대의 마음을 담아 추모의 대상에서 일상의 만남으로 귀정 열사와 함께하자며 약속한다.

룰루와 대한극장에 간다.
"이리 와, 커피 먹고 가! 친구들도 나눠주고~"
어머님께 인사하고 고개를 들기도 전에 내 코끝에 따뜻한 말과 달달한 커피가 쑥 내밀린다. 대한극장 앞 의자에 앉아 '커피 먹고 가!'를 첫마디로 건네신 분은 영화 〈왕십리 김종분〉 주인공이다. 30년을 이렇게 사셨겠구나. 이리 와, 밥 먹고 가! 친구들도 나눠주고, 하시면서. 김종분 어머님 곁엔 왕십리 시스터즈가 똑같이 커피를 내게 내밀며 커피 먹고 가를 돌림노래처럼 하신다.

5월 25일 충무로 대한극장에서 김귀정 열사 30주기 추모 콘서트와 〈왕십리 김종분〉 추모 다큐멘터리 시사회가 있다. 어머님 곁에는 딸을 잃은 아픔을 위로하고, 견뎌낼 힘을 전한 왕십리 시스터즈가 있다. 김귀정 열사 곁엔 30년을 함께한 선배 후배 친구인, 또 다른 귀정이들이 있다. 김귀정 열사가 꿈꾸던 민주주의의 꽃을 안고서.

극장 앞 포스터에는 열사의 어머님께서 '밥 먹고 가!'라며 환

"밥 먹고 가"

유쾌한 랄라 씨, 엉뚱한 네가 좋아

하게 웃고 계신다. 포스터를 보며 뜨거운 밥을 꿀꺽 삼키고 극장으로 들어선다. 귀정 2021 준비위원회가 티켓과 함께 30주기 추모집, 미얀마 마스크, 김귀정 열사 손글씨가 각인된 펜을 선물로 내민다. 30년 전 딸이 숨진 그곳에서 어머님이 웃음을 잃지 않도록 지금까지 함께한 또 다른 귀정이들의 마음이 전해진다. 따스한 밥을 꿀꺽 삼킨 지 1분도 안 되어 다시 한 번 뜨거운 마음을 꿀꺽 저장한다.

　왕십리 김종분 영화를 보는 내내 극장 안은 웃음이 터져 나온다. 왕십리 시스터즈 웃음 폭탄 활약은 아카데미상을 거머쥔 윤여정 배우를 능가한다. 내 왼쪽에선 와장창 아름다운 분이, 오른쪽에선 20대 청년이 웃다 울다 빵! 울다 웃다 훌쩍!을 반복한다. 왼쪽엔 추모 콘서트 사회를 맡은 문소리 배우가, 오른쪽에 30주기 추모 리플릿과 영화 포스터를 만든 20대 룰루 예나가 영화를 보며 울고 웃는다.

　김종분 어머님은 왕십리에서 노점상을 하시며 그 자리를 지켜내셨다. 흰 가래떡에 김종분 어머님의 세월이 노릇노릇 구워지고, 노란 찰옥수수에 김귀정 열사의 애절함이 알알이 박혔다. 투명한 비닐 천막에 비바람을 버텨온 그리움과 30년의 이야기가 펄럭인다. 영화 〈왕십리 김종분〉은 민주주의 열사의 어머니로 살아오신 긴 세월을 보여준다. 웃고 눈물을 흘리고 다시 웃다 보니 영화가 어느새 끝난다. 아~ 흰 눈을 사각사각 밟으며 손수레를 끄시는 어머님의 발걸음은 아카데미 시상식으로 옮겨갈 걸음이시구나.

영화에 이어 추모 콘서트가 시작된다. 문소리 배우와 1991년 당시 학생회장이던 기동민 국회의원, 왕십리 김종분 영화를 만드신 김진열 감독님, 『백수가 과로에 시달리는 이유』를 쓰신 채희태 작가의 자녀 채은기 님이 패널로 출연해 영화 이야기와 현실, 미래를 나눈다. 햇살이와 같은 시대를 살아온 19세 소녀 채은기 님이 들려준 "왜 학생을 죽이지?"라는 말이 가슴을 때리며 머문다.

'이리 와, 밥 먹고 가!' 왕십리 김종분 어머님의 따스한 목소리를 가슴속에 삼킨다. 30년을 함께한 또 다른 김귀정 열사인 '귀정 2021'의 '밥 먹고 가!'라는 마음을 만지며 반월로 향한다. 밝은 빛을 내뿜는 달을 바라보니 김귀정 열사가 방긋 웃고 있다.

『누가 내 누이의 이름을 묻거든』 시집을 펼쳐 들고 김귀정 열사의 이름을 불러본다. 시집을 끌어안고 볕 좋은 옥상에 자리를 마련한다. 1991년 5월 25일 봄. 30년 전 별이 된 열사를 만나기 위해서 아픈 봄을 볕에 말린다. 시에 꾹꾹 눌러 담은 별들의 눈물이 슬프게 반짝인다. 슬픔이 슬픔에게, 고통이 고통에게 서로의 이름을 부른다. 미안하고 아파서 편지를 쓰고 노래를 불러준다. 좋아하는 시인들과 함께 시를 읊는다. 고마운 마음도 전한다.

또르륵!

유쾌한 랄라 씨, 엉뚱한 네가 좋아

책 속에 별들이 글썽인다

아파하지 말라고

별이 된 그들이 말한다

일상에서 항상 함께하자고

별들이 하늘에서 들려주는 시와 노래가 흔들거린다

햇살이 따스하게 별들의 시린 눈물을 말려준다

바람이 포근하게 별들의 마음을 감싸 안아준다

시들이 다정하게 별들의 언어에 끄덕여준다

햇살 바람 시와 노래가

하늘에 걸린 별들의 통증을 쓰다듬는다

활자 속에 젖어 시린 내 마음도 보듬어준다

꼭 볼게요. 어머니 잘 알아요. 오래 못 뵀었네요. -유희

학교는 달랐지만, 학생회관 중앙에 자리 잡고 있던 분향소에 곱디곱던 김귀정 열사의 영정사진을 보고 더 뜨겁게 투쟁해야겠다는 다짐을 했던 때가 생각납니다. -모계영

30년을 지나오신 어머님의 인생이 참 가슴 아프네요. 시사회도 다녀오고 좋네요. 개봉되면 봐야겠어요. -송승연

유쾌한 랄라 씨

시크한 제나와 엉뚱한 나는 쿵짝이 잘 맞는다. 죽이 척척 맞는 우린 사고도 잘 친다. 괜히 반월의 '덤 앤 더머' 부부겠는가. 작년 여름에 있었던 일이다.

오랜만에 만난 친구와 영화를 본 뒤 저녁을 먹으며 시원한 맥주를 마셨다. 이런저런 이야기꽃을 피우고 친구와 헤어졌다. 달달하게 취기가 오른 얼굴로 반월에 도착. 마트에 들러 아버님께서 드실 먹거리를 사서 집으로 향했다. 씩씩하게.

어어어~?! 꽈당, 픽! 집 근처에 새로 짓는 상가가 있다. 그곳주차장 입구 낮은 턱에 발이 걸려 그대로 꼬꾸라졌다. 중심을 잡을 틈도 없이 넘어졌다. 이건 맥주를 마셔서 다리가 풀린 결과다.입술과 입안이 욱신거리고, 왼쪽 새끼손가락에 통증이 점점 심해졌다. 입술과 볼을 쓰윽 닦아보니 피가 줄줄 흘렀다. 새끼손가락도 제대로 펴지질 않았다. 엎어져서 엉엉 눈물을 쏟았다. 엄청 아파서 울고, 술 마시고 뭐 하는 건가, 한심해서 울고, 이까지 흔들 거려 무서워서 소리 내 꺼이꺼이 울었다. 다행히 이는 깨지지 않았는데, 새끼손가락은 다쳐서 치료하고 붕대를 감았다. 입술도 심하게 터져서 내 입술의 세 배쯤 부풀었다.

퇴근하고 멀리서 나를 본 제나는 깜짝 놀라며 물었다.

"오잉? 당신, 입술에 보톡스 맞았어요?"

터져서 부풀어 오른 입술을 보고 보톡스 맞을 줄 안 것이다.

"네, 돈 없어서 야매로 땅바닥숍에서 공짜로 맞았어요. 쪼매 섹시하오?"

웃음이 터져 나오는데 입술이 아파서 참느라 힘들었다. 보톡스 맞은 입술이 신기한지 입술을 빤히 쳐다보며 가까이 오더니, 그제야 다친 걸 확인했다.

"어쩌다가 이리 심하게 다쳤어요?"

"당신하고 똑같죠, 뭐. 술 마시고 자빠져서 입술 터졌어요."

"당신은 나보다 한 수 아래요. 터트릴 땐 확실하게 터트려야죠. 나처럼."

"인정합니다. 당신이 승이요. 난 중환자실은 안 갔으니…"

제나가 응급실을 거쳐 중환자실을 가게 된 사건은 이렇다.

여름 휴가철이 시작되는 날이었다. 매주 함께 캠핑을 다니는 친구 부부 네 팀과 이번 여름도 캠핑을 떠나기로 했다. 새벽 일찍 장거리 운전을 해야 하는데, 동네 지인한테 저녁을 먹자고 연락이 왔다. 여섯 명이 모여 식사하고 맥주를 마셨다. 다들 기분이 좋았는지 맥주도 술술 잘 넘어가고, 이야기도 솔솔 잘 돌아갔다.

동네 지인이 제나에게 물었다.

"김광석 노래를 잘해서 별명이 박광석이라면서요?"

"네, 김광석 노래를 좋아해서 자주 불렀더니 다들 박광석이라고 하네요."

"전 별명이 칼 루이스예요."

"아, 달리기를 좀 하시나 봐요."

"네, 제가 운동을 좋아해요. 선수로도 뛰었고요. 달리기 꽤 빠르죠."

운동 얘기가 나오니 흥이 난 지인은 달리기, 배드민턴, 족구 이야기로 신이 났다. 우린 얼큰하게 취한 상태에서 콩나물국밥으로 해장하자며 자리를 옮겨갔다. 제나는 오늘따라 콩나물국밥이 왜 이리 맛있냐며 국물을 다 들이켜고서 내 것도 후룩후룩 마셨다. 식당에서도 달리기 이야기가 이어지더니 급기야 집 앞 골목에서 제나가 칼 루이스에게 제안했다. 달리기 내기를 하자고.

"아니, 여보! 칼 루이스가 별명인 사람과 달리기 내기를 하겠다고요?"

아내들이 말렸으나 술기운이 달달하게 오른 세 남자는 뛸 준비를 하느라 바빴다. 제나는 샌들도 벗어서 양손에 쥐고, 핸디캡을 적용해 20m 앞에서 뛰기로 했다. 요이땅!

샛별을 보며 경주가 시작되었다. 샌들을 양손에 휘날리며 신나게 앞서가던 제나는 칼 루이스에게 단숨에 잡혔다. 추월당하니 마음이 급해진 제나는 전속력을 내기 시작했다. 마음은 칼 루이스였으나 맥주와 콩나물 국물이 가득한 몸은 뛰기를 거부했다. 몸과 마음이 맞지 않으니 그대로 아스팔트 도로에 픽!! 하며 꼬꾸라졌다. 호박이 떨어져 터지는 소리처럼 요란하게 들렸다.

'아이쿠, 뼈가 부러진 건 아닌가?'

제나가 일어나서 걷는 걸 보니 뼈는 무사한 듯했다. 다행이다 싶어 안심하고 지인들과 헤어져 계단을 오르는데 제나가 배를 움켜쥐고 굴렀다. 제나는 그대로 쓰러져서 그 새벽에 119 구급차에 실려 갔다. 숨을 제대로 쉬지 못하고 위급한 상황이었다. 병원에서 응급조치하고 검사를 마쳤다. 의사가 보호자인 내게 고개를 갸웃거리며 말했다.

"저어… 그런데 어떻게 다치신 거예요?"

"달리기하다가 넘어졌어요."

"어? 이상하네. 다른 일은 없었고요?"

"네. 달리다가 넘어져서 바로 응급실로 왔어요."

"거참, 그럴 수도 있나? 급하게 수술하셔야 합니다. 방광이 터졌어요."

"네에?!!! 방광이 터졌다고요?"

"음… 저도 달리기하다가 방광 터진 건 처음 봐서…."

퍽! 하며 호박 떨어지는 소리가 들렸는데 그것은 맥주와 콩나물 국물에 빵빵해진 방광이 터지는 소리였던 게다. 터진 방광에서 오줌이 몸으로 퍼져 나오니 제나는 위급한 상태가 되어 중환자실로 옮겨졌다. 천만다행으로 수술은 잘 되었고, 중환자실에서 며칠 치료받고 일반 병실로 왔다. 제나 별명은 이때부터 반월의 박광석에서 방광석이 되었다.

"술 마시고 자빠지려면 방광 정도는 터트려줘야지. 싱겁게 보톡스 입술이 뭐요."

"존경하오."

부어오른 입술로 웃으려니 터진 입술이 아파 죽겠다.

2주 넘게 손가락 깁스를 하고 얼굴과 다리 치료를 하러 병원에 다녔다. 새끼손가락 하나가 붕대로 감겨있으니 생활이 불편하다. 뭐니 뭐니 해도 코딱지를 팔 수 없어서 짜증이 난다. 역시 코는 새끼손가락으로 파야 제맛이다. 다음엔 넘어지더라도 새끼손가락은 꼭 사수해야겠다. 우린 자빠지더라도 방광과 새끼손가락은 꼭 지켜서 알콩달콩 유쾌하게 오래 살기로 약속했다.

시간 가는 줄 모르고 달달한 이야기 들으며 배 아프게 웃던 날 밤. 아름다운 별빛과 달빛이 비치는 길을 걸으며 집으로 향하던 우리~ 어두운 밤 고요 속에 펑 소리가 나기 직전까지 세 남자는 마치 장난기 많은 개구쟁이 남자아이들 같았죠. 샌들을 양손에 하나씩 들고 뛰어가는 박광석 님의 뒷모습을 보며 얼마나 웃었던지···. 다음날 입원했다는 소식을 듣고 얼마나 놀랐는지~ 그날 이후 방광석 님이 되어버렸지만, 고향 같은 그곳을 떠나 그날을 생각하면 나의 입은 언제나 웃고 있지요~^^ -안인순

넉 점 반 아기와 막걸리

아기가 아기가 가겟집에 가서
"영감님 영감님 엄마가 시방 몇 시냐구요."
"넉 점 반이다."
그림책들과 함께 『넉 점 반』을 읽는다.

옛날엔 집에 시계가 없어 점방(슈퍼)에서 시간을 알아 오곤 했다. 그림책 속 아기는 엄마 심부름으로 점방에서 시간을 확인하고 넉 점 반을 부르며 집으로 향한다. 집에 오는 길은 온통 놀잇감이니 순탄치 않다. 아기는 개미랑 놀고, 잠자리랑 놀고, 분꽃과 놀다가 집에 도착하니 해가 꼴딱 넘어간 저녁이 된다. 그림책들과 『넉 점 반』을 읽다가 아홉 살 때 막걸리 심부름하던 추억을 들려준다.

모내기 철이면 시골 갈미는 무척 바빠. 이른 시간부터 엄마는 부엌에서 새참을 준비하시지. 커다란 다라이에 음식을 담아 머리에 이고 손에 들고 가셔. 막걸리 한 주전자는 내 몫이야. 난 노란 주전자를 들고서 엄마 뒤를 강아지처럼 졸졸 따라가지. 낑낑거리며 논둑길을 걸어가. 논둑길에 빨간 고무다라이가 보이면, 저 멀리서 모를 심던 동네 어른들이 노래를 흥얼거리며 일제히 허리를 펴셔. 그 모습이 꼭 논바닥에 사람이 심어지는 것 같아. 근데 어른들은 개구리가 논에서 팔딱 뛰는 속도보다 막걸리를 목으로 넘기는 속도가 더 빠른 거 알아?

"야야~ 막걸리 모자른다잉, 점방서 막걸리 받아오니라."
논에서 벌레랑 놀던 난 빈 주전자를 들고 점방으로 갔어.
"아줌마, 막걸리 가득요. 선홍떡 외상 달아놓으세요."
내 머리통만 한 주전자를 들고 더위를 피해 작은 산길을 걸었지. 날이 억수로 더웠어. 노란 주전자도 벌써 땀을 송골송골 흘리더라고. 주전자를 바닥에 놓고 한 모금 들이켜니 아이스깨끼 마냥 시원해. 조금 걷다 또 한 모금 꿀꺽. 캬아! 더워서 또 한 모금 꿀꺽. 좋다! 풀벌레들이 들꽃 사이를 폴짝폴짝 뛰어다니니 나도 넉 점 반 그림책 아기처럼 같이 놀다가 또 한 모금 꿀꺽. 니나노! 무겁던 주전자는 어느새 가벼워졌어. 꾸벅꾸벅 꽃들이 눈꺼풀을 잡아당기는지 점점 내려앉는 거야. 비틀비틀 걷다가 풀밭에 털퍼덕 누워 주전자를 끌어안았지. 온통 푸란 하늘과 초록 산이 다

내 것이었어. 캬아, 얼마나 기분 좋은지 알겠지?

한참 뒤 엄마는 산길에서 빈 주전자를 끌어안고 얼굴이 벌겋게 취해서 잠든 나를 발견하고 깨우셨어. 엄마한티 징허게 혼꾸녕 났지만, 난 막걸리에 취해서 실실 웃으며 꼬부랑말을 했대. 아홉 살 딸이 부르는 노래가 산길에 막걸리처럼 구수하게 퍼져서 꾸짖던 엄마도 한참 웃으셨대. 에헤야 디야~♪ 니나노~♬

다시 그림책을 펼쳐 들고 읽는다.

어두워져 집에 도착한 아기가 씩씩하게 뭐랬는 줄 알아?

"엄마 시방 넉 점 반이래."

그림책들이 배를 잡고 깔깔거리며 웃는다.

"또 재미난 옛날얘기 들려줘."

"음… 그럼 아기랑 나처럼 멀리 시장에 콩나물 사러 가던 보리 영화 이야기해 줄게. 〈우리집〉 영화감독이 만들었어."

"우와~ 보리 혼자서 그 먼 곳까지 간 거야? 안 무서웠대?"

"혼자서 처음 가보는 곳이니 왜 안 무서웠겠어. 가는 길에 무시무시한 일들이 엄청 많았어. 낯선 아저씨들도 만나고, 커다란 개도 만나고, 공사 중이라 길이 막히기도 하고…."

"얼른얼른 콩나물 영화 이야기 들려줘."

그림책들이 〈콩나물〉 영화 이야기가 궁금해서 아우성친다.

유쾌한 랄라 씨, 엉뚱한 네가 좋아

"으응. 보리는 일곱 살 여자아이야. 혼자서는 한 번도 그 먼 시장까지 가본 적이 없었지."

"그런데 혼자서 시장에 왜 가게 된 거야?"

그림책들에게 〈콩나물〉 영화 속 보리 이야기를 들려준다.

"할아버지 제사가 있던 날이야. 어른들이 모여서 제사 음식을 준비하고 있었지. 엄마는 깜빡하고 할아버지가 좋아하셨던 콩나물을 안 산 거야. 보리는 그 얘기를 듣고 어른들 몰래 콩나물을 사 오겠다고 마음먹어. 용돈을 챙겨서 콩나물을 사러 길을 떠난 거지."

"혼자서? 난 낯선 곳은 무섭던데… 괜찮을까?"

여기저기서 그림책들이 나도 나도, 하며 걱정을 한다.

"지금부터 보리의 모험이 시작되니까 귀 쫑긋~!"

"아~ 긴장된다. 일곱 살 여자아이가 혼자 떠나는 모험."

그림책들이 눈을 빛내며 귀를 기울인다.

"보리는 즐거운 마음으로 골목을 걷다가 동네 아줌마를 만나. 과자도 하나 얻고, 골목을 다시 걸어갔지. 계단 앞 골목이 공사 중이어서 갈 수 없게 된 거야. 고민하다가 다른 길로 갔어. 그런데 보리만 한 커다란 개가 딱 길을 막고 서 있네. 보리가 얼마나 무서웠겠어."

"아이쿠! 포기하고 집으로 돌아갔겠네."

"아니. 보리는 개에게 간식을 멀리 던져주며 지혜롭게 그 길을 지나와. 신이 나서 슈퍼에 간 뒤 콩나물을 파냐고 물었지. 여기선 안 판다며 멀리 시장에 있는 가게로 가야 한다는 말을 듣게 돼. 그때 마침 트럭에서 콩나물 판다는 목소리가 들리는 거야. 보리가 기뻐서 뛰어갔지.”

“우와, 보리가 트럭에서 콩나물을 샀겠네.”

“그게 말이야. 트럭으로 가던 중 골목길 바닥에 떨어진 빨래를 주워달라는 사람을 만나게 돼. 빨래를 주워주고 갔더니 글쎄 트럭이 사라지고 없는 거 있지.”

“아이참, 급한데 그냥 가지. 왜 빨래를 줍고…”

그림책들은 보리가 콩나물을 사서 집에 가길 바라는 마음에 안타까워 한숨을 쉰다.

“보리는 택배 아저씨가 시장에 데려다준다는 걸 재치 있게 도망쳐. 따라갈까 봐 얼마 두근거렸는지 몰라. 휴!”

“다행이다. 그래서? 보리는 이제 시장에 도착했어?”

“아니. 놀이터에서 친구들을 만났어. 참새가 방앗간을 그냥 지나칠 수 있겠어? 재미있게 놀았지. 넉 점 반 아기처럼 말이야. 동네 언니랑 싸우기도 하고, 할머니를 따라가서 할머니를 돕기도 하고, 막걸리도 한 잔 마시며 노래도 부르고, 해바라기의 아름다움을 담으며 쉬기도 했어. 그러다 보니 시간이 많이 흘렀지.”

“넉 점 반 아기처럼 해가 저물어서 콩나물을 산 거야?”

“으음… 어두워질 무렵 무사히 시장에 도착하긴 했지.”

우와~ 보리 멋지다. 그림책들이 손뼉을 치며 기뻐한다.

"콩나물 사서 집에 갔으니 엄마가 기뻐하셨겠다. 그치?"

"그게. 그게… 보리가 뭘 사러 시장에 왔는지 기억이 안 나는 거야. 야채 가게 아줌마가 뭐 줄까? 물으니 그저 히힛! 웃기만 하더라고. 보리가 시장에 오는 동안 까먹은 거지. 그 모습이 제일 인상 깊이 남아. 참말 멋진 웃음이었어."

"아~ 보리가 혼자서 씩씩하게 모험 잘했는데…."

그림책들은 보리가 안타까웠는지 탄식을 한다.

"보리가 무사히 집으로 돌아갔어?"

"응. 콩나물 대신 할아버지가 좋아하신 해바라기를 들고서."

"얘기 듣는데 보리가 위험에 처할까 봐 엄청 두려웠어. 요즘 세상이 옥수로 험하잖아. 이상한 사람도 많고 말이야."

"그치? 나도 영화 보면서 두근두근 떨리기도 했어. 여자아이 혼자 저렇게 헤매다가 낯선 사람에게 잡혀가면 어쩌나, 개한테 물리면 어쩌나, 길을 잃으면 어쩌나…."

"그러게. 남자아이였다면 또 다르게 보이긴 했겠다. 걱정도 좀 덜 되고 말이야."

"응. 그림책 넌 영화 이야기 어땠어?"

깊은 생각에 빠진 그림책들을 보며 물었다.

"난 보리가 콩나물을 못 샀어도 실패했다고 생각 안 해. 용감하게 모험을 했으니까. 그래서 엄청 멋져. 넉 점 반 아기처럼 시장에 도달하는 과정이 자랑스러워."

그림책들이 보리의 모험이 멋지다며 환호를 보낸다.

"나도 그렇게 생각해. 보리가 모험하는 과정에서 배우고 느끼고 성장하는 시간이 되었을 거야."

"우리 사회는 여자아이가 헤매고 돌아다니면 불안하고 위험하잖아. '위험하니 돌아다니면 안 돼!'가 아니라 여자아이도 '어디든 모험을 떠날 수 있어야 해!' 이런 안전한 사회였으면 좋겠어."

"그래. 그래. 불안이 모험을 멈추게 하지 않고, 어디든 편안하게 움직일 수 있는 그런 사회."

콩나물을 까먹고선 히힛 웃던 씩씩한 보리 모습이 떠올라 나도 환하게 웃는다. 씨익.

『넉 점 반』 저도 사랑하는 책이에요. 저 아가 얼굴 보기만 해도 평화가 깃들어요. -김선영

글이 정겹습니다. 그때 그 시절에 막걸리 심부름 많이 다녔지요. ㅋㅋ 막걸리 주전자에 물도 채웠고요. -고운길

예전에는 농촌에서 밭일할 때 양조장 가서 막걸리 한 말 받아와 새참으로 많이 마시고 했지요. -류창수

점

"여보, 얼굴에 점 뺄까요?"

"돈 낭비예요."

"점이 점점 커지는 것 같아요."

"그냥 얼굴을 더 키워요."

"아~ 굿 아이디어! 땡큐~♡"

난 단순하게 얼굴을 키우고 있다. 쑥쑥!

유쾌한 랄라 씨, 엉뚱한 네가 좋아

이혼

"이혼해요. 이제 나 당신하고 안 살아요!"

"그래요. 이혼해요."

"뭐라고요? 이 인간을 믿고 산 내가 바보였네."

"당신은 이혼해요. 난 당신하고 절대 이혼 안 할 테니."

"근데 제가 왜 이혼하자고 했죠?"

"몰라요. 그게 뭐 중요한가요? 어차피 이혼 못 하는데."

"아~ 그렇네요."

난 단순하게 이혼을 안 하기로 했다.

때론 단순한 게 세상 편하다.

"때론 단순한 게
세상 편하다."

안 되겠다. 오늘부터 이분 팬 해야겠다. -백종신

저는 베토벤 운명교향곡 첫 부분이 떠오르며, ㅋㅋㅋ 늘 큰 웃음을 주시고, 교훈
도 주셔서 잘 보고 있습니다. -백순재

헐~ 빨리 대구 와서 맛있는 거 먹고 가야겠네요. 내가 맛난 거 싸 들고 올라
가야 하나. -김진호

4장

맞얽힘,
맞선 둘이 하나되다

죽음을 택하니

자유롭지 못해 비판하던 태도에 용서를 구한다.

자녀를 키우며 쏟아붓던 악다구니에 사랑을 구한다.

소금에 절인 듯 지치고 외롭던 삶에 화해를 구한다.

관속에서 죽어 있으니 일상이던 삶을 처절하게 애원한다.

죽으니 살고 싶은 생각뿐이다. 살고 싶다.

아무것도 원치 않는다.

그저 그들과 함께 숨을 쉬며 살고 싶을 뿐이다.

삶과 죽음을 동시에 인식하니

나를 지배하던 욕망과 사물들로부터 해방된다.

싸가지가 바가지

『맞얽힘』 노자를 읽으며 단풍이 막 물들던 가을, 열한 살에 벌어졌던 도시락 사건이 떠올랐다.

야호! 기다리고 기다리던 점심시간이다. 분단 별로 동그랗게 모여서 도시락을 꺼낸다. 선생님은 반 아이들과 도시락을 함께 먹으며 일상을 나누고 친해지려 노력하신다. 우리는 그런 선생님이 감사하고 친근하며 좋다. 오늘은 선생님과 2분단이 함께 도시락을 먹는 날이다. 그러나 아무도 도시락을 꺼내지 않는다. 그 어느 누구도.

담임 선생님은 놀라며 도시락을 왜 싸 오지 않았냐고 물으신다. 모두 침묵한다. 고개를 숙이고 책상만 본다. 뭔가 이상한 기운을 느끼신 선생님은 2분단 아이들을 전부 교탁 앞에 한 줄로 세우신다. 왼쪽부터 한 명씩 그 이유를 묻기 시작하신다.

유쾌한 랄라 씨. 엉뚱한 네가 좋아

"오늘 도시락 안 싸 온 이유가 있니?"

"엄마가 아침에 바쁘셔서요."

"늦잠 자서 허겁지겁 오느라…."

"언니가 두 개 다 가져갔어요."

"쌀이 떨어졌어요."

농촌에서 쌀이 떨어질 리가. 아이들은 우물쭈물하며 온갖 변명으로 질문에 답한다.

그러나 진실은 이러하다. 얼마 전 우리 반으로 전학 온 친구가 있었다. 그 친구는 수필 소나기에 나오는 소녀처럼 야리야리해서 보호 본능을 일으키고 얼굴이 목련처럼 하얗고 무척 예뻤다. 선생님은 그 친구를 체육 시간에도 청소 시간에도 쉬게 했다. 그 친구만 챙기고 예뻐해서 우린 화가 단단히 난 상태였다. 공평하지 않고 정의롭지 않다고 생각했다. 그래서 2분단끼리 모여 토론을 했다. 우린 교실에서 평등해야 한다, 선생님도 외로움을 느껴보셔야 한다, 다 함께 도시락을 싸가지 않으면 우리 마음을 아실 거라며 똘똘 뭉쳤다. 물론 주동자는 나였다. 이 사실을 아실 리 없는 선생님께선 도시락을 왜 모두 싸 오지 않았는지 한 명씩 확인하신 거다.

중간쯤 서 있던 내가 대답할 차례다. 난 변명도 거짓말도 하고 싶지 않았다.

"전 선생님과 함께 도시락 먹기 싫어서요!"

"이은미! 뭐라고?"

"도시락은 함께 먹고 싶은 사람과 맛있게 먹어야 한다고요. 억지로 먹으면 배가 아프고 탈이 나요."

얼마나 또박또박 싸가지를 장착하고 강하게 내뱉었는지 선생님 눈이 튀어나오는 게 보인다. 눈만 튀어나온 게 아니다. 순간 내 목덜미에선 천둥, 번개도 내리친다. 별이 한 바가지 쏟아진다. 태어나서 그렇게 아프게 맞긴 처음이다. 선생님은 내 목덜미를 엄청 세게 후려치시고 더는 아이들에게 이유를 묻지 않으셨다.

항상 점심시간이면 운동장에 모여서 친구들과 하던 오자미며 고무줄놀이, 오징어 놀이, 막대 긋기를 했는지 안 했는지 기억이 없다. 그날 선생님은 도시락을 드셨는지 어쨌는지도 기억이 나지 않는다.

우리들이 행한 유위有爲 속에 도시락을 싸가지 않은 무위無爲를 택한 이유를 선생님이 먼저 알아챘다면 얼마나 좋았을까?

도는 늘 함도 없고 하지 않음도 없다(도상道常 무위이무불위無爲而無不爲).
- 『노자』 37장

함은 함이 없음이고, 일은 일이 없음이고, 맛은 맛이 없음이고,

유쾌한 랄라 씨, 엉뚱한 네가 좋아

큰 것은 작은 것이고, 많은 것은 적은 것이니, 원한은 덕으로 갚는다. - 『노자』 63장

함과 함이 없음은 맞얽혀 있으므로 하나이다. 그러므로 함은 함이 없음이다. 일과 일이 없음은 맞얽혀 있으므로 하나이다. 그러므로 일은 일이 없음이다. 맛은 맛이 없음과 맞얽혀 있으므로 하나이다. 그러므로 맛은 맛이 없음이다. 원한과 덕(은혜)도 맞얽혀 있으므로 하나이다. 그러므로 원한은 덕(은혜)으로 갚는다. - 『맞얽힘』 "맞얽힘으로 처세하라"

어린 시절 도시락을 싸가지 않음(무위)은 어리석었으나, 세상을 살며 맞얽힘을 알아간다. 함이 없으면서도 하지 아니함이 없다(무위이무불위無爲而無不爲)는 삶의 이치를 깨닫는다.

성인은 이룸이 없음에 머물고, 사람들이 욕망할 만한 것을 말하지 않는 가르침을 행한다(시이성인처무위지사是以聖人處無爲之事, 행불언지교行不言之敎). - 『노자』 2장

선생님은 '이룸이 없음無爲'에 머물지 못했다. 또, 우리에게 '욕망할 만한 것을 말하지 않는不言' 가르침을 행하지 못했다. 도시락을 가져오지 않은 행위에만 머물러 화를 내셨고, 욕망할 만한 것

전 선생님과 함께
밥 먹기 싫어서요!

유쾌한 랄라 씨. 엉뚱한 네가 좋아

을 말하지 않는 가르침 대신 손찌검으로 화풀이를 하셨다.

　노자였으면 어떻게 풀어갔을까?

　무위와 유위, 맞선 둘이 얽혀 하나인 '맞얽힘' 원리로 세계가 운행되고 있으며, 그 처세법은 극단으로 치우치지 않아야 함을 설명했을 것이다. '있음과 없음이 서로를 낳고, 맞선 두 인소가 서로의 존재근거이며, 맞얽힌 두 인소 중 하나에 치우치지 않으며, 인간의 욕망을 채우지 않는' 가르침을 행하였을 듯하다.

대단하셨군요. 그런 분위기를 미리 읽으실 줄 아는 선생님이었다면 좋았을 텐데… 그런 선생님이 얼마나 될까 싶긴 하지만요. ─이근덕

차별하는 샘에게 통쾌한 반항을~ 샘, 멋져요!!! 고등학교 자취하는 내내 단골 반찬이 멸치볶음, 콩자반이었어요. 집이 바닷가 마을이었거든요. 졸업하고는 한동안 쳐다보기도 싫었죠. 자기 집에서 엄마가 싸주는 도시락 들고 오는 애들이 너무 부러웠어요. 분홍 소시지랑 오징어채 조림이 어찌나 또 부럽던지… ─김혜정

그래도 그렇지~ 우째 목덜미를.. 전 선생님에게 왜 사람을 차별하면서 대하느냐고 따졌다가 디따 싸가지 없는 반항아로 찍힌 적이 몇 차례 있었어요. 겉으론 용감한 척했으나 속으론 후덜덜…. 그래도 제 눈에는 어른의 부당한 처사를 결코 묵과할 수 없어 정의의 이름으로 응징하고 싶었걸랑요. ㅋㅋ 가끔 권력자들도 외로워 봐야 한다고 생각해요. 그래야 힘없는 사람들 마음을 헤아리죠. ─유금순

착해야 하나요?

로렌 차일드 그림책 『착해야 하나요?』를 읽는다. 그림책 속 유진이는 착하다. 무척 착하다. 징허게 착하다. 먹기 싫은 브로콜리를 싹싹 먹어 치우고, 잠잘 시간 되면 딱 잠들고, 토끼장 청소도 도맡는다. 그래서 착한 아이 배지도 부모님께 받는다. 난 착한 아이 유진에게 쓴웃음을 날리며 중얼거린다.

"유진, 너~ 곧 폭발할걸? 내가 장담해!"

40년 전, 초등 저학년일 때다. 그땐 지금처럼 자동으로 밥이 되는 전기밥솥이 없었다. 가스레인지도 없었으니 밥은 가마솥에 불을 때서 했다. 불을 강하게 때다가 뜸 들일 때쯤에 약하게 조절하는 고난도 기술이 필요하다. 그걸 누가 시키지도 않았는데 했다.

친구들과 신나게 놀던 시간에 밥하러 가려면 발걸음이 떨어지지 않았다. 그런데도 꾸역꾸역 밥을 한 이유는 딱 하나다. 칭찬을 받으려고. 엄마는 칭찬에 인색하셨다. 그런 엄마가 밭에서 일하고 오셔서 착한 딸이라며 머리를 쓰다듬어 주셨다. 할머니가 착한 아이라며 숨겨놓은 사탕을 몰래 주셨다. 사탕이 탐나서도 밥하는 게 좋아서도 아니다. 단지 착한 딸, 착한 아이라는 칭찬이 좋았을 뿐이다. 그땐 착하다는 그 말이 '사랑해'로 들렸고 사랑받는 존재로 느껴져서다.

유진이 동생 제시는 못 말리는 악동이다. 밤늦게까지 텔레비전을 보며 과자를 먹고, 브로콜리는 입에 대지도 않고, 토끼장 청소도 하지 않는다. 한마디로 하기 싫은 건 절대 하지 않는 나쁜 아이다. 당연히 착한 아이 배지도 없다. 제시를 보니 안쓰러운 생각이 들며 안아주고프다.

"다들 나쁜 아이라고 말하니 제시, 너~ 많이 외로웠겠다."

어릴 적 나처럼 착하게만 사는 것도, 제시처럼 삐딱하게만 사는 것도 외로운 건 똑같다.

난 그림책 속 오빠 유진처럼 착한 아이 배지를 가슴에 단 채 결혼했다. 햇살이를 낳고 아버님과 함께 살았다. 꾸역꾸역 밥을 하던 8살 착한 아이가 어른이 되어 헉헉대며 살림을 하고, 아이를 돌보고 시부모님을 모셨다. 무척 착하니까. 그래야 사랑받는

착한 아내, 착한 엄마, 착한 며느리인 줄 알았으니까.

'도대체 왜 착해야 하는 거지?'

'우린 착한 아이도 나쁜 아이도 아니에요!'

유진이가 폭탄선언을 하고 가슴에 달았던 배지를 밟아버린다.

"너, 일찍 깨달았네. 난 햇살이 사춘기 때 배지 밟았는데…"

극과 극 사이를 오가는 유진이와 제시는 어떻게 됐을까? 40년 전 착한 아이 은미와 성인이 되어 반항하는 은미가 그림책 속에서 숨 가쁘게 요리조리 뛰어다닌다. 그림책을 덮으니 노자가 말한 "도가도 비상도^{道可道 非常道}"가 떠오른다.

도^道라 할 수 있는 도는 항상 도가 아니다.

이름이라 할 수 있는 이름은 항상 이름이 아니다. - 『노자』 1장

천하 사람들이 모두 길한 것이 길하다고 알고 있는데, 그것은 흉이다. 모두 선한 것이 선하다고 알고 있는데, 그것은 선하지 않은 것이다. - 『노자』 2장

'도가도^{道可道} 비상도^{非常道}'는 도가 시간이 흘러 변화해서 도가 아니게 된다는 의미이다. 로또 1등에 당첨되었을 때는 날아갈 듯이 기뻤는데, 시간이 흘러 변화해서 그것이 길한 것이 아니게 되었다. 중천에 떠서 세상을 환히 밝히던 해가 시간이 흘러 서녘으로 지고 밤이 찾아왔다. 이처럼 비상^{非常}은 지금은 드러나지 않지만, 시간이 흘러 만물이 변화하면 그 반면이 드러남을 의미한다. - 『맞얽힘』 "만물은 맞얽힘성을 지닌다"

극에 달하면 맞얽힌 반면으로 전화가 일어난다. 흥^興이 극에 달하면 망하게 된다. 가득 채우면 텅 비게 된다. 이러한 되돌아감을 피하려면 궁극에 도달하지 않으면 된다. 궁극에 도달하지 않으려면 욕망을 채우는 행동을 멈추면 된다. 그것을 가리켜 '수중^{守中}(중을 지킴)'이라 한다. - 『맞얽힘』 "수중^{守中}, 물극필반을 피하는 방법"

이름이라 할 수 있는 이름은 항상 이름이 아니고, 모두 선한 것이 선하다고 알고 있는데, 그것은 선하지 않은 것처럼 착한 아이라는 배지를 다는 순간 유진은 착한 아이가 아니다. 착한 행위만 하는 유위有爲 속에 맞얽혀 있는 무위無爲를 깨닫지 못하면 착한 행위는 극에 달한다. 극에 달한 유진이 배지를 밟아버리며 폭발한 것처럼 말이다.

『맞얽힘』과 그림책 『착해야 하나요?』를 오가니 저녁을 지을 시간이다. 오래간만에 착한 아이 배지를 한번 달아볼까? 수중守中을 인식한 새로운 착한 아이 배지를 가슴에 달아본다.

복종이 착함이 되던 시절 -천경영

착한 아이. 좋은 엄마 다 벗어버린 지 오래입니다만. ㅋㅋ 이 책 읽어보고 싶네요.
-김선영

유쾌한 랄라 씨. 엉뚱한 네가 좋아

은미 헤어

얼마 전 길을 걷다가 '은미 헤어'라는 미용실을 발견했다. 미용실 간판을 보는 순간, 나는 가위손 미용사가 된 듯 착각했다. 미용실 원장님이 되었으니 솜씨를 발휘해 볼까나. 긴 앞머리가 자꾸 눈을 가리고 콧등을 찌르는데 가위로 잘라야겠다. 싹둑싹둑. 난 분명 반듯하게 잘랐는데 자꾸 삐딱하게 된다. 왼쪽 머리카락이 쑥 올라간다. 왼쪽에 맞추어 오른쪽을 자르니 이번엔 오른쪽이 쑥 올라간다. 양쪽을 맞추다 보니 결국 앞머리는 눈썹 위로 껑충 올라간 채 이마가 시원하다. 아, 마음은 몹시 춥다! 거울을 보니 짱구머리가 되었다. 악! 으악! 으아악! 으아아아악~ 비명이 이어지는구나.

'은미 헤어'가 존재하는 순간 '은미 헤어' 아닌 것이 존재하게 되는구나.

있음과 없음은 서로 낳고, 어려움과 쉬움은 서로 이루어주며, 긺과 짧음은 서로 겨루며, 높음과 낮음은 서로 기울며, 끊어지는 소리인 음音과 이어지는 소리인 성聲은 조화를 이루며, 앞과 뒤는 서로 따른다. - 『노자』 2장

있음과 없음, 어려움과 쉬움, 긺과 짧음, 높음과 낮음, 음音과 성聲, 앞과 뒤는 모두 서로 반대 의미이고 상대방과 맞선다. 맞섬이 서로를 낳고, 서로를 이루어주며, 서로 조화하게 해준다. - 『맞얽힘』 "맞얽힘으로 처세하라"

노자 말씀이 백번 옳다. 맞선 두 인소는 서로를 낳는다고 했다. 앞머리의 있음과 없음, 머리카락의 길어짐과 짧아짐, 좌우 머리카락 길이의 높음과 낮음, 비명소리의 음과 성은 서로를 낳고, 서로를 이루어주며, 서로 나타나게 했다. 유위를 하니 맞얽혀 있는 무위가 내게 존재한다.

앞머리 상황이 심각해 단골 미용실로 머리 손질을 하러 갔다. 스마트폰으로 김태희 사진을 보여주며 김태희처럼 해달라고 말했다. 미용실 원장님이 여긴 성형외과가 아니라며 웃는다. 말해 놓고 나도 참 뻔뻔하네, 싶은 생각이 들어서 같이 웃었다. 그리고 씩씩하게 말했다.

"노자가 그랬어요. 나의 경쟁자가 나의 존재근거라고요. 김태

희가 제 경쟁자거든요."

"있음과 없음이 서로를 낳고"라는 원문은 '유무상생有無相生'이다.
우리는 상생相生이라는 단어를 서로 같이 살자는 뜻으로 사용하
는데, 이 해석은 틀렸다. 상생相生은 같이 살자는 뜻이 아니라 '서
로를 낳는다'는 의미이다. 서로를 낳는다는 맞선 두 인소가 서로
의 존재근거이고, 나의 적이 나의 존재근거라는 뜻이다. 나의 경
쟁자가 나의 존재근거라는 뜻이다. 나와 극렬하게 대립하는 자가
나의 존재근거이다. 나의 존재근거를 없애면 나도 사라진다. 나
의 경쟁자를 없애면 나도 사라진다. 그러므로 내가 존재하려면,
내가 살려면 나와 맞서는 자가, 나와 대립하는 자가 있어야 한다.
남이 있어야 내가 산다. 따라서 맞선 두 존재는 조화할 수밖에 없
다. 조화를 이루어야 서로 살 수 있다. - 「맞얽힘」, "맞얽힘으로 처세하라"

"내가 존재하려면, 내가 살려면 나와 맞서는 자가, 나와 대립
하는 자가 있어야 한다. 남이 있어야 내가 산다."라는 맞얽힘 법칙
대로 나와 대립하는 김태희가 있어서 내 헤어스타일이 살아나게
됐다. 김태희가 나의 존재근거여서 행복하다.

내 이름이 붙은 상점을 본다면 기분이 조금은 이상할 것 같군요. ㅎ 어떠셨어요?
그때 느끼셨을 감정의 변화가 조금 궁금해지네요. -황수현

유쾌한 랄라 씨. 엉뚱한 네가 좋아

'은미 혜어'를 통해서 본 은미의 철학관! 나름 일리가 있는 거 같아 고개 끄덕이며 잘 읽었습니다. ㅎㅎ —박상문

양이 있으면 음이 있고, 하늘이 있으면 땅이 있고, 양자가 있으면 전자가 있고, 업쿼크가 있으면 다운쿼크가 있고···. 핵심은 구분만 되어 있는 것이 아니라 얽혀 하나가 되었다는 것이겠지요. 그 스케일에 따라서 관찰자가 줌인할 것이냐, 줌아웃할 것이냐 만의 문제. —김동창

굴뚝 청소와 뫼비우스의 띠

일상에서 맞얽힘을 접할 때 유레카를 외친다. '맞선 둘이 얽혀서 하나'가 되는 맞얽힘 현상을 전엔 무심히 지나쳤는데 요즘엔 찬찬히 들여다보게 된다.

맞얽힘을 상징하는 사물은 뭐가 있을까? 뫼비우스의 띠가 연상된다. 『난장이가 쏘아올린 작은 공』 첫 번째 챕터는 「뫼비우스의 띠」이다. 자, 책으로 들어가 보자.

학생들이 신뢰하는 수학 선생님이 수업 시간에 시험과는 상관없는 질문을 한다. 두 아이가 굴뚝을 청소한 후 한 아이는 얼굴이 새까맣고, 한 아이는 얼굴이 깨끗한데 누가 얼굴을 씻겠냐는 질문이다. 학생들은 당연히 얼굴이 더러운 아이라고 답한다. 하지만, 선생님은 틀렸다고 말한다. 이유는 얼굴이 더러운 아이는 다른 아이를 보고 자신도 얼굴이 깨끗하다고 생각해서 씻지 않는다는 설명이다.

공자는 논어에서 현명한 사람과 어리석은 사람을 관계의 맞얽힘으로 말한다.

공자가 말했다. "군자는 자신에게서 찾고, 소인은 남에게서 찾는다." - 『논어』 「위령공」

소인은 어리석은 사람이고, 군자는 현명한 사람이다. - 『맞얽힘』 "맞얽힌 두 존재, 군자와 소인"

관계의 맞얽힘을 아는 자는 남이 나를 왜 이렇게 대하는지를 남에게서 찾지 않고 나에게서 찾는다. - 『맞얽힘』 "인仁, 나와 남의 맞얽힘"

다시 『난장이가 쏘아올린 작은 공』 책 속으로 살포시 걸어 보자.

학생들은 탄성을 지르고, 교사는 같은 질문을 다시 한다. 학생들은 답을 이미 알기에 쉽게 얼굴이 깨끗한 아이라고 대답한다. 그러나 교사는 이번에도 틀렸다고 말한다. 똑같이 굴뚝 청소를 했다면 한 아이는 얼굴이 깨끗하고, 한 아이는 얼굴이 더러울 수 없으니 같이 더러워야 한다고 말한다. 그리고 칠판에 "뫼비우스의

뫼비우스의 띠

띠"라고 쓴다.

종이는 앞뒤 양면을 갖고 지구는 내부와 외부를 갖는다. 평면인
종이를 길쭉한 직사각형으로 오려서 그 양끝을 맞붙이면 역시 안
과 겉 양면이 있게 된다. 그런데 이것을 한번 꼬아 양끝을 붙이면
안과 겉을 구별할 수 없는, 즉 한쪽 면만 갖는 곡면이 된다. 이것
이 제군이 교과서를 통해서 잘 알고 있는 뫼비우스의 띠이다. 여
기서 안과 겉을 구별할 수 없는 곡면을 생각해보자. ─「난장이가 쏘아
올린 작은 공」「뫼비우스의 띠」

이어서 꼽추와 앉은뱅이 이야기가 시작된다.

꼽추와 앉은뱅이는 강제로 헐값에 팔린 아파트 입주권을 되
찾기 위해 입주권을 산 투기꾼에게 폭력을 행사한다. 그들은 투
기꾼이 취한 이득을 뺀 나머지 몫을 찾은 뒤 그를 자동차에 묶고

　　　　　　　　　　　　유쾌한 랄라 씨. 엉뚱한 네가 좋아

불태운다. 피해자 철거민은 가해자가 되어 살인하고, 아파트 투기꾼 가해자는 죽임을 당하며 피해자가 된다. 뫼비우스의 띠가 된다. 뫼비우스의 띠는 안과 밖을 구분할 수 없다. 안과 밖이 없는 거나 마찬가지다. 안이 밖이고, 밖이 안이다. 인간은 자본 앞에서 사람과의 관계성을 보려 하지 않는다. 강유, 빈부가 하나로 맞얽혀 있음을 인식하지 않는다. 자연을 바라보는 시각도 그러하다. 문명이라는 무기를 들고서 자연 위에 서서 정복해야 할 대상으로만 본다. 그러나 인간과 자연은 안과 밖이 분리되지 않은 뫼비우스의 띠처럼 하나로 맞얽혀 있다.

나는 남을 만들고 남은 나를 만든다. 관계는 서로를 만든다. 이것이 바로 관계의 맞얽힘이다.

관계의 맞얽힘을 모르는 자는 자신의 적을 자신이 만들었음을 모른다.

못돼먹은 놈은 없다. 못돼먹은 관계만 있을 뿐이다. 그러므로 문제아도 없고 문제 부모도 없다. 문제 견도 없고 문제 보호자도 없고, 오직 '문제 관계'만 있다. - 『맞얽힘』 "인二, 나와 남의 맞얽힘"

공자는 인간의 맞얽힘을 아는 자가 즐겁게 오래 산다고 말한다. 물극필반(사물의 변화는 궁극에 달하면 반드시 반면으로 전화한다)과 과유불급(지나침은 미치지 못함과 같다)의 이치를 아는 인자는 늘 스스로 욕망을 통제하여 어떠한 환경에 처해도 편안하다고 한다.

꼽추와 앉은뱅이, 투기꾼이 맞얽힘을 알고 자신의 욕망을 통제했다면, 끔찍한 사건은 일어나지 않았을 것이다. 현재 인류는 자본의 이해관계뿐만 아니라 기후 변화와 코로나19 등으로 혼란을 겪는다. 인류는 생존의 위협에 노출되었다. 세계는 관계의 맞얽힘을 바탕으로 삶의 방식을 바꿀 시기에 도달했다.

책 두 권 잘 읽은 느낌입니다. 최고 -차란

책을 안 읽는 내가 요즘 은미 샘의 장문의 글을 읽습니다. 샘의 다독 경력과 해석력이 돋보이는 것 같아요. -박태호

유쾌한 랄라 씨. 엉뚱한 네가 좋아

서恕를 행하는 랄라 씨

레고를 무척 좋아하는 햇살이. 우린 레고를 정리하는 과정에서 항상 전쟁이었다. 내가 원하는 건 햇살이가 레고를 가지고 맘껏 놀고 통에 깔끔하게 뒷정리를 하는 거였다. 햇살인 그 노동?을 무척 싫어해서 거실엔 늘 레고 조각이 뒹굴었다.

"가지고 놀았던 레고 언제 치울 거야? 거실이 엉망이잖아."

"이따가 또 놀 건데…. 많아서 담는 것도 힘들어요."

"엄마도 쏟아놓은 레고 담는 거 싫어. 이 박스 저 박스 다 쏟아놓았으니 정리해야지."

"담으면 또 쏟아야 한다고요. 그러면 또 담아야 하고요."

"그렇다고 계속 이렇게 어질러 놓을 거야? 가지고 놀지를 말던가!"

우린 거실에 굴러다니는 레고 조각들을 정리하는 문제로 다툼이 잦았다.

자공이 물었다. "죽을 때까지 평생 실천할 만한 한마디 말이 있습니까?" 공자가 대답했다. "그건 바로 '서恕'다. 내가 원하지 않는 것은 남에게도 시키지 마라." - 『논어』 「위령공」

서恕의 핵심은 남이 나에게 하지 않았으면 하는 일은 나도 남에게 하지 않는 것이다. 내가 싫어하는 것으로 남의 마음을 헤아리는 것이다. 서는 내가 싫어하는 것으로 남의 마음을 헤아리는 일이지, 결코 내가 좋아하는 것으로 남의 마음을 헤아리는 일이 아니다. - 『맞얽힘』 "인仁, 나와 남의 맞얽힘"

우린 햇살이의 주체성을 살리고, 엄마와 관계성을 돈독하게 할 방법을 대화하며 찾아 나갔다. 아이가 놀고 나서 레고를 편하게 정리할 수 있으려면 어떻게 하면 좋을까? 작은 조각이 많은 레고를 가지고 놀 때 찾기도 쉽고, 바닥에 쏟지 않아도 되는 방법은 무엇일까? 우리가 찾은 해법은 커다란 통이었다. 김장용 빨간 다라이. 여기에 담아놓으면 작은 조각을 찾아서 가지고 놀기도 쉽고, 정리도 편할 거라는 결론에 다다랐다. 그렇게 거실에 고무 다라이가 등장했다. 1년에 한 번 김장철에나 제 몫을 하던 빨간 고무 다라이가 사계절 내내 거실 한복판을 평화롭게 지켰다.

내가 좋아하는 것으로는 남의 마음을 헤아릴 수 없다. 이 사실은

유쾌한 랄라 씨. 엉뚱한 네가 좋아

선물하기에서 잘 드러난다. 선물하는 이유는 축하하거나 남을 기쁘게 하기 위해서이다. 선물 받는 사람을 기쁘게 하려면 받는 사람의 마음에 들거나 그 사람이 갖고 싶은 것을 선물해야 한다. 그것을 모르면 그 사람에게 무슨 선물을 받고 싶은지 물어봐야 한다. … 그래서 선물하기란 참으로 어렵다. 이처럼 남에게 무엇을 주며 남을 기쁘게 하는 것조차 어려운 일인데 내가 좋아하는 선물로 남의 마음을 헤아린다는 것은 불가능하다. - 『맞얽힘』 "인ᶜ, 나와 남의 맞얽힘"

'움직이는 책' 토론을 함께하는 지인의 생일이다. 생일인 지인이 기뻐할 선물을 고르는 게 말처럼 쉽지 않다. 아무거나 살 수도 없고, 그렇다고 내가 좋아하는 걸 살 수도 없다. 막상 선물을 받는 사람이 좋아할 만한 것으로 파악해서 샀으나 낭패일 때도 있다. 그래서 공자가 말한 서恕를 실천하며 생일선물을 준비하기로 했다.

간단하다. 지인이 어떤 선물을 받으면 기쁜지 직접 물었다. 지인이 읽고 싶어 하는 책과 어린 시절 가지고 놀던 장난감, 군것질거리였던 옛 추억을 담아 포장한다.

맞얽힘 서恕를 행하는 랄라 씨!

국회에 선물하면 좋겠네요. -조기조

내가 좋아하는 골뱅이무침을 가지고 그대의 마음을 헤아리려 했으니 나는 '서恕'를 실천하지 못한 자라 할 수 있겠소. ㅎㅎ -김형준

유쾌한 랄라 씨. 엉뚱한 네가 좋아

눈 여왕과 자전거 병사

갑자기 내린 폭설로 온 세상이 하얗게 뒤덮였다. 눈이 수북이
쌓인 골목을 거니는데 하얀 눈 갑옷을 입은 자전거 병사가 보인
다. 자전거 병사를 보며 손자를 떠올린다. 싸우지 않고, 방심한 적
의 허를 찌른 눈의 여왕.

백전백승은 가장 좋은 것이 아니다. 싸우지 않고 적의 군대를 항
복시키는 것이 가장 좋은 것이다.

군대를 부리는 법은 적국을 온전히 보전하는 것이 최상이고, 적
국을 파괴하는 것은 그다음이다. 적군을 완전히 보전하는 것이
최상이고, 적군을 파괴하는 것이 그다음이다. - 『손자병법』 「모공」

국가가 전쟁에서 이기고자 하는 것은 생민들이 잘살고 나라를 영원토록 이어지게 하기 위해서이다. 이기는 것 그 자체가 목적이 아니다. 적국을 파괴하고 이기는 것은 적을 파괴하는 정도만큼 나의 전력도 소모될 수밖에 없다. 이기기 위해서는 그만큼 대가가 따른다. 최고의 승리는 적국과 적군을 온전히 보전하고 이기는 것이다. 그럼으로써 나도 보존될 수 있다. - 『맞얽힘』 "지피지기知彼知己 - 적과 나의 맞얽힘"

자전거 한 대가 짧은 시간 눈의 왕국 폭격으로 하얀 갑옷을 입고 골목에 쓰러져 있다. 주인은 폭설이 습격할 것을 알았을까? 그랬다면 자전거가 하얀 갑옷을 입고 나뒹굴며 백기를 들지는 않았으리라. 주위를 보라. 자전거는 하얀 갑옷에 덮여 있을 뿐 어느 곳 하나 손상되지 않고 보존되었다. 눈 여왕은 손자병법을 완벽하게 통달한 게로구나!

유쾌한 랄라 씨. 엉뚱한 네가 좋아

적을 알고 나를 알아야 백 번 싸워도 위태롭지 않다. 적을 모르고 나를 알면 한 번 이기고 한 번 진다. 적을 모르고 나도 모르면 매번 싸울 때마다 반드시 위태로워진다. - 『손자병법』「모공」

손자가 말한 앎의 대상은 천세, 지세, 인세에 있어서 내가 유리한 점과 불리한 점, 나의 강점과 단점을 안다는 말이다. 여기서 나의 어떤 점이 유리한지 불리한지는 적과 비교해서 결정된다. … 적을 모르고 나를 안다는 말은 적을 알고 나를 모른다는 말과 같다. 둘 중 하나만 알면 승률은 반반이다. 적도 모르고 나도 모르면 싸울 때마다 위태로워진다. - 『맞얽힘』 "지피지기知彼知己 - 적과 나의 맞얽힘"

나를 제대로 안다는 것은 생각만큼 쉽지 않고 긴 시간 탐색이 필요하다. 나의 강점과 단점은 인간관계를 통해서 그 본질이 드러난다. 타인과 함께 있을 때, 타인과 맺는 다양한 관계 속에서 그 사람의 본질이 드러나게 된다. 결국, "적을 알고 나를 알아야 백 번 싸워도 위태롭지 않다"라는 말처럼 나를 알기 위한 노력이 평소에 이루어져야 한다. 그것도 적을 알고자 하는 것보다 훨씬 더 깊은 성찰이 있어야 한다.

상대를 알기도 이리 어려운데 나를 제대로 안다는 건 어떠하리. 나는 눈 요정과 손자가 전한 위대한 가르침을 수행하며 나를 심도 있게 탐색한다.

눈 쌓인 자전거도 보기 좋아요. 싸움은 왜 하는지 적을 만들지 않으면 최선이겠죠. 내가 조금 더 손해 보면서 살기. 욕심을 비우고 마음을 내려놓으면 되지만, 말은 이래도 많이 힘들어요. -박동일

'하얀 눈 갑옷을 입은 자전거 병사'를 어떻게 찾아내셨대요?^^ 최근 이설아 작가와 남궁민 작가가 주고받는 서신을 떠올리게 하는 글입니다. "나도 나를 모르겠는데, 네가 나를 어찌 알아?"
이런 서신들을 주고받을 수 있는 관계에 대해 생각하게 됩니다. "그 누구보다 나를 잘 안다고 생각되던 그대여~~ 내게 편지를 써 주오~ 그대의 속삭임이 그리운 시간이오~" -신봉기

눈 여왕님~ 〈다양한 관계 속에서 그 사람의 본질이 드러나게 된다〉 이 말이 오늘 저에게 훅~ 들어오네요. -김애란

유쾌한 랄라 씨. 엉뚱한 네가 좋아

전략가 잡초와 손자 씨

"아무도 찾지 않는 바람 부는 언덕에 이름 모를 잡초야 한 송이
꽃이라면 향기라도 있을 텐데 이것저것 아무것도 없는 잡초라네"

가수 나훈아 '잡초' 노래를 들으면서 『전략가, 잡초』 책을 읽
는다. 잡초라고 불리는 식물은 경쟁에 약해 깊은 숲속에서 살아
날 수 없다. 그래서 잡초는 나훈아 노래 가사처럼 아무도 찾지 않
는 곳에, 화려한 꽃도 향기도 이것저것 아무것도 없이 자란다. 잡
초는 강한 식물이 힘을 발휘하지 못하는 곳을 찾아 뿌리를 두고
살아간다.

살아남으려고 살얼음판을 걷는 상황에서 경쟁에 약하다는 것은
매우 치명적인 약점이다. 잡초는 어떻게 이 약점을 이겨냈을까?
연약한 식물 잡초의 기본 전략은 '싸우지 않는 것'이다. 강한 식물

이 자라는 곳은 피하고 강한 식물이 자라지 않는 곳만 골라서 자리 잡는다. 한마디로 말하면 경쟁사회에서 도망친 낙오자인 셈이다.

잡초가 강한 식물과 정면으로 맞서 싸우기를 피해온 것은 분명하지만 생존을 걸고 경쟁에 도전하는 것은 사실이다. 언젠가는 반드시 승부를 겨뤄야 할 상황이 온다. 잡초는 그 승부를 겨룰 장소가 어딘지 알 뿐이다. -『전략가, 잡초』

잡초의 기본 전략은 싸우지 않고 살아남는 것이다. 살아남으려면 승부를 겨룰만한 시기인지, 어디서 싸워야 하는지, 살아남을 수 있을지 여러 면에서 승부를 계산해 봐야 한다. 잡초의 생존전략은 손자병법과 같은 전략을 구사한다. 잡초는 맞얽힘과 손자병법을 알고 있었구나. 손자가 잡초의 생존법을 병법서에 담은 건 아닌지 모르겠다. 손자도 싸우지 않고 이기는 게 가장 좋은 것이라고 한다. 적국과 적군을 온전히 보존하고 이겨야 나도 보존될 수 있다며 맞얽힘 원리로 승리를 쟁취하는 비결을 이야기한다.

전쟁은 맞얽힘을 이용하여 상대를 속이는 것이다.
『손자병법』「허실」편은 이 속임에 대해서 말한다. 사람들은 흔히 허허실실을 말하여, 허를 찌르고 실을 꾀하는 계책으로 생각한

유쾌한 랄라 씨, 엉뚱한 네가 좋아

다. 하지만 손자가 말한 허실의 진정한 의미는 적의 변화에 따라 승리를 쟁취하는 것을 뜻한다. - 『맞얽힘』 "맞얽힘으로 승부를 계산하라"

적이 미처 구하러 오지 못할 곳을 공격하라. 적이 생각지 못한 곳으로 급히 진격하라. 천 리를 행군해도 힘들지 않은 것은 적이 없는 땅을 행군하기 때문이다. 공격하면 반드시 승리한다는 것은 지키지 않는 곳을 공격하기 때문이다. 지키면 반드시 견고해진다는 것은 적이 공격하지 않을 곳을 지키기 때문이다. 그러므로 공격을 잘하는 자는 적이 지켜야 할 곳을 모른다. 잘 지키는 자는 적이 공격해야 할 곳을 모른다. - 『손자병법』 「허실」

적의 변화에 따라 승리를 쟁취하는 것은 인간의 생활 모습이나 잡초가 살아가는 모습이나 마찬가지다. 잡초는 그들의 적인 강한 식물이 지켜야 할 곳과 공격해야 할 곳이 어딘지 모르는 장소에 전략을 구사한다. 척박한 곳에서 고군분투하며 최적의 때를 기다릴 줄 알고, 환경의 변화에 자신을 끊임없이 맞춰나간다. 잡초는 크기를 바꾸고, 자라는 방법과 형태를 바꿔 가는 전략을 사용한다.

잡초는 환경을 바꿀 수 없다. 그렇다면 바꿀 수 있는 것을 바꿀 수밖에 없는데 잡초가 바꿀 수 있는 것은 잡초 자신이다. 이것이 바로 잡초의 가소성이다. 그리고 잡초가 자유자재로 변화할 수 있는 이유는 '변화하지 않는 것에 있다'고 생각한다.

우리도 살아가면서 바꿔도 좋은 것과 바꾸면 안 되는 것이 있다. 바꿔도 되는 것을 고집해서 괜히 에너지를 허비하기보다는 바꿔서는 안 될 중요한 것을 지키면 된다. - 『전략가, 잡초』

전략가 잡초가 환경에 맞춰 변화하는 모습은 『주역』 「계사전」 "궁하면 곧 변하고, 변하면 곧 통하고, 통하면 곧 오래간다(궁즉변窮則變 변즉통變則通 통즉구通則久)"라는 말과 같다. 전략가 잡초처럼 바꿔도 되는 것을 고집하며 에너지를 쏟지 말아야겠다. 바꿔서는 안 될 중요한 것을 지키며 살아야겠다. 잡초의 생태와 손자병법에서 우리가 살며 깨우쳐야 할 삶의 지혜와 전략을 배운다.

전쟁 이야기를 어찌께 잡초랑 함께 책 속에 넣는다냐. 책 맹그느라 욕보네.
-이호일

삶과 죽음이 하나가 된 맞얽힘

11살 되던 여름이다. 동이 막 트기 전, 할머니께서 내 이름을 부르며 가쁜 숨을 휘몰아 쉬고 계신다. 나를 애타게 찾는 소리에 겨우 잠에서 깨어 천식으로 고생하시던 할머니 등을 쓸어내린다. 약을 드리고 부채질하며 늘 하던 대로 할머니 숨통을 트이게 한다. 어? 오늘은 뭔가 이상하다. 할머니 숨소리가 다르다. 할머니 몸이 차가워진다. 할머니 머리가 점점 무거워진다. 할머니 아파? 이제 괜찮아? 할머니 눈 떠 봐! 할머니께서는 내 품에 안긴 채 고요히 숨을 거두셨다. 손녀의 품에 마지막 숨 한 토막을 남기고서….

20대 중반에 언니가 교통사고로 세상을 떠났다는 비보가 날아든다. 믿지 않았다. 전날까지만 해도 나와 함께 밥 먹고 얘기 나누던 언니다. 내 눈으로 언니를 보기 전엔 믿고 싶지 않다. 병원

유쾌한 랄라 씨. 엉뚱한 네가 좋아

영안실에 누워 있던 언니는 할머니가 내 품에서 잠든 것처럼 평화로워 보인다. 떠났구나, 언니도 할머니 곁으로….

30대가 되던 날, 뇌졸중으로 몸이 마비되어 16년을 병석에 누워 계시던 엄마가 위중하다는 연락을 받고 달려간다. 세 번째 가족의 죽음을 받아들여야 하는 상황이 온 것이다. 햇살이를 등에 업고 전철 안에서 하염없이 눈물을 흘리니 아이도 따라 운다. 병원에서 잡은 엄마 손도 점점 할머니 손처럼 차가워진다. 언니가 잠든 모습과 똑같이 평온하다. 이렇게 사랑하는 가족의 갑작스러운 죽음을 겪으며 곁에 있는 사람들의 소중함을 되새긴다.

39세가 되던 해, 내가 죽음을 향해 스스로 걸어 들어간다. 어두컴컴한 지하실 계단을 터벅터벅 내려간다. 눈에 보이는 건 고요히 흔들리는 아주 작고 희미한 불빛. 온몸을 휘감는 서늘함과 공포가 나를 저승의 문으로 안내한다. 귓가에 들리는 소리는 상엿소리뿐이다. 내 몸에 수의가 입혀진다. 삐걱 드르륵! 관뚜껑이 열리고 저승으로 가는 관속으로 몸을 누인다. 관뚜껑이 닫히고 망치질 소리가 들린다. 탕! 탕! 탕! 탕! 이승과 작별하는 마지막 소리구나. 내가 쓴 유서를 제나가 흐느끼며 읽는 목소리가 전해진다. 수많은 사람의 울부짖는 소리가 관속에서 더 처절하고 생생하게 들린다.

죽음을 택하니 아버님이 보인다. 아버님과 함께 살며 자유롭지 못해 비관하던 태도에 용서를 구한다. 아이가 보인다. 자녀를 키우며 쏟아붓던 악다구니에 사랑을 구한다. 옆짝꿍이 보인다. 소금에 절인 듯 지치고 외롭던 삶에 화해를 구한다. 관속에서 죽어 있으니 일상이던 삶을 처절하게 애원한다. 죽으니 살고 싶은 생각뿐이다. 살고 싶다. 아무것도 원치 않는다. 그저 그들과 함께 숨을 쉬며 살고 싶을 뿐이다.

나는 교보에서 가족사랑캠프 프로그램인 관 체험을 신청했고, 제나와 죽음을 직접 바라보았다. 살아 있으나 난 죽었다. 죽어서 관속에 누워 있으나 난 살아 있다. 맞얽혀 있는 삶과 죽음이 하나가 되어 내 몸에 머무른다. 아찔하고 몸과 의식이 분리된다.

노담은 때맞춰 왔다가 때맞춰 간 것이라네. 변화의 때를 편안히 여겨 순응하면 슬픔도 즐거움도 내 마음으로 들어올 수 없다네. 옛사람들은 이것을 상제의 현해縣解라고 하였다네. - 「장자」「양생주」

양생은 생명을 기르는 방법을 말하지만, 아무리 생명을 잘 기른다 하더라도 죽음을 피할 수는 없다. 살아 있는 것은 죽게 마련이고, 죽어 있는 것이 모여 생명을 만들어 낸다. 삶과 죽음은 맞얽힘의 변화에 따라 이루어진다. 그러니 죽음은 슬퍼할 일이 아니

유쾌한 랄라 씨. 엉뚱한 네가 좋아

다. 변화의 때를 편안히 여겨 순응하는 것이 천리를 아는 자의 처세법이다. - 「맞얽힘」 "신진화전薪盡火傳, 궁극의 경지"

관속에서 생과 사, 맞선 둘이 얽혀 하나인 맞얽힘을 경험한다. 삶과 죽음을 동시에 인식하니 나를 지배하던 욕망과 사물들로부터 해방된다. 삶과 죽음은 인간에게만 적용되는 게 아니다. 동물, 식물, 사물… 모든 만물에 맞선 둘이 얽혀 하나인 맞얽힘이 존재한다.

삶과 죽음이 맞얽힌 두 권의 책을 읽는다.

『춥고 더운 우리 집』, 『죽은 자의 집 청소』 두 채가 있다. 넓고 시원한 집도 아니고 산 자가 있는 집도 아니다. 『춥고 더운 우리 집』을 공선옥 작가님 손을 잡고, 함께 아파하다가 때론 피식피식 웃다가, 구성진 욕도 따라 해보며 집들을 둘러봤다. 그 집 옆에 시멘트로 된 벽과 바닥을 드러내고서 『죽은 자의 집 청소』가 놓였다. 책을 꺼내 들고 잠시 머뭇거린다.

『죽은 자의 집 청소』를 읽자니 아네스 바르다의 영화 〈방랑자〉가 떠오른다. 포도밭 구덩이 속에 주인공 모나의 차가운 주검으로 시작하던 영화. 그녀의 낡은 신발이 고달픈 삶처럼 헤지고 망가져 발끝을 부여잡고 있던 장면. 죽기 직전까지 자신의 삶이 그녀의 목소리로 표현되지 않던 영화. 그저 짧은 순간이든 긴 시간이든 모나를 만났던 타인의 시선과 언어로 보여주던 영화. 그녀가 배낭 하나를 어깨에 메고 걸어온 삶을 관객은 영화를 보며 추적해가야만 하던 영화.

김완 작가님 책도 그렇다. 죽은 자의 집을 청소하는 작가의 특수한 직업을 통해 그 집에 살던 방랑자들과 인생길을 함께 걷게 된다. 방랑자 모나의 죽음과 낡은 구두는 그녀와 하나였다. 구두끈은 풀려서 헐거워지고, 색이 바래고, 구두창은 입을 벌린 채로 매달려 있다.

죽은 자의 집에도 그들과 마지막 동행한 물건들이 하나되어 붙들고 있다. 묶여있는 끈과 붉은 혈흔, 커튼과 테이프로 굳게 밀봉한 창문들.

작가가 청소하는 집은 일반적이지 않다. 고약한 냄새로 그곳에 죽은 자가 있다는 걸 알게 된 그런 집이다. 연고자가 없거나 방치되어, 또는 스스로 세상과 단절한 채 고독한 삶을 선택한 뒤 마감한 이들의 집이다. 우리는 추위와 더위를 피하고, 먹고 자고 휴식을 취하며 살기 위해 집이라는 공간에 머문다. 그러나 그들은 마지막 숨을 거두기 위해 집이라는 곳이 필요했다. 그들은 고단했던 삶을 스스로 누일 곳을 집으로 선택했다.

전기 공급 중단 예정일과 스스로 목숨을 끊은 날이 겹치는

이의 집. 자갈밭이나 숲으로 옮겨놓으면 그대로 캠핑장이 될 젊은 여인의 집. 분리수거함에 자살 도구와 약봉지를 착실하게 구분해서 담아놓은 분리수거 그녀의 집. 고양이 10마리가 철망 케이지에 뒤엉켜 있는 집. 빨간 차압 딱지가 가전제품에 붙어 있는 부부의 집. 흉가가 될 게 눈에 보이는 외따로 떨어진 시골 으슥한 집. 작가는 안타까운 사연을 지니고 죽은 그들의 집을 청소한다. 인간다움을 놓지 않고서 고단했을 마지막을 청소한다. 그리고 말한다.

삶과 죽음이 맞얽혀 있다는 것을.

무섭다고 진저리치며 멀찌감치 돌아갈지도 모를 흉가 같은 집. 하지만 그 집은 우리와 단 하나도 다를 바 없는, 심장 뜨거운 인간이 터전으로 삼던 곳이다.

사람의 생명과 죽음은 결국 한 몸통이고 그중 하나를 떼놓고는 절대 성립하지 않는다. 태어나는 순간부터 죽음을 향해 쉬지 않고 나아가는 것, 그것이 우리 인생, 인간 존재의 아이러니이다.
- 『죽은 자의 집 청소』

삶과 죽음은 맞얽혀 있는 두 인소이고, 생에서 사로 가는 것은 그저 하나의 변화이다. 그러므로 죽음에서 다른 생명으로 가는 것

유쾌한 랄라 씨, 엉뚱한 네가 좋아

도 또 하나의 변화이다. 만물은 이처럼 끊임없이 변화한다. - 『맞얽힘』 "삶과 죽음은 맞얽힌 두 인소의 상호전화이다"

나이대별 죽음의 경계선을 보신. 삶이 녹록지 않음을 때마다 겪으신… 삶을 바라보는 여유로움의 관점을 달리 얻게 되신 것이 아니셨군요. -이소영

어린 나이에 할머니의 임종을 지킨 경험이 있군요. 저는 아직 가까운 사람의 죽음을 옆에서 직접 지켜본 적이 없는데, 요즘 들어 부모님께 일어날 수도 있는 일이라는 생각을 많이 하게 되더군요. 죽음을 생각하니, 다른 무엇보다 삶에 대해 더 진실해지는 느낌이었습니다. 헛된 것에 집착했다는 깨달음이랄까요. 항상 좋은 글, 잘 읽고 있습니다. 고맙습니다. -이재필

두 책 다 의미가 있네요. 좋은 책을 만나셨네요. -문경숙

발뒤꿈치로 숨 쉬는 진흙 소년

여름 휴가철엔 뭐니 뭐니 해도 물놀이가 제일 시원한 피서다. 휴가철엔 보통 탁 트인 바닷가에서 파도를 타고 놀거나 그늘진 계곡에서 물놀이를 하며 더운 여름을 이겨낸다. 햇살이가 초등 저학년일 때 물놀이를 갔다. 우린 바다도 계곡도 아닌 논으로 물놀이를 떠났다. 평택 '논풀머드축제'에 햇살이 친구 가족들과 함께.

그곳은 논 한가운데 진흙으로 만든 미끄럼틀이 있고, 물을 가득 채워 보트를 타고 놀 수 있는 곳이다. 미꾸라지와 우렁이 농법으로 벼를 키우는 논에서 미꾸라지도 잡는다. 수세미가 주렁주렁 열린 그늘에서 쉬며 놀기도 한다.

아이들은 진흙을 뒤집어쓰고 즐겁게 논다. 논에 들어가서 벼줄기에 매달린 분홍색 우렁이 알도 관찰한다. 논바닥 진흙과 한 몸이 된다. 곧이어 머드팩 사진 콘테스트가 열린다는 안내방송이 들린다. 아이들과 아빠들은 서로 얼굴과 몸 구석구석 진흙을 바른다. 아이와 진흙이 하나가 된다. 진행자는 머드팩 콘테스트 참여자들이 포즈를 취하면 찰칵! 사진을 찍는다. 아빠와 두 아이가 각자 다양한 포즈를 취한다. 셋이서 진흙으로 범벅된 얼굴에 노란 꽃을 꽂고 서 있다. 햇살이를 보는 순간 웃음이 빵 터진다. 귀에 노란 꽃을 꽂고 한쪽 발을 들어 올린 채 쿵후 자세를 취하고 있다. 아뵤~! 햇살이는 쿵후 자세를 하고서 진인을 떠올리는 걸까? 귀에 꽂은 노란 꽃이 아이의 학다리 권법에 간질간질 흔들린다.

좌망을 통해 심재의 상태에 도달한 사람을 장자는 지인, 진인, 대종사라고 부른다. 대종사^{大宗師}라는 단어를 들으면 영화를 좋아하는 이들은 왕가위 감독의 쿵후 영화 <일대종사^{一代宗師}>를 떠올릴 것이다. … 대종사는 가장 최고의 스승이다. 그 대종사를 장자는 진인^{眞人}이라는 또 다른 용어를 사용하여 지칭한다. 진인은 지인^至^人과 같다. 지인은 지극함에 도달한 사람이라는 뜻이다. - 「맞얽힘」 "좌망^{坐忘}, 나를 잊으면 만물과 하나가 된다"

진인이란 무엇인가? 옛날의 진인은 시시한 것이라고 거절하지 않았고, 자기가 이룩한 것을 뽐내지 않았으며, 무슨 일을 꾸미지 않았다. 그와 같은 사람은 잘못한 것에 대해 후회하지 않고, 잘한 것에 대해 자만하지 않는다. … 진인은 발뒤꿈치로 숨을 쉬고, 보통 사람들은 목구멍으로 숨을 쉰다. … 시작된 곳을 잊지 않으면서도 끝나는 곳을 알려고 하지 않았다. 생명을 받아 태어나서는 즐겁게 살다가 때가 되어서는 잊고 원래의 상태로 되돌아갔다. 이것을 마음으로 도를 손상하지 않는 것이라고 하고, 사람이 외물 세계에 가하지 않는 것이라고 한다. 이런 사람을 진인이라고 한다. - 『장자』 「대종사」

진인은 만물이 하나임을 깨달은 사람으로, 천인합일^{天人合一}과 사생일여^{死生一如}의 경지에 오른 사람이다. ⋯ 「제물론」에서 등장한 남곽자기도 진인이다. 남곽자기는 자신을 잊어버린 경지에 오른 사람이다. 자신을 잊어버린 사람은 마른 나무 같고 불 꺼진 재처럼 보인다. 바싹 말라버린 나무와 불 꺼진 재는 외부에서 되살리기 위해 그 어떤 짓을 해도 다시 되살릴 수가 없다. 그 어떤 외물에도 전혀 영향을 받지 않는다. 그들이 그럴 수 있는 건 자신이 없기 때문이다. 그렇다고 마른 나무와 불 꺼진 재가 없는 존재는 아니다. 존재하긴 하지만 외물의 영향을 거의 받지 않는 존재, 그것이 장자가 생각하는 최고의 존재이다. - 『맞얽힘』 "좌망^{坐忘}, 나를 잊으면 만물과 하나가 된다"

햇살이는 천인합일, 사생일여를 그때 알았던 것인가? 학다리 권법을 하고 발뒤꿈치로 숨을 쉬는구나. 진흙 인간이 되어 남곽자기처럼 자신을 잊어버리고 서 있구나. 마른 나무처럼, 불 꺼진 재

유쾌한 랄라 씨. 엉뚱한 네가 좋아

처럼 외물의 영향을 받지 않고 흔들림 없이 존재하는구나.

아뵤! 나도 아이처럼 발뒤꿈치를 들고 숨을 쉰다. 꽈당!!! 음… 발뒤꿈치로 숨을 쉬긴 아직 무리군. 나는 아직 진인 경지에 도달치 못한 게로구나!

어릴 적 쿵푸 영화 많이 보았지요. 따라 하기도 엄청 했지요. 같은 시대를 오면서 공감. 친구들과 쌍절곤 돌리고 머리빡 많이 맞았지요. -류창수

무협지 꽤나 읽은(지금도 읽는) 전 무당파를 세우고 태극권을 창시한 장삼봉 진인이 와장창~생각나고요. -심승혁

발뒤꿈치… 감히 어딜요~~ 코로 쉬기도 힘듭니다. -고동희

꿈에서 만난 장자 씨

산에 오른 피곤함이 밀려와 낮에 스르륵 잠에 빠져들었다. 이수지 작가의 글 없는 그림책 『이상한 나라의 앨리스』를 보며 맘껏 상상의 날개를 파닥거리다가 잠이 들었다. 그래서인지 꿈속에서 앨리스가 되어 토끼를 잡으러 요리조리 다녔다. 이수지 작가 그림책 속 이야기는 실제인 듯, 환상인 듯 아리송하다. 토끼가 앨리스가 되고, 앨리스가 토끼가 되는 이야기처럼 나도 귀여운 앨리스가 되었다. 벽난로에 들어가 환상적인 장소들을 모험했다. 무시무시한 카드 장병을 만나 도망도 다녔다. 아름다운 성에서 만찬을 즐기고, 동물들과 대화하며 즐거웠다. 나는 이상한 나라의 앨리스가 입었던 드레스를 입고서 잘생긴 왕자님과 숲길을 거닐기도 했다. 맞은편 길에서 정품 앨리스 드레스를 입은 소녀가 우아하게 내게 걸어오기 전까지. 내 앞에 다가온 진짜 앨리스를 만나고서 정신이 번쩍 들어 잠에서 깼다. 내게 다가온 앨리스가 진짜였는지 내가 앨리스로 변한 게 진짜였는지 아직도 몽롱하다.

예전에 장주가 꿈에 나비가 되었는데, 기뻐하며 훨훨 날아다니는 나비였다. 즐거워하며 마음대로 이리저리 날아다녔으므로 자신이 장주임을 몰랐다. 그러다 갑자기 깨어보니 인간의 모양을 한 장주였다. 장주가 꿈에 나비가 되었던 것인지, 나비가 꿈에 장주가 되었던 것인지 알 수가 없었다. 장주와 나비 사이에 분명히 구분이 있기는 있을 것이다. 이런 것을 일컬어 '물화物化(만물의 변화)'라 한다. - 『장자』「제물론」

이 이야기로부터 나온 단어가 '호접몽'이다. 호접胡蝶은 나비를 뜻하고 몽夢은 꿈이라는 뜻이다. 장자가 나비가 되고 나비가 장자가된다. 이 이야기의 핵심은 만물의 변화이다. - 『맞얽힘』, "삶과 죽음은 맞얽힌 두 인소의 상호전화이다"

장자가 꿈에 나비가 된 건지, 나비가 꿈에 장자가 된 건지 알 수 없는 호접몽처럼 내가 앨리스가 되어 모험한 건지, 앨리스가 내가 되어 꿈을 꾼 건지 아리송하다. 카프카 『변신』 책에서는 그레고르 잠자가 흉측한 해충으로 변했었는데 내가 벌레로 변신한 건 아니어서 그나마 다행이다.

나의 의식이 사라지면 나와 외물을 분리하던 경계가 사라진다. 그 순간이 내 속에서 만물이 하나되는 순간이다. 만물과 내가 하나임을 느낌으로써 우리는 자신을 고통스럽게 하는 수많은 욕망으로부터 해방된다. … 인간은 세계와 분리된 존재로 자신을 인식하기 쉽다. 먼저 나를 인식하고 그다음에 사물을, 세계를 인식하기 때문에 나와 남, 나와 세계를 분리해서 인식하게 된다. - 『맞얽힘』 "좌망坐忘, 나를 잊으면 만물과 하나가 된다"

유쾌한 랄라 씨. 엉뚱한 네가 좋아

나와 앨리스를 구분하던 경계가 사라지면서 난 앨리스가 되어 신나는 모험을 즐겼다. 그러다가 진짜 앨리스의 등장으로 사라졌던 경계가 또렷하게 보이고, 꿈에서 깨어났다. 현실로 돌아와 다시 내가 되었다. 아~ 아쉽다. 스토리상 근사한 왕자님과 딱 손잡고 살포시 어깨에 기댈 타이밍이었는데…. 꿈속에서마저 내 욕망을 들켰나 보다. 에잇! 서러워라. 다시 눈을 감아본다. 우주와 내가 하나가 되어보리라! 나타나라. 나타나라. 왕자님!!

다시 꿈을 열심히 꿔보세요~ 저도 이상한 나라의 앨리스로 시를 쓴 게 있어요. 다 꿈같은 이야긴가 봅니다. -권지영

나를 비워야 만물과 소통할 수 있는 자유를 얻을 수 있다는 말씀인 것 같습니다. 앨리스의 토끼를 만날 수 있을까요? ㅎㅎ -류현동

크아~~ 꿈 하나 꾼 게 아니라 호접몽 물아일체 공부를 하신 앨리스, 아니 엘리트가 되셨던 거고만요!! -심승혁

심재 하는 햇살이

햇살이가 초등학생 때 아이들과 제주 올레길 여행을 8일 동안 떠났다. 바람이 살랑살랑 마음을 간질이고, 싱그러운 초록 잎들이 향기를 뿜으며 마구 유혹하던 5월이었다. 학교를 길게 빠지니 그저 신난 아이들. 체험학습 기록을 해야 하니 일기만큼은 꼭 쓰기로 여섯 명의 아이들과 약속하고 떠난 여행이다.

제주 올레길을 즐겁게 걷고 숙소에 도착한다. 저녁을 먹고 아이들은 휴식을 취하며 놀이를 한다. 적당히 놀고서 아이들은 놀이를 멈추고, 약속대로 그날 있었던 여행 이야기를 일기장에 담기 시작한다. 어디서나 자유로운 영혼, 복병 햇살이. 약속을 깨고 열심히 혼자 놀이에 빠졌다. 일기를 쓰던 아이들이 햇살이 놀이에 신경을 모은다. 아, 난감하다!

약속을 상기시키며 잘 타일러 보자. 1단계 실패!

지금 난처한 상황을 잘 설득해 보자. 2단계 실패!

유쾌한 칼라 씨, 엉뚱한 네가 좋아

인상을 쓰며 화도 내고 꾸짖어 보자. 3단계 실패!

결국, 싸우기 일보 직전 돌입. 분노 게이지 상승!

내가 『장자』「인간세」를 그때 알았더라면….

"저는 더는 어떻게 해야 할지 모르겠습니다. 방법을 좀 가르쳐 주
십시오."

"심재心齋를 하여라."

…

"심재心齋란 무엇입니까?"

"마음을 하나로 하는 것이다. 귀로 듣지 말고 마음으로 들어라.
마음으로 듣지 말고 기氣로 들어라. 귀는 소리를 듣는 것에 그치
고, 마음은 마음과 맞는 것에서 그친다. 기라는 것은 텅 비었지만
만물이 기인할 수 있는 것이다. 오로지 도만이 비움을 집약할 수
있다. 마음을 비움이 심재이다." - 『장자』「인간세」

장자가 말하는 심재는 내 마음과 외물外物을 하나로 하여 텅 비움
이다. 마음을 비우면 기氣처럼 그때그때 사물의 변화에 반응할 수
있다. 그것을 장자는 대물待物(사물로부터 기인하다)이라고 하였다.
마음을 텅 비우라는 건 무엇이 옳고 무엇이 그르다는 생각을 하
지 말라는 것이다. 마음이 한쪽으로 치우치지 않음이다. … 우리
는 살아가면서 무수히 많은 사람과 관계를 맺으며 인간세를 만들

어 산다. 많은 이들이 살면서 제일 어려운 것이 사람 관계라고 이구동성으로 말한다. 사람 관계에서 오는 스트레스로 인해 오늘도 많은 사람이 고통을 겪는다. 타인과의 관계에 어떻게 대응하며 살아갈 것인가에 대해 장자는 '심재'라는 방법을 제시한다. 심재는 내가 먼저 무엇을 하는 게 아니라 내 마음을 텅 비우고 상대의 언행에 따라 움직이는 것이다. 나의 언행을 상대방으로부터 기인하게 하는 것이다. - 『맞얽힘』 "심재心齋, 맞선 둘이 하나임을 인식하라"

분노 게이즈 상승으로 화를 내는 나와 달리 아이는 허리를 곧게 펴고 가부좌를 틀고 앉는다. 양손을 무릎 위에 올리더니 엄지와 검지를 동그랗게 만든다. 그리고 조용히 두 눈을 감고 명상에 돌입한다. 아이는 소요유하며 장자 씨와 도道를 논한다. 기氣로 마음을 텅 비우고 도道로 비움을 집약한다. 이것은 옳고 저것은 그르다며 마음이 한쪽으로 치우치지 않게 가부좌를 틀고 비운다. 도로 비우고 기로 집약하다니.

오호~ 심재라니!! 오호~ 통재라오!!

한쪽으로 치우쳐 사물의 한 면만을 바라보는 마음을 비우면, 사물의 맞얽힘을 깨닫게 된다. 심재는 사물의 맞얽힘을 깨닫는 방법이자 맞얽힌 세계에서 살아가는 처세법이기도 하다. - 『맞얽힘』 "심재心齋, 맞선 둘이 하나임을 인식하라"

　나도 아이 옆에서 좌망한다. 내 몸과 마음, 의식을 모두 잊고, 나와 외부 세계의 경계를 사라지게 한다. 마음이 하나가 되어간다. 일기를 쓰지 않는 아이가 무책임하다며 한쪽으로 치우쳤던 내 마음은 서서히 비워진다.

　좌망坐忘은 앉아서 잊는다는 뜻이다. 좌망은 말 그대로 앉아서 잊는 것으로, 안연의 말처럼 내 팔다리와 몸을 잊고, 보고 듣는 것을 잊고, 내 마음을 잊는 것이다. 내 몸과 내 마음을 모두 잊어 비움의 상태에 도달한다. 몸과 마음을 비워서 만물과 크게 통한다. 나와 외부 세계를 구분하는 나라는 몸, 마음, 의식을 모두 잊으면 나와 외부 세계의 경계가 사라진다. 그러므로 나와 세계가 크게 통한다. 이것이 바로 좌망이다. 인식하는 나를 잊으니 인식 대상도 잊게 된다. 인식하는 내가 없으니 인식하는 대상과 내가 하나가 된다. 인식하는 나와 인식하는 대상의 경계가 사라지니 마음속에서 하나가 된다. 이것이 바로 심재의 상태이다. … 나와 남, 나와 세계가 맞얽혀 있다는 것을 깨달으려면 둘로 분리된 것을 하나로 인식하는 과정이 필요하다. 그것이 바로 좌망과 심재이다. 좌망의 궁극적 목표는 나와 세계가 둘이 얽힌 하나임을 깨닫는 데에 있다. - 『맞얽힘』 "심재心齋, 맞선 둘이 하나임을 인식하라"

내 몸과 마음을 텅 비우고 하나되니 유유자적하는구나! 영원히 살아남는 것은 정신인데, 나는 어찌해서 욕망을 충족하려 애썼단 말인가. 정신의 영원을 추구하는 소요유逍遙遊(좌망으로 맞얽힘의 경계로부터 날아올라 노니는 것)의 경지에서 햇살이의 맑고 고운 기氣를 보는구나!

아이들을 축복합니다. 든든하시겠어요. -신원섭

빨리 알아버리셨네요. 저는 망가지고 69 넘어 어렴풋이 느끼기 시작했는데요. -김인훈

너무 멀어 걷기 힘드신 거 아닌 겨? ㅎ -김종만

유쾌한 랄라 씨, 엉뚱한 네가 좋아

허풍쟁이 삐삐 씨! 장자 씨! 랄라 씨!

나를 꼭 닮은, 내가 와장창 사랑하는 두 친구를 만났다. 장자 씨와 삐삐 씨. 둘의 수다스러움에 랄라 씨도 질 리가 없다. 그들의 허풍에 침 튀기며 맞받아치니 배가 고프다. 꼬르륵!

한때 말괄량이 삐삐를 사랑해서 삐삐 머리를 하고 다녔다. 양 갈래로 땋은 머리를 쫙 뻗게 세울 땐 쇠로 된 젓가락을 꽂아 마무리한다. 산으로 들로 뛰어다니며 엄청 놀던 어린 시절이다. 삐삐 머리가 무겁고 성가실 만도 했을 텐데 허풍쟁이 삐삐가 좋으니 그까짓 것! 『맞얽힘』 장자를 읽는데 말괄량이 삐삐가 튀어나온다.

장자는 지금까지 언어의 맞얽힘을 말했고, 그로부터 만물과 내가 하나임을 말했다. 심재와 좌망을 통해 그 하나되는 방법까지 제시했고, 지인이 되면 맞얽힘에 초월할 수 있음을 말하였다. 그런데 장자의 말은 세상 사람들이 이해하기 쉽지 않다. 자신의 사상이 세상 사람들에게 받아들여지지 않자 장자는 그 마음을 다음과 같이 표현하였다. - 『맞얽힘』 "소요유, 맞얽힘을 체득한 자의 유유자적"

불모의 북녘땅에 깊은 바다가 있으며, 그곳을 하늘 연못이라고 한다. 거기에 물고기가 있는데 너비가 수천 리이고 길이는 아무도 모르는데 그 이름을 곤이라 한다. 또 새가 있는데 그 이름을 붕이라 한다. 그 등은 태산 같고 날개는 하늘에 드리운 구름 같다. 회오리바람을 타고 구름 위로 솟구쳐 9만 리를 올라갔다. 구름의 기를 흩트리면서 푸른 하늘을 등에 지고 남쪽을 향해 날아가서는 남녘 깊은 바다에서 노닐었다. - 『장자』「소요유」

『장자』를 읽을 때는 장자의 말이 우언 즉 상 이라는 점을 절대 잊으면 안 된다. 이 이야기에 나오는 곤, 붕은 모두 상이다. … 장자는 자신이 하는 이야기를 아무도 믿지 않고 자신이 내세우는 시상을 아무도 귀담아듣지 않기 때문에 이를 풍자하여 비웃었다.
- 『맞얽힘』 "소요유, 맞얽힘을 체득한 자의 유유자적"

장자의 가장 큰 특징은 수다스러움이다. 장자는 아주 시끄럽고 말이 많다. 장자 첫 장을 펼쳐서 「소요유」 편을 읽기 시작하면 당혹스러워진다. 수다쟁이 삐삐 씨도 마찬가지다. 삐삐 씨가 장자 씨와 마주 앉아 허풍으로 맞짱 뜨니 누가 이길지 승부를 가리기가 어렵다. 나도 재잘대며 합세한다. 고정관념과 편견에 사로잡힌 어른의 시선에서 허풍쟁이 삐삐 씨를 바라보면 삐삐 씨는 버르장머리 없고 거짓말만 일삼는 못된 아이다. '곤과 붕' 이야기를 들으면 장자 씨는 헛소리만 하는 궤변론자이다. 삐삐 씨와 장자 씨는 기상천외한 행동과 상상력이 가득하다. 삐삐 씨는 아이들에게 순수한 마음과 따뜻한 손길로 세상을 바라보게 한다. 장자 씨는 자신이 내세우는 사상을 듣도 보도 못한 상상 속 이야기로 풍자하여 수다스럽게 깨우침을 전한다.

메추라기가 비웃으며 말했다.
"저 붕은 대체 어디로 노닐러 가는 것인가? 난 힘껏 날아올라도 불과 몇 길을 못 올라가고 내려와 숲 사이를 날아다니거늘. 이것도 매우 높이 날아오른 것인데 저 붕은 어딜 노닐러 가는 걸까?"
이것이 작음과 큼의 차이이다. - 「장자」 「소요유」

날아봤자 이 숲 저 숲을 오가는 정도인 메추라기나 비둘기가 9만 리를 날아오르고 지구의 북쪽 끝에서 남쪽 끝까지 날아다니는 붕과 곤이 왜 그리하는지 어찌 알 수 있을까? … 장자의 이야기를 이해하지 못하는 것은 매미와 비둘기와 조균이 그러한 것처럼 모두 자기 자신의 처지와 환경에서 자신과 세계를 이해하기 때문

이다. - 『맞얽힘』 "소요유, 맞얽힘을 체득한 자의 유유자적"

말괄량이 삐삐가 말 그림을 그린다. 삐삐는 종이에 말을 그리지 않고 교실 벽에 커다랗게 그린다. 선생님은 삐삐에게 묻는다.

"넌 왜 종이에 그림을 그리지 않고 벽에 그림을 그리니?"

"선생님도 참! 이렇게 큰 말 아저씨를 어떻게 도화지 한 장에 그려요."

삐삐 씨 얘기를 듣고 장자 씨와 랄라 씨가 동시에 외친다.

"내 말이!!!!!"

어려운 글을 쉽게 설명하시는 재주가 탁월하시네요. 동양고전을 신세대 언어로 푸는 연재를 기획해 보셔요. -한민섭

은미 재미의 끝은 '건' 같고 '붕' 같아 가늠조차 할 수 없다네!! 맞얽힘을 풀어내는 은미를 음미하며… -남영숙

ㅎㅎ 저는 맹자 님의 후손입니다. 글 참 재미있게 읽었습니다. -맹승호

간이역

아래층 작업실 룰루에게

오후 다섯 시와 여섯 시 사이, 그러니까 난 봄바람이 나서 헤헤거리고 있다가 깜짝 놀라 룰루에게 이렇게 편지를 쓰고 있소. hoxy~ 룰루 친구 중에 임지은 작가가 있소?

『연중무휴의 사랑』을 정신없이 읽어 내려가며 줄을 좍좍 긋는데 아, 글쎄 책에서 어찌 룰루 그대의 음성이 마구 들린단 말이오! 분명 문장을 읽고 있는데 룰루의 오디오가 계속 들리니 소리 책 구매한 줄 알았소. 허허.

"아니 왜 화내는 새끼가 없어? … 빡쳐야 마땅한 상황에서도 그들은 흐트러짐 없이 다정하기만."

"차별받고 혐오 당하는 이에게 연대하고자 하는 내 마음은 대단하지 않다. … 그들이 그냥 그들인 것에 아무 생각을 갖지 않는

유쾌한 랄라 씨. 엉뚱한 네가 좋아

것. 그들이 무해하다는 편견 같은 걸 갖지 않는 것. 어떤 존재도 다른 존재를 훼손할 가능성이 있다는 걸 아는 것. … 당신이 아무에게도 상처를 주지 않는다면 당신은 도대체 뭐란 말이냐고."

"갑자기? ㅋㅋㅋㅋㅋㅋ 대미친ㅋㅋㅋㅋㅋㅋ 세상은 존나 치사하고 행복은 디폴트가 아니라고." - 『연중무휴의 사랑』

그러니까 이 책은 내가 항상 듣던 룰루의 의식 있는 음성을 또박또박 기록하고 있던 거요. 맞소, 룰루 그대 얘기요. 그러고 보면 룰루가 하던 말들이 생소하고 어색했는데… 이젠 이리 친숙하고 반가우니 대미친 좋은 현상이오. 90년생 작가가 룰루와 같은 또래여서 이 책 읽으며 룰루가 떠올라 기분 좋게 뒤집어졌소.

룰루, 그대와 난 21살 차이가 나는 나이 아니오! 강산이 두 번 변할 세월을 딛고 둘이서 룰루랄라 인형극을 하니 그건 대혁명이오. 21년의 삶이 으찌 단순하리오. 각기 다른 시대에 태어나 새로운 환경에서 성장하며 보고 듣고 배운 게 확연히 다르지 않소? 내가 측간에서 똥 누고 자랐다니 룰루는 측간이 뭐냐고 묻고, 결혼할 거냐고 물으니 그런 건 구린 질문이라 말하고, 인스타그램과 블로그를 안 하는 건 존멋탱이 아니라며~ 하하하. 고로 인스타도 블로그도 하고 있잖소.

내가 얼토당토않은 편지를 이리 주절주절 쓴 이유는, 룰루의 배려를 당연히 여기지 않고 감사를 전하기 위해서요. 룰루 덕분에 룰루랄라 행복하오.

그럼 이만 총총. 편지 또 하겠소.

2021. 3. 『연중무휴의 사랑』을 읽고 감사함을 담아 랄라

꼬랑쥐~ 주옥같은 임지은 작가의 메시지가 많으나 긴 글 몹시 당황해하는 룰루를 생각해 아주 짧게 옮겼소. 조만간 아래층 작업실로 『연중무휴의 사랑』을 품에 안고 가겠소. 기다리시오!

아… 다른 세대에게 말을 거는 이런 발랄함. :) 작가님을 도와 책을 출간한 편집자로서 기쁘고 뿌듯하네요. 정말 감사드립니다. 선생님! -박성열

고마워요 랄라. 오랜만에 랄라 편지 받는 것 같아요! 그나저나 우리 교환 일기장은 고기 구워 먹을 때 땔감으로 썼소? -이예나

두 분 너무 멋지십니다. 그 책 읽어보고 싶네요. -송형선

진지 모드

"여보, 아무래도 진지 모드로 바꿔야겠어요."

"방금 진지 드시고 또 진지 모드면 살쪄요."

"아냐; 그게 아니고⋯ 내가 너무 까부는 것 같아서요."

"오지게 까불까불하긴 하죠."

"그죠? 오늘부터 조신 모드로 말씨부터 바꿀래요."

"음⋯ 지금까지 적응하느라 20년 걸렸는데⋯."

"서방님, 동영상 그만 시청하시고 우리 같이 책을 읽으며 심신 수양을 달래봄이 어띠하시옵니까?"

"헉~ 낭자, 댁은 뉘시오? 그냥 하던 대로 하시오. 심장마비 오려고 하오."

"아~ 그럼 생긴 대로 살겠소. 당신은 소중하니까요."

유쾌한 랄라 씨. 엉뚱한 네가 좋아

　단순한 그녀. 제나가 심장마비 올까 싶어 살던 대로 그냥 까
불대기로 했다.

금

"여보, 관절 아플 때 금을 하고 있음 뼈에 좋대요."

"그래요? 금이 몸에 효과가 있단 말이죠?"

"네에! 팔찌, 목걸이, 반지 금을 휘두르고 있어야겠어요."

"팔 줘봐요. 손가락으로 금 그었으니 이제 안 아플 거예요."

"아~ 금 그으니 씽씽해지는 것 같네요."

"입도 내밀어 봐요."

"왜요?"

"이건 강력한 금이오. 19금!"

"아~"

단순한 그녀. 깔끔하게 주둥이를 쭈욱 내밀었다.

유쾌한 랄라 씨. 엉뚱한 네가 좋아

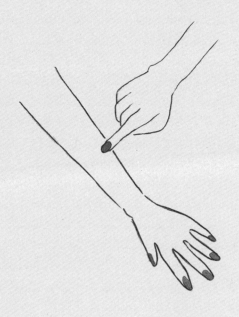

엉뚱한 룰루 씨와 쿨한 제나 씨의 이야기~ 참 웃기고도 재미있어요. -한숙희

놀라운 부부셔요. ㅎㅎ -김혜형

진짜 재밌다. 맞다! 세상에 금은 널렸다 ~~ㅋㅋ -박유신

5장

인생 플랫폼,
~과 함께하다

마당 한가운데 낯선 듯 익숙한 사람이 찌그러진 그릇을 들고 있다.
엄마는 늘 그러듯 자연스럽게 내민 그릇에 밥을 정성껏 담아주신다.

사람은 남과 맞얽혀 있는 존재이다.
개인이 욕망을 절제하고 적당히 채워야
조화로운 공동체의 삶을 이어갈 수 있다.
천하의 근본인 중을 실천하면,
화가 이루어져 공동체의 화합으로 이어진다.

책 놀이는 이지어영이오

내 삶은 책 놀이와 맞얽혀 있다. 40여 년 전 내가 다닌 시골 초등학교엔 도서관이 없었다. 교실에 그림책과 동화책이 몇 권 있었는데 그게 다였다. 교실에 있던 책은 와장창 재미났다. 겨울방학이 있던 날, 교실 책장에 있던 이솝우화며 동화책을 집으로 안고 왔다. 집으로 오는 길이 그리 행복할 수 없었다. 세상을 다 얻은 듯 기뻤다. 동생에게 그 책을 읽어주고, 친구들에게 들려주고, 동네 언니와 오빠들에게, 엄마에게 얘기하며 행복했다. 노트에 이야기책도 만들고, 커서 책 파는 사람과 결혼하리라 다짐도 했다.

방학 내내 종일 눈싸움하고, 포대에 지푸라기를 몽땅 넣어 눈 미끄럼을 타고, 꽝꽝 언 논에서 썰매를 타고 지내니 개학이었다. 어라? 책이 어디 갔지? 세 군데 방과 거실, 다락방과 장롱, 부엌 찬장까지 다 뒤졌다. 외양간, 돼지우리, 잿간, 창고, 심지어 장독대 뚜껑을 하나하나 열고 찾았으나 학교에서 빌려온 책은 감쪽같이 사라져 보이질 않았다.

내일 학교 가면 맞아 죽겠구나, 싶어 엉엉 울었다. 보통 방학 숙제를 못 해서 혼날 게 두려워야 하는데 숙제 따윈 하나도 걱정되지 않았다. 난 그 귀한 책을 잃어버려 무섭고 서러웠다. 울다 지쳐 막 잠이 들려고 하는데 심봤다! 장롱 밑에 반짝이는 게 보였다. 저건 이솝우화 책 표지. 다행히 책은 찾았지만, 그 뒤로 학교에서 책을 두 번 다시 빌려오지 않았다. 책이 사라질까 두려워서 학교에서만 읽었다.

아이가 태어나고 한이 맺혔던 그림책과 동화책을 원 없이 샀다. 그 책들은 읽어도 읽어도 여전히 재밌다. 햇살이와 매일 책 놀이를 하며 놀았다. 집에 놀러 온 아이들에게도 읽어주고 아이 친구들을 모아 책 놀이를 했다. 그러다가 지역아동센터에서 아이들과 책을 읽어주고 책 관련 놀이 봉사활동을 시작했다. 활동은 서점 아이들과 책 놀이로 확장됐다. 인형도 만들어 인형극을 하고, 서점을 찾아온 아이들과 매주 책을 가지고 놀았다. 이렇게 난 책과 노는 게 행복했고 즐거웠다.

「계사전」에서는 길이 얻음이고 흉이 잃음이라고 하였다. 인간이면 누구나 길은 취하고 흉은 피하고 싶어 한다. 『주역』을 만든 이들은 취길피흉을 목표로 하는 점복 과정을 통해 세계의 법칙을

옛날 옛날에~

파악하였다. 그로부터 인간이 어떻게 해야 영원히 길할 것인가를 탐구하여 인생살이 법칙을 끌어내고자 하였다. 인간에게 영원히 길한 궁극은 장생長生이다. - 『맞얽힘』 "장생長生, 궁극의 이익"

도에서 화합하고 순종하는 덕을 끌어내고 이치에서 사물의 뜻을 만들었다. 그 이치를 궁구해 그 본성을 밝게 드러나게 함으로써 타고난 수명에 이르게 하였다. - 『주역』「설괘전」

맞얽힘 주역을 읽으며 책과 함께한 삶이 이 세계에서 어떤 의미가 있는지 다시금 이해하며 되돌아보는 시간이 되었다. 좋아하는 것을 찾아 쓰임을 다하고, 재미와 의미를 담아 쓰임을 이롭게 하였으니 흉을 피하고 길한 인생살이의 법칙을 끌어냈다는 생각이 든다.

"그 이치를 궁구해 그 본성을 밝힘으로써 타고난 수명에 이르게 하였다"라는 말의 원문은 '궁리진성이지어명窮理盡性以至於命'이다. 궁리진성함으로써 타고난 수명에 도달하게 한다는 뜻이다. 궁리窮理란 맞얽힘으로부터 어떻게 변화가 만들어져 사물이 탄생하는지 그 이치를 궁구함을 말한다. … 궁리진성은 맞얽힘으로부터 어떻게 사물이 만들어지고 움직이는지 그 원리와 이치를 분명하게 밝히는 것이다. - 「맞얽힘」 "장생長生, 궁극의 이익"

해가 가면 달이 오고 달이 가면 해가 와서 해와 달이 서로 밀어내어 밝음이 생긴다. 추위가 가면 더위가 오고 더위가 가면 추위가 와서 추위와 더위가 서로 밀어내어 한 해가 이루어진다. 가는 것은 굽히는 것이고 오는 것은 펴는 것이니 굽히고 폄이 서로 감응하여 이로움이 생긴다.

자벌레가 굽히는 것은 펴기 위한 것이고, 용과 뱀이 겨울잠을 자는 것은 자기 몸을 보존하기 위한 것이다. 이치를 정밀히 하여 신神의 경지에 들어가는 것은 쓰임을 다하기 위한 것이고, 쓰임을 이

롭게 하여 몸을 편안히 하는 것은 덕을 높이기 위한 것이다. 이것
을 넘는 것은 혹 알 수 없으니, 신묘함을 궁구하여 변화를 아는
것이 덕의 성대함이다. - 『주역』「계사전」

자벌레가 굽히는 것은 펴기 위한 것처럼 어린 시절 책의 결핍
은 그 후 책과 함께하는 충족된 삶을 이어오게 했다. 내가 이 세
상에 태어나서 무엇을 하게 되어있는가를 스스로 터득해 쓰임을
이롭게 하고, 덕을 높였으니 재미 의미 은미 장생하겠구나!

올망졸망 모여서 눈을 반짝이며 이야기 듣는 아이들. 그보다 더 행복해하며 책
을 읽는 은미 쌤 천직. 책과 함께 하는 삶 잘 어울려요. -허선애

지난주부터 주역 강의하면서 든 생각인데, 상사유는 이야기 짓는 능력과 관련
있다는 생각이 들더군요. 이은미 선생님은 상사유가 뛰어난 사람인 거죠. -이철

그리운 사진이네요. 올망졸망 책 듣는 아이들. -김선영

유쾌한 랄라 씨, 엉뚱한 네가 좋아

밥그릇과 마음 그릇

굴뚝에 모락모락 연기가 피어오르면 시골 마을엔 항상 밥을 구걸하는 사람이 대문을 열고 들어선다. 하얀 밥을 한 숟가락 뜨려는데 오늘도 마당 한가운데 낯선 듯 익숙한 사람이 찌그러진 그릇을 들고 있다. 엄마는 늘 그러듯 자연스럽게 내민 그릇에 밥을 정성껏 담아주신다. 솥에 있던 마지막 밥을 엄마 밥그릇에 담고 숟가락을 들면, 금세 다른 이가 시커먼 때가 자글자글한 냄비를 내민다. 이번엔 할머니께서 냄비에 밥을 조심스레 옮기신다.

"할머니, 솥에 이제 밥 한 톨도 없어요."

"이 할미는 아까 많이 먹어서 배부르다, 아가."

"어머니, 이거 드세요. 전 다시 지어서 먹으면 돼요."

'엄마, 쌀도 별로 없었잖아. 한 사람도 아니고… 맨날…'

목구멍까지 차오른 말은 침을 꿀꺽 삼키며 무겁게 사라진다. 침을 삼키는 소리가 너무 컸나? 할머니와 엄마는 빙긋 웃으시며

내 머리를 쓰다듬으신다. 난 자신의 밥을 덜어 내며 낯선 이들의
배를 채우고도 잔잔한 미소를 지으시는 할머니와 부모님 모습을
보고 자랐다.

인간은 홀로 살지 않고 남과 같이 산다. 내가 절제와 겸손, 양보
와 덜어 냄의 중용을 실천하면 타인과 화합이 이루어진다. - 『맞얽
힘』 "중화中和, 자연과 인간의 조화"

할머니와 부모님께선 공자의 중용을 실천하시며 타인과 화합
을 이루셨구나.

중용의 실천을 보고 배운 꼬마가 29살이 되어 결혼한다. 몇
가지 약속을 하고서. 신혼여행 기간을 줄이고, 결혼 앨범 제작을

유쾌한 랄라 씨. 엉뚱한 네가 좋아

하지 않는다. 그 돈을 아껴서 다니던 장애인 시설에 전하고, 그날 함께 봉사하자고 약속한다. 제나는 흔쾌히 응한다. 우린 짧게 신혼여행을 다녀와서 장애인 시설을 찾았다. 신혼부부라고 일은 시키지도 않고 축하 밥상만 거하게 받고 왔다. 나 또한 무극필반의 법칙을 잘 실천한 게다.

강산이 두 번 바뀔 때쯤, 새댁이던 난 자신의 밥을 내어주던 엄마 나이가 되어 패키지여행을 유럽으로 떠난다. 처음 만나는 사람들과 함께한 여행은 이국적인 환경만큼이나 별일이 다 일어난다. 급기야 중년 부부가 여행경비를 모조리 도난당해서 난처한 상황이 발생하기까지 했다. 없는 살림에 큰오빠에게 돈을 얻어서 떠난 여행인지라 내 수중에도 돈은 그리 많지 않은 상태다. 그래도 돈을 뚝 떼어 슬며시 내민다.

"급한 대로 얼마 안 되지만 쓰세요. 제게 이런 일 생겼으면 언니도 똑같이 하셨을 거예요."라는 문자와 함께.

나중에 보니 반월에서 함께 간 봉 동지는 음식을 살 때 늘 2인분을 사서 도난당한 부부에게 주고, 70대 부부는 매일 물을 사서 챙겨주신다. 서로 처음 만나 낯선 곳으로 여행을 함께 갔지만 누가 먼저랄 것도 없이 중화^{中和}를 실천하며 화합을 이룬다.

화^和는 남과의 조화이다. 공을 세웠다고 으스대고 다니면 남과 조화가 깨지고, 시시때때로 용기를 뽐내면 누가 좋아할 것이며, 부유하다고 펑펑 쓰고 다니면 공동체의 조화가 흐트러진다. 개인의 욕망은 적당히 채우고 밖으로 드러내지 않아야 공동체의 조화가 이루어질 수 있다. 그러므로 중中은 천하의 근본이요, 화和는 사람들이 실천해야 하는 도라고 한 것이다. - 『맞얽힘』 "중화中和, 자연과 인간의 조화"

화和는 벼화禾자와 입구口자로 이루어졌다. '화'는 같이 쌀을 먹는 공동체의 조화를 말한다. 사람은 남과 맞얽혀 있는 존재이다. 화를 실천하는 사람들은 1년 동안 함께 열심히 농사를 지은 뒤 나누어 먹고 살며 조화를 이룬다. 개인이 욕망을 절제하고 적당히 채워야 조화로운 공동체의 삶을 이어갈 수 있다. 따라서 천하의 근본인 중中을 실천하면, 화가 이루어져 공동체의 화합으로 이어진다.

덜어 냄이 익숙하신 하늘에 계신 할머니와 엄마 그리고 낯선 곳에서 낯선 이들과 중용을 실천한 여행 친구들이 몹시 보고픈 날이다.

낯선 분들과 중용을 실천하신 여행 친구분들이 몹시 보고 싶으시겠어요. 화和라는 한자 잘 듣고 가요. -이동현

작가 직업이 맞습니다. 맘까지 넓은 덜어 냄의 정서 알고 갑니다. -차란

유쾌한 랄라 씨, 엉뚱한 내가 좋아

디즈니월드와 매직캐슬 모텔

디즈니 하면 그저 아름답고 신비한 꿈과 환상이 떠오른다. 나는 디즈니 중에서도 곰돌이 푸와 친구들을 좋아한다. 귀엽고 엉뚱한 푸, 세상 느긋한 이요르, 걱정 많은 피글렛, 통통 뛰는 티거와 그들을 사랑하는 꼬마 크리스토퍼 로빈.

햇살이도 디즈니 푸와 친구들을 입고, 먹고, 보고, 놀며 자랐다. 곰돌이 푸가 그려진 기저귀를 차고, 이요르 침구를 덮고, 티거 옷을 입고, 피글렛 간식을 먹고 자랐다. 또, 푸 배낭을 메고, 피글렛 공책과 필통으로 공부하고, 티커 장난감을 가지고 놀고, 푸 게임을 하고 영화를 보며 자랐다. 서랍 속을 뒤지니 디즈니, 장롱 속을 뒤지니 디즈니, 장난감 통을 뒤지니 디즈니. 디즈니 천국에서 자랐다. 이게 어디 햇살이 뿐이랴!

앨런 알렉산더 밀른이 쓴 『푸우야, 그래도 난 네가 좋아』 책엔 집 없는 이요르 이야기가 있다. 하루아침에 집이 사라진 걸 알게 된 로빈은 듣자마자 당장 가서 찾아보자며 이요르 집을 찾아나선다. 한겨울 사락사락 펑펑! 사락사락 펑펑! 내리는 눈을 맞으며 친구 이요르의 집을 찾아주러 말이다.

한여름 태양이 이글이글 쨍쨍! 이글이글 쨍쨍! 내리쬐는 플로리다엔 디즈니월드가 있다. 곰돌이 푸와 친구들이 사는 디즈니월드 맞은편, 화려한 색채로 눈을 사로잡는 건 "매직캐슬" 모텔이다. 그곳은 집이 없는 사람들이 모여 사는 주거 취약층 집단처이다. 『플로리다 프로젝트』 영화는 매직캐슬 모텔을 배경으로 집이 없는 여섯 살 아이 무니, 스쿠티, 젠시가 그려내는 안타깝고 아슬아슬한 일상을 보여준다.

우리네 삶은 집을 바탕으로 펼쳐진다. 삶이 시작되는 곳이 집이다. 집이 없다는 건 단순히 주거 공간을 잃었다는 것을 뜻하지 않는다. 그것은 인간이 살아가는데 필요한 여러 가지가 사라지는 일이며 갖은 위험에 맨몸으로 노출된 상태로 살아간다는 뜻이다.

중中이라는 것은 천하의 근본이요, 화和라는 것은 천하 사람들이 달성해야만 하는 도이다. 중화中和를 지극한 경지에까지 밀고 나가면, 하늘과 땅이 바르게 자리를 잡을 수 있고 만물이 자라나게 된다. - 『중용』 1장

유쾌한 랄라 씨. 엉뚱한 네가 좋아

혼자 다 가지는 독점, 혼자 다 지배하는 독재, 혼자 소유하는 독차지는 조화에 어긋난다. 그러므로 독차지를 삼가야 한다.

사람이 중을 지극하게 실천하면 사람의 모듬살이도 조화롭게 이루어지고, 하늘과 땅도 제자리를 잡고, 그 사이에서 만물이 자라난다. 이것이 "중화中和를 지극한 경지에까지 밀고 나가면, 하늘과 땅이 바르게 자리를 잡을 수 있고 만물이 자라나게 된다"라고 이야기한 의미이다.

절제와 만족은 사람이 만물의 조화와 생육을 위해 반드시 행해야 할 덕목이다. 중화는 인류 생존을 위한 근본적 요청이다. - 『맞얽힘』 "중화中和, 자연과 인간의 조화"

푸와 피글렛은 중용이 전하는 맞얽힘을 깨닫고 이요르가 살 집을 함께 궁리하며 해결한다.

"쭉 생각해 봤는데… 이요르는 딱하게도 살 집이 없잖아."

"그래. 하나도 없지."

"아기돼지 너도 집이 있고, 나도 집이 있지… 로빈도 집이 있고… 그 비슷한 게 있는데 이요만 아무것도 없어. 그래서 쭉 생각해 봤는데 이요한테 집을 한 채 지어 주자."

"야, 그거 좋은 생각이다."

- 『푸우야, 그래도 난 네가 좋아』

하늘로 치솟은 수많은 집을 바라보며 걷는다. 저 많은 집은 대체 누구 것일까? 곰돌이 푸와 친구들은 중화를 저렇게 잘 실천 하는데 동화책 속에서만 가능한 일일까. 집이 없는 여섯 살 아이 무니와 젠시는 환상의 디즈니월드를 향해 달려가며 무슨 생각을 했을까?

슬프다. 저 수많은 집 중 내 집은 없다. -오정옥

하필 디즈니랜드 건너에 매직캐슬이 있어서 더 슬펐어요. ㅠㅠ -차미경

푸와 피글렛에게 중용이 전하는 맞얽힘이 깨달아졌군요. 그 깨달아짐 밭에서 이 요르 살 집이 지어졌네요. -이동현

유쾌한 랄라 씨. 엉뚱한 네가 좋아

수박을 붙여놓으라고?!

학교를 마치고 집에 들어서니 엄마가 덜 익은 듯 보이는 수박
한 덩이를 들고 계신다. 언니 얼굴은 덜 익은 수박빛처럼 떨떠름
하고 푸르덩덩하다.

"니 이 수박 어디서 났나잉?"

"학교에서 오다가 밭둑에 버려진 거 가져왔어요."

"다시 거기 붙여놓고 오니라잉. 남의 물건 함부로 들고 오는
거 아닌 겨!"

"버려진 거라고… 이걸 그 먼 곳에 으찌 갖다 놓냐고요."

"버려진 거라도 주인 허락 없이 손대는 건 도둑질이라고 했었
제!!"

울먹이는 언니와 화를 버럭 내시는 엄마. 한여름 오후 햇살에
곤히 잠든 마당 감나무가 화들짝 놀라 깬다. 언니는 가방을 거실
에 던지고, 무거운 수박을 손에 든다. 홀쩍홀쩍 울면서 터덜터덜

대문을 나선다. 삐그덕 꽝! 대문 닫히는 요란한 소리가 언니 억울함을 대신 표현해 준다.

"엄마, 왕복 한 시간도 넘을 튼디… 그걸 갖다 놓으라고? 그냥 못 본 척 하문 안 돼요? 상해서 버린 거 맞겠고만…."

"뭐시라고? 야가 시방 뭐라고 씨불이는 겨?!!"

"아니… 언니가 잘못했네. 잘못했어. 그런다고 허락도 없이 들고 오면 안 되지잉! 산수 숙제 많은데 숙제해야긋네."

옴마야, 도끼눈을 뜨고서 날 노려보시는 엄마 눈빛이 어찌나 무섭던지 방으로 쏙 잽싸게 피한다. 이럴 땐 엄마가 참말 답답하고 지혜롭지 않다고 생각된다. 부모님께선 늘 정직을 말씀하셨다. 버려진 것도 주워오면 안 된다고 하셨다. 남의 물건은 허락 없이 절대. 절대. 절대 손대면 안 된다고 심하게 강조하셨다. 그게 몸에 밴 나도 햇살이에게 언제나 정직해야 한다고 세뇌하며 살았다.

햇살이가 초등학교 1학년 때 친구에게 딱지를 팔았다며 꾸깃꾸깃 1,000원을 꺼내 보여줬다. 햇살이에게 그 딱지는 200원도 안 되는데 1,000원을 받은 건 옳지 않다며 돌려주라고 했다. 햇살이는 나오기 힘든 딱지라며 그만한 값어치가 있는 거니 자신은 정당하다고 항변했다. 난 1,000원을 받은 건 정직하지 않다며 아이 손을 잡고 돌려주고 왔다. 햇살인 그날 밤새 울었다. 결국 답답하다고 생각한 부모님처럼 나도 정직에 목매고 산 것이다. 그게

유쾌한 랄라 씨. 엉뚱한 네가 좋아

옳다고 믿고서. 한쪽으로 치우쳐서. 극에 달한 옳음만을 강요하며 살았다.

공자가 제자들을 돌아보며 말했다. "유좌의 그릇에 시험 삼아 물을 부어 보아라." 이에 물을 부었더니 물이 중간쯤 채워지자 바르게 섰으며 가득 채워지자 곧 엎질러지고 말았다.

공자는 탄식하며 말했다. "오호! 가득 차고도 엎어지지 않는 사물이 어찌 있겠는가!"

자로가 앞으로 나서며 물었다. "감히 묻건대 가득 채우고도 그대로 유지할 도는 없습니까?

공자가 말했다. "총명하고 지혜가 있다 할지라도 자신을 지키는 데는 어리석은 듯이 하고, 공로가 천하를 다 덮을지라도 자신을 지키는 데는 양보로써 하며, 용기가 세상을 떨칠지라도 자신을 지키는 데는 겁먹은 듯이 하며, 부유함이 세계를 가득 메웠을지라도 자신을 지키는 데는 겸허로 해야 한다. 이것이 이른바 덜어 내고 또 덜어 내는 도라 하는 것이다." - 『공자가어』「삼서」

사물은 끝까지 채우려는 성질이 있다. 하지만 끝까지 채우면 다시 반면으로 전화한다. 반면으로 전화한다는 것은 현재 내가 가진 것이 모두 사라짐을 뜻한다. 그러므로 현재의 이익을 영원히 지키려면 물극필반이 되지 않도록 해야 한다. 물극필반을 막으려면 가득 채우지 말아야 한다. 가득 채우지 않는다는 것은 중^中을 유지함이다. 주희는 "중^中이란 치우치지도 기울어지지도 아니함이며, 지나침도 미치지 아니함도 없음을 이름"이라며 중의 뜻을 정확하게 설명했다.

그러나 이미 극에 달한 상태라면 그 상태에서 중으로 돌아가는 방법은 덜어 내는 것밖에 없다. 그 덜어 내는 구체적 방법은 어리석음, 사양, 두려움, 겸허이다. - 「맞얽힘」 "중^中은 비움과 절제를 뜻한다"

물극필반을 그때 알았더라면 정직만을 강요하는 무지한 삶을 살진 않았을 것이다. 부모님께서는 내게 정직만을 고집하시며 극에 달한 대물림으로 소통과 타협이 없는 반쪽짜리 정직을 심어주셨다. 나 또한 아무런 성찰 없이 한쪽뿐인 정직을 햇살이에게 강조하며 고통을 줬다. 결국, 부모님과 나는 물극필반하는 맞얽힘의 이치에 따라 댕강 부러진 삶을 살았다. 이젠 어느 한쪽으로 치우치지도 기울어지지도 아니하며, 지나침도 미치지 아니함도 없는 중을 실천하여 조화롭게 살아야겠다.

저도 초등학교 l학년 때 감기 가루약이 너무 써서 엄마한테 먹었다고 하고 버렸다가 걸린 거죠. 그 뒤로 거짓말하면 안 된다는 그림자에 엄청 눌려 살아오고 있어요. 아이들에게 내가 생각하는 옳음으로 아이들을 대하는 나를 발견하고 현타 올 때 많아요. 『중용』 오늘도 중요한 삶의 지혜를 나눠 주셔서 감사해

버려진 거라도
주인 허락 없이 손대는 건
도둑질이라고 했었제!

요. -김애란

그래서 장자가 악한 행위를 해도 처벌받지 않을 정도만 하고 선한 행위를 해도 그 이름이 알려지지 않을 정도만 하라고 한 거죠. -이철

정직하기 위하여 희생당한 언니, 햇살이 그리고 썩은 수박 · 딱지! 그것이 밑바탕이 되어 그때, 그랬다. -박상락

야! 너, 나랑 한 판 뜨자!

직장 동생들과 저녁 식사를 하고 9시에 출발한다던 제나가 집에 도착할 시간이 한참 지나도 연락이 없다. 코로나 방역수칙으로 식당이 9시면 문을 닫으니 있을 곳도 없을 텐데… 슬슬 걱정된다. 그때 전화벨이 울린다.

"여보, 젊디젊은 것이 직장 동생들한테 시비 걸어서 내가 나섰소."

"네? 뭔 소리래요?"

"9시에 식당에서 식사를 하고 나왔어요. 그리고 편의점 앞에서 캔커피를 마시는데 편의점 알바생이 직장 동생들을 꼴아보며 시비를 걸잖아요."

사연인즉, 아르바이트생이 직장 동료들에게 시비를 걸어 다투고 있더란다. 그때 제나가 나서서 아르바이트생을 혼내줬다고 한다. 그랬더니 아르바이트생이 더 무례하게 굴어서 편의점 주인에게 아르바이트생 지도를 부탁했다고 한다. 편의점 주인이 죄송하다며 제대로 지도하겠다고 하더란다. 제나는 일이 잘 마무리되어 전철역으로 향하는데 빡친 아르바이트생이 쫓아왔다고 한다. 그러더니 아르바이트생이 으슥한 골목에서 제나를 손가락질하며 부르더란다.

"짜식이 글쎄 '야! 너, 나 따라와. 오늘 너 죽었어!' 이러잖아요?"

"네?"

"녀석이 싸움 걸길래 오, 그래? 한 판 뜨자. 쳐라, 쳐! 돈 좀 벌자, 이랬죠."

듣는데 놀라 자빠지는 줄 알았다. 아이고야;;

"그래서 다친 거예요?"

"아니요. 동생들이 뜯어말려서 돈 벌 기회를 놓쳤소. 허허."

"휴우~ 안 다쳤다니 다행이네요. 조심히 오소."

제나는 그 아르바이트생이 편의점 아들인 것 같다며 동생들이 말려서 고놈 무례한 태도를 혼구녕 못 낸 게 끝내 화가 난단다.

"여보, 그 편의점 좌표 찍어주소. 내가 내일 가서 고 녀석 다리몽둥일 뽀샤뿔고 오겠소. 당신은 신경 끄고 편히 오소."

전화를 끊고 놀랐던 가슴을 쓸어내린다.

아마도 대부분의 사람이 대학은 안 읽어 봤어도 수신제가치국평천하는 알 것이다. - 『맞얽힘』 "배움의 목표는 천하평이다"

수신은 치우치지 않음이며, 치우치지 않음은 좋아하면서 그 악^惡함을 알고, 미워하면서 그 미^美를 아는 것을 의미한다.

사람들은 흔히 어떤 대상을 좋아하면, 그 대상의 좋은 면만을 본다. 그래서 자기가 좋아하는 대상의 악함을 모른다. 반면에 미워하게 되면, 그 대상의 악함만을 보며 미^美를 보지 못한다. 그러나 수신은 내가 좋아하는 사람의 악함을 알고, 내가 미워하는 상황

유쾌한 랄라 씨. 엉뚱한 네가 좋아

에서 미^美를 앎이다. 수신은 관계의 맞얽힘, 사물의 맞얽힘을 파악하여 한쪽으로 치우치지 않음이다. - 『맞얽힘』 "수신^{修身}, 좋아하면서 그 악함을 알라"

직장 동생의 좋은 면만 생각하고, 아르바이트생의 악함만 생각한 제나는 분노하며 수신이 뜻하는 '치우치지 않음'을 놓쳤다. 좋아하는 사람의 악함을 알고, 미워하는 상황에서 미^美를 알려 하지 않은 채 한쪽으로 치우쳤다. 결국 제나는 극에 달한 마음이 되어 아르바이트생이 선포한 전쟁에 즉각 응하게 되었다.

"평평한 것은 기울지 않음이 없다"라고 하였다. 평평한 것이 기울지 않음이 없는 것처럼, 기운 것도 평평해지지 않음이 없다. 가난과 부로의 치우침을 해결하기 위해 지금까지 인류가 선택한 방법은 반란과 혁명뿐이었다. 반란과 혁명은 빈익빈, 부익부가 극에 달하여 반면으로 전화하기 위해 인류가 선택한 방법이다. 그런데 반란과 혁명은 수많은 생명이 목숨을 잃게 만든다. 천하가 도륙이 난다. 문제는 여기서 그치지 않는다. 그렇게 세워진 새로운 사회 또한 혁명 전에 가난했던 이들 중 일부에게만 부와 권력을 집중시킬 뿐이다.

『대학』은 나라를 다스리는 자가 목표를 평천하에 두어야 한다고 밝힌다. 평천하는 모두가 중용을 실천하는 사회이다. 개인의 욕망이 극에 이르도록 하지 않는 사회이며, 가진 자들의 채움으로 한쪽에만 치우친 사회가 아니며, 못 가진 자들의 비움으로 기울어지지 않는 사회이다. … 모두가 안녕한 천하이다. 중용과 평천하는 맞얽힘으로 이루어진 기묘한 세계에서 한 나라, 한 사회가 흥망과 성쇠의 맞얽힘을 벗어나 영원히 지속하는 치국책이자 인류의 항구적 안녕을 위한 유일한 대안이다. - 『맞얽힘』 "평천하, 치우침이 없는 사회"

코로나로 심신이 극에 달한 우리네 영혼. 누구든 붙잡고 악다구니를 퍼붓고 싶어 한다. 평평한 것은 기울지 않음이 없다. 기운 것도 평평해지지 않음이 없다. 물극필반하려는 맞얽힘의 이치를 깨달아서 수신제가치국평천하를 이루어보자.

세상에! 득도하신 줄 몰라뵈옵사옵니다. 세상을 보는 눈과 필력과 적용력까지! 최고의 경지십니다. 재야에 묻혀있으시긴 너무 아까운 재주이옵니다! -김동창

나를 공부하게 만드시네요. '뜬다'는 말 60년대 중반 우리 초딩 아니 국딩 때도 쓰던 말인데…. -박태호

유쾌한 랄라 씨. 엉뚱한 네가 좋아

토토 씨와 칠곡 할매 씨께 배우는 대학

인생의 굴곡에서 한 권의 책이나 한 편의 시, 영화는 우리에게 삶을 지탱하는 위안이 되기도 하고 나침반이 되기도 한다. 햇살이가 어릴 적 『창가의 토토』는 내게 선생님이었다. 배움이 무엇인지 알게 했으며, 삶을 바라보는 올바른 자세를 지니게 한 책이다.

토토 씨는 초등학교 1학년 첫 배움의 길에 들어서자마자 과한 상상력과 엉뚱함으로 퇴학을 당하게 된다. 그때 도모에 교장선생님과 전철 교실을 새롭게 만난다. 그곳에서 토도씨가 배운 삶의 철학은 놀랍다. 지금은 할머니가 된 토토 씨를 볼 때마다 가시나로 태어나 공부 대신 생계를 짊어지고 한평생 살아오신 할머니들이 떠오른다. 인생 팔십 줄에 한글과 사랑에 빠지며 배움을 알아가는 칠곡 할매 씨. 삐뚤빼뚤 쓰인 글자 한 자마다 삶이 담긴 할매 씨. 칠곡 할매씨가 쓴 시를 읽으며 대학이 의미하는 큰 배움의 도를 들여다본다.

> 큰 배움의 도는 밝은 덕을 밝히는 데 있으며, 생민들이 친하게 지내도록 하는 데 있으며, 지극한 선^善의 사회로 나아가는 데 있다(대학지도^{大學之道}, 재명명덕^{在明明德}, 재친민^{在親民}, 재지어지선^{在止於至善}). - 『대학』 1장

> 대학은 오늘날의 대학과 같은 교육기관을 가리키는 것이 아니라 '큰 배움', '큰 학문'이라는 뜻이다. 대학의 첫머리는 배움의 목적에 대해 말한다. 그것은 천자가 천하에 밝은 덕을 밝혀(명명덕^{明明德}), 생민들 간에 다툼과 불화 없이 친밀하게 지내는 천하를 만드는 것에 있으며(친민^{親民}), 지극한 선의 사회(지선^{至善})를 만드는 일에 있다. … 생민들이 모두 다투지 않는 사회를 만드는 것이 배움의 목표이다. - 『맞얽힘』 "배움의 목표는 천하평이다"

『창가의 토토』에서 어른들은 아이들의 존재를 있는 그대로 보듬는다. 참다운 배움을 지닌 순하고 투명한 이야기가 펼쳐진다. 다음 이야기는 교장 선생님과 토토 씨 일화다.

재래식 화장실 속에 아끼던 지갑을 떨어뜨린 토토 씨는 오물을 자루바가지로 퍼내 오물 무더기를 쌓으며 지갑을 찾는다.

유쾌한 랄라 씨. 엉뚱한 네가 좋아

화장실 뒷길을 지나가던 교장선생님이 토토를 보고 물었다.

"뭐하냐?"

토토는 손을 쉬는 게 아까워 자루바가지로 내용물을 퍼내며 대답했다.

"지갑을 잃어버렸어요."

"그렇구나."

그렇게 말한 교장선생님은 산책할 때처럼 뒷짐을 진 채 어딘가로 가버렸다.

그러고 나서 또 얼마쯤 지났을 때였다. 지갑은 아직도 나오지 않았다. 무더기는 점점 커졌다.

그때, 교장선생님이 지나가다가 다시 물었다.

"있니?"

땀에 흠뻑 젖어 볼이 빨개진 토토는 오물 무더기에 둘러싸여서는 "없어요."라고 했다. 교장선생님은 토토에게 좀 더 가까이 다가가 친구 같은 목소리로 말했다.

"끝나면 원래대로 해놔야 한다."

그러고 또 아까와 마찬가지로 어딘가로 걸어갔다.

"네!"

- 『창가의 토토』「원래대로 해놓으렴」

교장 선생님은 도와줄까, 대체 무슨 짓이니, 그만하라, 이런 말은 한마디도 하지 않는다. 그저 "끝나면 원래대로 해놔야 한다."
이 말만 할 뿐이다. 언제 읽어도 가슴이 콩콩 뛰는 말이다.

끝나면
원래대로
해놔야 한다.

『창가의 토토』처럼 내 마음을 콩닥콩닥 뛰게 하는『콩이나 쪼매 심고 놀지머』시집이 있다. 이분수 할머니가 쓰신 한 편의 시를 읽는다.

나는 백수라요

나는 백수라요
묵고 노는 백수

아무거도 인하고 노는 백수
밭 쪼맨한데
콩이나 쪼매 심고 놀지머
그래도 종다

- 『콩이나 쪼매 심고 놀지머』「나는 백수라요」

이 얼마나 설레는 말인가. 쪼맨한 밭에 콩이나 쪼매 심고 놀지머. 묵고 노는 백수여도 마냥 좋은 칠곡 할매 씨.

마음이 바름에 있지 않으면 마음이 흐트러진다. 마음이 흐트러졌다는 것은 마음이 분노, 두려움, 쾌락, 근심에 흐트러져 있음이다. 마음이 딴 데 가 있으면 보아도 보이지 않고, 들어도 들리지 않고,

먹어도 그 맛을 알지 못한다. … 마음이 흔들리지 않으면 마음이 바르게 서 있게 된다. 그러므로 마음에 욕망을 두지 않는 일에서 몸을 닦는 것이 시작된다. - 『맞얽힘』 "수신修身, 좋아하면서 그 악함을 알라"

모두가 좋다고 하는 사회가 평천하이다. 몸과 마음을 하나로 하여 마음으로 인지하는 삶. 치우치거나 기울지 않고 흔들림 없이 바르게 서 있는 삶. 마음을 욕망에 두지 않는 삶. 모두가 안녕한 평천하로 이끄는 삶이다. 대학에서 말하는 수신제가 치국평천하를 토토 씨와 칠곡 할매 씨께 배운다.

"고마 사는 기, 배우는 기! 와 이리 재밌노."
칠곡 할매 씨가 감탄한다.
"하모 하모~ 할매, 배울 기 천지 삐까리다!"
토토 씨가 대답한다.

고전을 넘나드는 이야기 오늘도 즐기고 맛보고 배우고 갑니다. 전 그저 쪼~~오끔 관심 정도만 있는 상태라 요렇게 재미나게 쓰시면!!! 자꾸 읽어버릴 겁니다.
-심승혁

와~ 창가의 토토 아시는군요. -조형준

유쾌한 랄라 씨. 엉뚱한 네가 좋아

밥과 똥 이야기를 듣는 강아지똥

책장에 있는 그림책들은 내가 읽어주는 이야기책을 숨죽이 며 듣는다. 오늘 고른 책은 노란 꽃과 나비가 나풀나풀 아름다운 『민들레는 민들레』 그림책이다.

"싹이 터도 민들레 잎이 나도 민들레 꽃줄기가 쏘옥 올라와도 민 들레는 민들레. 여기서도 민들레 저기서도 민들레 꽃이 져도 민 들레 씨가 맺혀도 민들레. 휘익 바람 불어 하늘하늘 날아가도 민 들레는 민들레~"

민들레 친구들의 노란 햇살 같은 웃음소리에 그림책들은 손 뼉을 치며 노래한다. 구석에서 강아지똥도 빙그레 웃는다. 나는 서재 책장에 꽂힌 책들을 보며 가끔 그림책을 읽어준다. 그림책 중 한 친구의 이름을 부르며 책을 읽어줘도 되냐고 묻기도 한다.

오늘은 강아지똥 이름을 부르며 맞얽힘 내용 중 밥과 똥 이야기를 들려준다. 강아지똥은 아름다운 민들레가 되기까지 거쳐 온 불안과 외로움이 생각났는지 읽는 동안 또록 또록 눈물을 떨군다.

밥은 인간이 살아가는데 필요하며 생각만 해도 군침이 도는 아주 맛있는 음식이다. 하지만 똥은 생각만 해도 더러움에 머리를 흔들게 되고 구역질이 나는 사물이다. 이처럼 밥과 똥이 서로 맞서는 사물이라는 것은 누구나 쉽고 분명하게 안다. 하지만 밥을 먹지 않으면 똥이 만들어질 수 없다.

내가 싼 똥은 다른 사물의 밥이다. … 우리도 다른 사물의 똥을 밥으로 삼는다. 식물은 포도당을 생산하기 위해 광합성을 하는데, 이 과정에서 이산화탄소를 흡수하여 포도당 생산에 이용하고 생겨난 산소를 배출한다. 이산화탄소는 식물의 밥이고 산소가 똥이다. … 식물의 똥이 우리에게는 밥이 되고 우리의 똥이 구더기의 밥이 된다. 이렇게 밥과 똥은 맞얽힘의 사슬 관계이다. 전혀 상관없어 보이는 우주의 모든 만물은 이러한 방식으로 하나로 얽혀 있다. - 『맞얽힘』 "생생위역生生爲易 : 맞얽힘이 또 다른 맞얽힘을 낳는다"

『민들레는 민들레』 그림책을 읽어주고 맞얽힘이 말하는 밥과 똥 이야기가 떠올라 강아지똥에게 들려주니 녀석은 할 말이 많은

유쾌한 랄라 씨. 엉뚱한 네가 좋아

가 보다. 지금쯤 오수를 즐길 그림책들이 웅성웅성 토론한다.

"그래서? 어떻게 그 힘든 시간을 이겨냈어, 강아지똥아?"

"으응… 하늘과 땅이 나와 함께 생겨났고, 만물이 나와 하나가 되었다는 만물여아위일萬物與我爲一이라는 장자 씨 물아위일을 되새겼지. 세계는 하나로 얽혀 있다는 법칙을 항상 생각했어."

그림책들이 맞얽힘 이야기를 더 들려달라고 아우성친다.

"그게 말이야. 물극필반 법칙이 삶에 주는 가르침은 어렵지 않아. 너무 이기려고 하면 지게 되고, 너무 살려고 하면 죽게 되고, 지나치게 성공만을 추구하면 도리어 실패하게 되고, 지나치게 이익만을 추구하면 주위의 원망만 남게 된다는 거야. 그래서 행하되 그 행함이 극에 달하지 않게 해야 해. 물극필반은 맞얽힌 두 인소 사이에서 끊임없는 변화를 만들거든. 그런데 그 변화는 두 인소 간의 왕복운동이야."

"물극필반? 왕복운동?" 그림책들이 새로운 단어에 호기심을 보인다.

"평평한 것과 기울어진 것, 간 것과 돌아온 것은 서로 맞얽힌 두 인소야. 간 것이 돌아오고 돌아온 것이 다시 가고, 간 것이 다시 돌아오고, 돌아온 것은 다시 가는 것과 같이 맞얽힌 두 인소 간에는 끝없는 왕복 운동이 이루어진다는 말이야. 그러니까 맞얽힌 두 인소의 상호 왕복운동은 끝없이 이어지며 이로 인해 순환이 만들어져. 물극필반은…."

눈이 스르륵. 강아지똥이 들려주는 노자 이야기가 내 귓가에서 점점 멀어진다. 눈앞에 커다란 민들레 씨앗이 나를 유혹한다. 후욱~! 하늘 높이 날아가는 민들레 씨앗을 타고 빙글빙글 우주를 여행한다.

민들레 홀씨 되어~ 모든 만물의 기저에는 맞물림, 인과관계가 있지요. 똥을 이리 아름답게 포장을… -박상락

ㅎㅎ 표현력도 굿입니다. -김종만

글꽃이 유머러스하게 유익하게 피어나요. 밥과 똥밭에서 맞얽힘의 사슬 관계꽃이 피어남이 신비스러워요. 우주의 모든 만물이 하나로 얽혀 있다. -이동현

유쾌한 랄라 씨, 엉뚱한 네가 좋아

아들과 딸, 잡이불월

"내가 아들 셋 낳느라 힘들었어야."
"삼대독자니 아들 셋은 당연히 있어야제."
"넌 남동생이 먼저 태어났으면 이 세상에 없었제."
"할머니 할아버지 소원이니, 으짜겄냐."
"누나가 태어날 수 있었던 건, 내가 누나 동생인 덕이야."
이건 엄마, 아빠, 할머니, 남동생에게서 늘 듣던 말이다.

아빠는 삼대독자다. 할머니께서 지니신 불안은 며느리가 아들 셋을 낳을 때까지 집착과 무언의 압박으로 이어졌다. 엄마도 그런 집안 분위기와 남아선호사상을 일찍 파악하시고 아들 셋을 낳을 때까지 자녀계획을 세우셨다. 난 3남 4녀의 여섯 번째로 태어났다. 어린 시절부터 아들 셋이 자녀계획의 최종 목표임을 아는 건 그리 어렵지 않았다. 항상 들어왔던 그 말들은 성장하는 내내 딸로서 나의 존재와 정체성을 쥐고 흔들었다.

31년이라는 세월이 흘러 난 햇살이를 낳았다. 아들이다. 뼛속 깊숙이 자리한 아들을 향한 증오와 동경은 햇살이를 낳고 보니 어지럽다.

'햇살이가 딸이었으면 사랑만 쏟으며 잘 키웠을 거야.'

'아들 녀석이라 이리 제멋대로지.'

'딸들은 이해심도 많고 배려도 잘하고 알아서 다 하는데….'

돌이켜 생각해 보니 힘들 때 난 이런 말을 자주 했다.

아이를 키우며 난관에 부딪칠 때 아들, 딸이 무슨 상관이랴. 그러나 나에게는 어린 시절 존재에 대한 불안감과 답답함이 있었다. 그 혼란스러운 감정을 아들에게 전가하며 회피했다. 어쩌면 어린 시절 겪은 억울함에 대한 왜곡된 보상이었는지도 모르겠다.

공자가 말했다. "건곤은 주역의 문門인가? 건은 양陽의 물상이고, 곤은 음陰의 물상이다. 음과 양이 덕을 합하고 강剛과 유柔가 실체를 이루게 되니, 두 실체로써 천지가 갖추어지고, 두 실체가 통함으로써 신명神明의 덕이 이루어진다. 그 이름으로 분별한 것은 서로 섞이지만 경계를 넘어서지 않음을 뜻한다." - 『주역』 「계사전」

"서로 섞이지만 경계를 넘어서지 않음"이라는 원문은 잡이불월雜而

不越이다. … 맞얽힘을 가장 잘 설명하는 그림은 한나라 대에 처음 등장하기 시작한 <복희여와도>이다. 복희는 『주역』 「계사전」에서 포희라는 이름으로 등장하는 성인으로, 사물을 보고 그 상을 취하여 8괘를 만들었다고 전해진다. 여와는 진흙으로 인간을 빚은 여신으로, 하늘에 구멍이 뚫렸을 때 오색 돌로 하늘을 메웠다는 신화가 전해진다. <복희여와도>는 왼쪽은 여자의 얼굴을 한 여와, 오른쪽은 남자의 얼굴을 한 복희가 서로 마주보는 모양으로 그려졌고, 하반신은 복희와 여와의 다리가 칭칭 감긴 모양으로 그려졌다. <복희여와도>는 하반신은 얽히고 상반신은 서로 대립하는 맞얽힘을 상징화한 그림이다. - 『맞얽힘』 "일음일양$^{-陰-陽}$: 맞선 둘은 얽힌 하나이다"

〈복희여와도〉 그림을 보며 내 속에 가득한 아들과 딸을 향한 왜곡된 감정을 살펴본다. 때론 아들을 동경하던 마음을 부정하며 햇살이가 딸이 아님을 한탄하고, 때론 아들을 증오하던 불안을 불러내며 햇살이에게 억울함을 보상했구나 싶다. 잡이불월은 "서로 섞이지만 경계를 넘어서지 않다."라고 설명한다. '섞이는' 얽힘과 '넘어서지 않다'라는 맞섬을 표현한다.

맞얽힘은 서로 연결되어 있으면서도 분리되고, 하나이면서도 각자다. 맞선 둘은 얽혀 있다. 아들과 딸, 그 이름으로 분별한 것은 섞이지만 넘어서지 않는 잡이불월이리라. 긴 머리를 묶은 11살 햇살이가 식당에서 환하게 웃고 있는 사진을 본다. 햇살인 복희여와도를 일찍이 터득했나 보다.

그러니 위로 누이 셋을 먼저 내보낸 저의 정성도 보통은 아닙지요. -고동희

볼 때마다 느끼지만 일상과 고전의 조화로운 글에 끄덕이는 저를 발견합니다! -심승혁

비폭력대화와 맞얽힘

햇살이가 5살이었을 때 비폭력대화 교육을 들었다. 교육을 받으며 그동안 습관적으로 쏟아낸 말들이 얼마나 폭력적이었는지 깊이 깨닫는 시간이었다. 비폭력대화를 공부하면서 관찰과 평가의 다른 점, 느낌과 생각의 차이점을 배워갔다. 나와 상대의 욕구를 표현하고, 부탁하는 연습도 했다.

'비폭력대화'는 우리가 날 때부터 지닌 연민이 우러나는 방식으로 다른 사람들과 유대관계를 맺고, 우리 자신을 더 깊이 이해하는 데 도움이 되는 구체적인 대화 방법이다. 일상에서 쓰는 평화와 공감의 언어이다. 우리가 관찰하는 것(관찰), 느끼는 것(느낌), 바라라는 것(욕구), 우리 삶을 풍요롭게 하려고 부탁하는 것(부탁)에 집중하면서 자신을 표현하거나 다른 사람의 말에 귀 기울이는 방법을 배우게 된다. '관찰-느낌-욕구-부탁'은 비폭력대화 모델의 네 가지 요소이다.

폭력대화와 비폭력대화 예를 보며 네 가지 요소를 확인해 보자.

폭력대화

랄라: 햇살! 이게 방이니? 돼지우리지! 지저분해서 살 수가 없네.

햇살: 이게 돼지우리면 제가 돼지예요? 아, 짜증 나!

랄라: 뭐라고? 아주 버르장머리가 없네. 빨랑 안 치워!!!

햇살: 이 게임 끝나면 한다고요!!

비폭력대화

랄라: 햇살아, 침대 밑에 티셔츠와 바지, 벗어놓은 양말과 책들이 있네(관찰). 그걸 보니 신경이 쓰여(느낌). 난 물건이 제자리에 있고 방이 깨끗하길 원하거든(욕구). 옷은 옷걸이에 걸고 빨래는 세탁실에, 책은 책꽂이에 꽂아놓을 수 있겠니(부탁)?

햇살: 네, 제자리에 정리할게요.

우린 있는 그대로 보고 들은 것을 관찰로 말하지 않는다. "이게 방이니? 돼지우리지!"라며 평가하는 말을 한다. '신경 쓰인다'는 느낌 대신 '버르장머리가 없다'는 생각을 표현한다. 욕구를 정확히 찾지 못하니 수단과 방법으로 얘기하고, 부탁은 강요가 되기 쉽다. 비폭력대화를 배우고, 반월에서 연습 모임을 계속 이어

유쾌한 랄라 씨. 엉뚱한 네가 좋아

왔다. 더디게, 가끔은 뒷걸음치며 한발씩 앞으로 나아가고 있다는 걸 알게 되었다. 15년 동안 비폭력대화를 실천하려고 노력 중이다. 조금씩 변화하는 모습 속에서 그동안 보지 못한 다른 면들을 만났다.

맞얽힘을 접할수록 비폭력대화에서 말하는 연결이 떠올랐다.

맞얽힘에서 맞섬과 얽힘이 뜻하는 의미는 여러 가지다. 맞섬의 의미는 첫째 맞선 두 인소는 성질이 반대이다, 둘째 서로를 부정한다, 셋째 서로를 죽이려고 한다는 뜻을 지닌다. 얽힘의 의미는 첫째 맞선 두 인소는 연결되어 있다, 둘째 하나처럼 움직인다, 셋째 서로의 존재근거가 된다는 뜻을 지닌다. 두 인소가 서로를 부정하며 서로를 죽이려고 할 때 얽히게 되고, 서로의 존재근거가 되는 역설적 상태가 맞얽힘이다.

맞선 둘이 하나임을 제대로 인식하기는 무척 어렵다. 시공의 특성으로 맞얽힌 두 면 중 한 면만을 우리가 인식하기 때문에 맞섬이나 얽힘에 치우칠 수밖에 없다. 동양 사상은 맞얽힘을 발견해놓고도 상사유, 천인상관론, 제물론 등의 영향에 의해 얽힘과 연결에 치우쳤다. 만물은 연결되어 있으면서도 분리되고, 하나이면서도 각자이다. 만물은 맞선 둘이 얽힌 하나이다. - 「맞얽힘」 "일음일양陰-陽 : 맞선 둘은 얽힌 하나이다"

"두 인소가 서로를 부정하며 서로를 죽이려고 할 때 얽히게 되고, 서로의 존재 근거가 되는 역설적 상태가 맞얽힘이다." 햇살이와 나눈 대화에서 보았듯이 나와 햇살이, 깨끗함과 더러움, 신경 쓰임과 무신경함, 치움과 어지름은 모두 맞얽힘이다.

"시공의 특성으로 인해, 또는 맞얽힌 두 면 중 한 면만을 우리가 인식할 수 있기 때문에 맞섬이나 얽힘에 치우칠 수밖에 없다." 비폭력대화를 하며 '맞얽힌 두 면 중 한 면만을' 인식하지 않으려는 노력을 했다. 그 과정이 자신과 상대의 느낌을 살피고, 욕구를 찾는 것이다. 맞선 두 인소를 의식하고, 맞선 둘이 얽힌 하나라는 인식은 나뿐만 아니라 맞얽힌 상대의 감정 변화와 욕구를 들여다볼 수 있게 한다. 폭력대화에서 나는 방안을 보며 정돈되지 않은 물건들만 보고 화를 냈다. 햇살이 또한 엄마가 화를 내는 모습 한 면만을 보며 감정이 상했다.

이렇게 맞얽힌 두 면 중 한 면만을 인식하면 맞섬이나 얽힘에 치우치게 된다. 비폭력대화에서 자신의 감정을 살피고, 욕구를 찾게 되면 구체적이고 긍정적인 부탁을 할 수 있다. 맞선 둘이 하나라는 맞얽힘을 제대로 인식했을 때 그런 부탁도 가능해진다. 맞얽힘을 접하며 비폭력대화를 실천했던 모습들이 떠올라 흐뭇하다.

맞선 둘은 하나다

장애인식개선 보드게임인 〈한스와 함께〉 게임판을 펼치고 말을 세운다. 제나와 보드게임을 시작한다. 햇살이가 어렸을 때 셋이서 매일 밤 보드게임을 즐겼다. 승부욕이 강한 제나와 햇살이는 보드게임을 할 때마다 서로 지지 않으려고 전투적으로 했다. 오랜만에 제나와 게임판을 앞에 두고 주사위를 던지니 즐겁다. 룰루랄라가 책 축제에 참여했던 날처럼.

주사위 게임판을 직접 만든 적이 있었다. 『꼭꼭 숨어라』 전래동요 그림책 속 「길로 길로 가다가」 노래를 부르며 서점을 찾은 아이들과 함께 하려고 보드게임을 만들었다. 서점에서 아이들에게 그림책을 읽어주고, 인형극을 들려준 뒤 길길가 보드게임을 했다. 아이들도 어른들도 보드게임을 즐거워했다. 인천에서 책의 날 축제가 열렸을 때다.

책 축제에 그림책과 길길가 주사위 게임을 가지고 참여한다. 광장에 커다란 주사위 게임을 펼쳐놓으니 사람들이 몰려든다. 책 축제에 참여하신 어르신들께서도 호기심을 보인다. 지나가던 초등 저학년 아이들도 눈이 반짝인다.

10대와 70대! 함께 주사위 게임을 시작한다. 노랑 옷을 단체로 입으신 어르신과 룰루는 노랑팀에, 톡톡 튀는 목소리 랄라는 아이들과 톡톡팀에 함께한다. 힘찬 응원을 시작으로 60년을 이어주는 놀이가 시작된다. 노랑팀과 톡톡팀은 응원 구호를 외치고 게임에 돌입한다.

"가위! 바위! 보!" 10대 톡톡팀이 먼저 출발이다. 커다란 주사위를 하늘 높이 던진다. 한 칸 한 칸 앞으로 나가는 톡톡팀. 70대 노랑팀도 앞서가는 10대 아이들을 잡으러 주사위를 힘껏 던진다.

"한 칸 차이네. 금방 따라잡겠어. 노랑 노랑 파이팅!" 어르신들의 열정이 대단하다.

빠르게 뒤쫓아 잡겠다던 노랑팀은 주사위 게임 속 뱀을 만나 미끄덩 뒤로 미끄러진다. 출발지 근처로 밀려난다. 잡힐까 조마조마하던 아이들이 함성을 지른다. 아이들 차례다. 주사위를 더 높이 던진다.

"하나 둘 셋 넷 다섯! 우와~ 사다리다, 사다리!! 슝~ 노랑팀, 안녕. 우리 먼저 갑니다."

주사위 게임에서 행운의 여신은 아이들과 함께한다. 순식간

에 사다리를 타고 앞으로 쑤욱 날아올라 도착지가 눈앞에 보인다. 앞서거니 뒤서거니 게임은 계속 진행된다. 아이와 어른은 보드게임을 하며 하나가 된다. 환호와 탄식이 섞이고, 웃음소리가 주사위와 함께 하늘 높이 올라간다.

생생위역은 낯얽힘이 만물을 낳고 낳음을 뜻한다.

하나의 맞얽힘으로 생성된 만물은 서로 연결된다.

장자는 이를 깨달아 "하늘과 땅이 나와 함께 생겨났고, 만물이 나와 하나가 되었다"라고 말하였다. … 장자만 하나를 말한 것이 아니라, 노자도 하나를 말하였다. 앞에서도 설명했지만, 장자와

유쾌한 랄라 씨. 엉뚱한 네가 좋아

노자가 말한 하나는 '둘이 얽힌 하나'이다. 그들이 말한 하나는 맞얽힘이다. 맞얽힘을 깨달은 공자 또한 하나를 말하였다. - 『맞얽힘』 "생생위역生生謂易 : 맞얽힘이 또 다른 맞얽힘을 낳는다"

맞얽힘의 세계관은 나와 남을 별도의 존재로 간주하면서도 서로가 존재근거임을 인식하는 세계관이다. 인간과 자연을 분리하여 생각하면서도 한편으로는 하나로 연결되었음을 분명히 인지하는 세계관이다. 우주의 모든 사물이 각자 존재하면서 하나라는 것을 깨달은 세계관이다. - 『맞얽힘』 "맞얽힘으로 세계관을 바꾸자"

10대와 70대. 그들은 각자 존재하면서 하나로 이어졌다. 60년의 세대 차이를 지녔으나 하나로 연결되었다. 책 축제에서 세대를 어우르는 놀이를 함께한 룰루랄라! 장자 씨 말씀대로 편견 없이 만물이 하나임을 깨달은 지인이로구나.

나이는 숫자에 불과하다고 했죠. 10대와 70대가 함께 어우러져 하나가 되었네요. 세대를 어우르는 주사위 게임이네요. -박재완

헐~~ 리액션에 상대방 주눅… ㅎㅎ -박태호

간이역

소행성 순자에게

순자야, 안녕? 성북동 소행성小行星은 평온해? 여기 반월은 장마여서 비가 폴폴 내리다 멈추기를 반복하며 후덥지근 습하네. 어제 북적대던 전철 안에서 책을 폈어. 여기저기 번쩍이는 스마트폰 불빛 사이로 내가 내뱉는 웃음소리가 유난히 반짝여서 다들 쳐다보더라고. 그래서 요 책을 들이밀었지.

"키득키득, 아이고야, 환장하네, 미치고 폴짝 뛰겠네. 옴마야, 얼쑤, 꺅꺅꺄꺅, 좋~~~오다!"

이 책을 읽다 보니 북 치는 고수가 된 듯 추임새를 넣게 되네. 그래, 맞아. 순자 네가 생각했던 그 책이야. 순자랑 같이 사는 제대로 잘 노는 부부 이야기. 성준·혜자 이야기. 『부부가 둘 다 놀고 있습니다』 편성준 작가님 에세이.

요 책 읽다가 반월에서 내려야 하는데 오이도 종점까지 가버렸어. 다들 그럴 것 같아. 된장찌개 끓이다 냄비 시커멓게 태우고, 화장실에서 읽었다면 변비 걸리기 딱 쉽겠어. 아마 공공장소에서 읽었다면, 키득거리는 모습을 이상하게 쳐다볼 거야. 그럴 수밖에. 어찌나 웃기고 재미있던지 책하고 꽁냥꽁냥 대화하거든. 도대체가 중간에 궁금해서 책을 놓을 수가 없네.

순자 넌 복이 넘친다. 이렇게 멋진 성준·혜자 부부랑 성북동 소행성에 함께 살잖아.

아, 아닐 때도 있다고? 네 말을 못 알아들을 때도 있고, 실수 투성이라 핸드폰 잃어버리고 오면 다독여야 하고, 부부가 둘이 놀고 있어서 걱정도 된다고? 순자 네 마음 이해된다.

"부부가 둘 다 놀다니! 쟁여놓은 돈이 많은가? 뭐야, 돈이 없다고? 이 부부 간땡이 부은 겨?" 이랬거든. 읽다 보니 고개를 끄덕이게 되더라. 사실 공자 노자 손자 장자 동양 철학가들도 다 그런 삶을 살지 않았나? 그치? 책 속에 인생철학이 담긴 이유가 있었군. 참, 나도 길치에 실수투성이야. 신혼 초에 집을 못 찾아서 한 시간 넘게 빙빙 돌다가 옆짝꿍이 날 데리러 와서 집에 간 적도 있어. 스마트폰, 지갑을 사방에 흘리고 다니기 일쑤고, 날짜 잘못 알고 혼자 약속 장소에서 기다리고…. 이게 우리들 인생인가 봐. 책에서도 그러잖아. 격하게 동의해.

"유난히 재미없는 사람들의 공통점은 대부분 실패담이 없다는 것이다"라고 했던 말에 동의한다. … 새로운 실수담을 만들어보자. 그리고 재미있는 사람이 되자. 그중 몇 개가 언젠가는 성공담으로 변할지도 모르지 않는가. … 인생의 목표를 성공이 아니라 '즐겁고 재미있게 사는 데 성공하는 것'으로 잡고자 한다. … 실수담이 많은 사람일수록 부자라고 믿는다.

- 『부부가 둘 다 놀고 있습니다』「실수담이 많은 남자」

내가 '여보, 왜 이렇게 소리를 지르고 그래'라고 물으면 '그럼 내가 당신한테나 소리를 지르지, 누구한테 가서 이렇게 소리를 질러보겠어' 하며 계속 소리를 지른다.
아내는 가끔 얼토당토않은 말을 나에게 할 때도 있다. 내가 '여보, 그런 엉터리 같은 소리가 어디 있어'라고 물으면 '아니, 그럼 내가 당신한테나 이런 소리를 하지, 어디 가서 이런 바보 같은 얘기를 해보겠어'라고 반문한다. 남편은 참 재미있는 직업이다."

- 『부부가 둘 다 놀고 있습니다』「놀면서도 잘 살고 싶어서」

집에서 옆짝꿍에게나 소리 지르고 바보 같은 말을 할 수 있지, 어디 가서 그러겠어. 그치? 끄덕끄덕.

"괜찮아. 돈으로 해결할 수 있는 일은 아무것도 아니야"라는

유쾌한 랄라 씨, 엉뚱한 네가 좋아

말이 찌리릿 와닿더라. 나도 농담처럼 "뭣이 중헌디!"라는 말을 자주 하는데 삶에서 소중한 걸 잊고 살 때가 종종 생기더라. 우리 재미 의미를 놓치지 말고 여유 있게 살자.

순자야~

난 오늘 아카이브 교육 있어서 이만 총총해야겠다.

그럼 또 만나자. 답장하고.

2021. 7. 장마를 한큐에 몰아낸 유쾌한 책을 읽고서 랄라가~♡

꼬랑쥐~ '월조회' '토요식충단' '독하다 토요일' '소행성 한옥'이 와장창 궁금하네. 언젠가 만날 수 있으면 좋겠다. 아, 물론 순자네가 젤 궁금해. 고양이 간식은 뭐가 좋아? 만날 때 준비해 갈게. 니야옹!

이렇게 고마운 리뷰가 또 있을까요. 읽어주신 것만으로도 고마운데, 더구나 이러시면 떠떠블로 고맙습니다. 순자가 좋아하겠어요. -편성준

실패담 없는 인생꽃은 앙꼬 없는 찐빵이로세. -이동현

부부가 함께 놀고 있습니다~ 유쾌한 랄라 씨도 핸드폰을 아기 다루듯 해주세요. 자꾸 깜빡깜빡 잊지 말고요. -서현란

별

"여보, 핸드폰이 없어졌어요. 아무리 찾아도 안 보여요."

"허허. 지금 나랑 핸드폰으로 통화하잖소."

"아, 그렇네요. 히힛!"

"여보, 하늘 올려다봐요. 별이 반짝반짝 많이 떴어요."

"그러게요. 당신이랑 똑 닮았네요."

"어머! 내가 저렇게 별처럼 빛나요? 예쁜 건 알아서. 호호호."

"깜빡깜빡하는 게 딱 별이오."

"아~"

단순한 그녀. 계속 깜빡깜빡하며 별이 되기로 했다.

메텔

"반월은 전철 지나가는 게 꼭 은하철도 999 같아요."

"네, 어릴 때 좋아해서 아침마다 보던 만화가 생각나네요."

"반월 전철역이 우주정거장 같죠?"

"그렇네요."

"기차가 어둠을 헤치고 은하수를 건너면~♪"

"우~주 정거장에 햇빛이 쏟아지네~♬"

"힘차게 달려라 은하철도 999 힘차게 달릴까 말까? 달릴까 말까? 은하철도 999~♪"

"허허 참!"

"당신은 철이, 난 메텔! 내가 메텔처럼 아름답지 않소?"

"맞소. 당신은 메텔. 진심 안드로메다요."

"아~"

단순한 그녀.

오늘도 그녀의 행성 안드로메다로 힘차게 달려간다.

어떤 말을 해도 이어지는 게 너무 신기하고 티키타카 100점ㅋㅋ 천생연분인 것 같

아요. -이소라

우주와 별의 만남이라니 별이 더욱 빛나겠어요^^ -김경숙

금촌 전철역에도 은하철도 999가 날고 있어요. 밤을 잊은 그대만 태워줄게요.

부부는 일심동체! 자나 깨나 웃고 살아요~ -서현란

에필로그

인생 플랫폼, 친구들과 함께하다

독서 토론을 마치고 늦은 밤 전철 안에서 열여덟 살 소녀를 만났다.

소녀는 폴짝폴짝 뛰며 내게 달려와 안기며 말했다.

"이모가 해주는 밥 먹고 싶어요. 재미있는 얘기하며 놀고 싶어요."

"그래~ 언제든 놀러 와. 우리 맛있는 밥도 같이 먹고, 재미난 얘기도 함께 나누자."

"네, 이모가 제 롤모델인 거 아시죠?" 그녀는 하얀 이를 드러내며 별을 쏟아냈다.

책을 읽다가 뭉클한 문장을 만났을 때도 그랬다. 내 심장은 까만 활자 속에서 콩닥콩닥 뛰며 별과 한참을 머물렀다. 열여덟 살 소녀의 까만 눈동자에서도 별을 만났다. 반짝이는 별과 머물러 있는 내 심장을. 눈동자에 안겨 행복하게 웃고 있는 심장을.

유쾌한 랄라 씨. 엉뚱한 네가 좋아

평범하다 못해 엉뚱하며 유쾌한 랄라 씨가 기차를 타고 인생 여행을 떠났다. 여행길에 함께 오른 사람들, 여행하며 만나게 된 사람들, 이 글을 읽고 나눈 사람들… 그들은 모두 별이 되어 내 심장을 뛰게 했다.

인생 기차를 타고 써 내려가던 글이 막혀 그만두고 싶을 때가 종종 있었다. 머릿속이 컴퓨터 화면처럼 하얘졌다. 깜빡거리는 커서만 멍하니 보고 있는데 인생 여행 친구들이 내게 말을 걸었다. 까만 눈동자가 되어서. 내 심장을 안아주며.

"고전을 넘나드는 이야기! 즐기고 맛보고 배우고 갑니다."
"오늘도 중요한 삶의 지혜를 나눠 주셔서 감사해요."
"잘 만든 단편영화 한 편 본 듯합니다."
"엄마와 아들의 대화 같지 않고 오누이? 같은 말!"
"감동이 밀려와 울컥했어요."
"사춘기 두 녀석과 보내는 게 힘든데… 왠지 위안이 되네요."
"모든 이에게 웃음을 주는 재주꾼이세요. 룰루랄라~"

난 이 책을 그들과 함께 썼다. 책 속엔 SNS에서 만난 여행 친구들이 전한 말이 들어 있다. 그들은 『유쾌한 랄라 씨, 엉뚱한 네가 좋아』 책을 함께 쓴 저자들이다. 내 심장을 눈동자에 담아 따

스하게 안아주던 여행 친구들에게 제일 먼저 감사 인사를 전하고
싶다. 그리고 그들이 꽤 멋진 친구들이라고 말하고 싶다.

"내 친구여서 심장이 뛰고 있어!"

기관사가 되어 기차를 운전한 "움직이는 책" 출판사 이재필
대표님, 동양의 세계관을 새롭게 해석한 『맞얽힘 : 맞선 둘은 하
나다』 저자 이철 작가님, 책 삽화를 정성껏 그려준 박예지 양, 글
과 삽화를 예쁘게 디자인해 주신 안희원 님, 랄라 씨와 인생 여행
을 함께한 박재완, 박상현, 이예나에게 감사함을 전한다.

"내 친구여서 별이 쏟아지고 있어!"

추천하는 말

안산은 내게 매우 뜻깊은 곳이다. 국어 교사로 처음 발령받은 곳이며, 장학사로 전직하기 전 국어 교사로 마지막 근무했던 곳이기 때문이다. 그중에서도 반월중학교는 교직 생활 슬럼프가 찾아왔을 때 전입 간 학교였는데, 그곳에서 잊지 못할 제자들을 만나 반월 마을 속에서 마음껏 아이들과 함께 학교생활을 했던 곳이라 특별히 애착이 간다. 안산이라는 도시에 속해 있지만, 아이들은 선생님을 신뢰하고 사랑할 줄 알았으며, 학부모와 교사도 서로를 존중하고 이해하며 아이들의 교육을 위해 힘을 모으는, 근래에 보기 드문 학교였다. 위치적으로 도심지에서 살짝 벗어나 한적한 교외에 속하며, 마을 구성원도 정주하는 주민들이 많아 분위기가 매우 안정적이다. 학교도 초등학교 2곳, 중학교 1곳, 고등학교 1곳이 가까운 거리에 함께 있어, 살고 부대끼며 학생들과 주민들이 생활권 내에 서로를 지켜보는 거리가 가깝다. 학교가 마을과 만나고, 학교와 학교가 서로 의지하며 으샤 으샤 함께 잘 살아보자고 힘을 모으기에 최적의 조건인 셈이다. 반월중학교에서 근무하는 동안 마을과 함께, 마을 속에서, 마을을 위해 많은 교육 과정을 시도하고 운영하며 가시적인 결과까지 낼 수 있었던 건, 사랑스럽고 예쁜 아이들과 그들을 함께 길러낸 마을 사람들 덕분이었다고 생각한다. 반월의 삶을 이토록 사랑스럽고 생생하게 글로 펼칠 수 있는, 마음 따뜻한 이은미 작가님도 그런 반월 사람 중 한 명이다. 그녀는 어려운 말도 쉽게 풀어낼 수 있는 능력이 있다고 하지만 그녀에겐 그보다 더 큰 능력이 있다. 누구나 글을 읽으면 알겠지만 그녀는 사람과 세상을 보는 눈이 매우 따뜻하며 희망에 가득 차 있다. 그녀가 글 속에 심은 희망의 씨앗들은 읽는 이들의 가슴에서 더불어 사는 삶의 가치로 꽃을 피워낼 것이다.

자본주의의 맹렬한 흐름 속에서 세상은 다변화해왔다. 인간의 존엄함을 지킬 수 있는 사회 정의를 부르짖는 시대에 교육은 학교의 전유물이 아니며 교육의 책무도 오롯이 학교에만 있지 않다. 학교 또한 더는 '마을의 섬'으로 존재해서는 안 된다. 존엄한 인간인 '한 아이'도 포기하지 않는 교육을 실현하기 위한 노력은, '한 아이를 키우기 위해 온 마을이 필요하다'는 오래된 외국의 속담을 끊임없이 상기시킨다. 아이들이 발 딛고 살아가는 삶의 터전, 그 마을의 구성원에게도 아이들 교육에 대한 권한과 책무가 존재한다. 이를 학교와 마을 모두가 인식하고 서로 배우고 협력해야 한다. 이를 위한 교육청과 지자체의 협력적 움직임이 혁신교육지구 사업과 같은 정책을 통해 시작되었다. 민주시민사회에서 공

유쾌한 랄라 씨, 엉뚱한 네가 좋아

생공락하기 위한 민·관·학의 물리적, 정서적 꿈틀거림이 반갑고 기쁘다. 하지만 마을교육공동체는 시군 단위 사업으로 이루어지기 어렵다. 생활공동체 단위 학교와 마을 구성원이 함께하는 협의체가 원활히 작동되어 '우리' 아이들의 '교육 팀워크'가 형성되어야 하고 관은 이 협의체가 지속성을 갖도록 지원해야 한다. 이런 시기에 이은미 마을활동가님의 글은 마을의 구석구석을 직접 들여다보며 만나고 이야기한 살아 있는 기록으로 마을교육공동체를 단단하게 만들어가는 데 중요한 매개체가 될 것이다. 학교가 마을을 들여다보고, 마을이 마을을 꼼꼼히 살필 수 있는 좋은 기록물이기 때문이다. 반월동 마을구성원으로서 함께 고민하고 함께 호흡하고 함께 걸으며 마을교육공동체 살이의 하루하루를 생생하게 그려낸 이 책은, 지역 여건과 상황에 맞는 마을교육공동체 구축 및 운영을 고민하는 많은 사람에게 학교와 마을이 함께 더 나은 마을을 만들어가는 마을교육공동체 삶의 좋은 사례를 제시해 줄 것이라 기대된다.

반월에서 근무하며 마을과 함께했던 행복한 추억과, 이 지역 장학사로 반월 마을교육공동체에 도움을 줄 수 있는 인연을 잡고, 이렇게 멋진 책에 추천사를 쓸 기회를 주신 이은미 작가님께 감사를 전한다.

안산교육지원청 장학사 **박은영**

추천하는 말

한 명은 소주 한 병 반을 마신 채로, 다른 한 명은 8시간 연속 강의 후 쉰 목과 벌건 눈을 부여잡고 384쪽을 두어 시간 만에 읽었다.

"이 여자 뭐지?"

"이 글은 뭐지?"

이 책은 [SF고전순정동화]이다(이 4개의 단어를 조합하는 데만 정확하게 39분이 걸렸다).

일상의 이야기인데 두서없고 맥락 없고 파편처럼 튀는듯한데 웃기면서도 아씨~(마님 아씨의 그 아씨가 아니라 당황 짜증의 그 아씨~다) 중간에 울컥하게 한다. 동화 같은데 대사는 SF와 고전이 뒤섞여 있고 애로가 6번 정도 나오는듯하다가 결론은 순정이다.

뭔 말인지 모르겠지?. 모를 거다. 근데 읽고 싶을 거다. 랄라를 중심으로 벌어지는 오만가지 일상의 조합들이 맛깔난 날 언어들로 가득 채워져 있다. 그래서 우리는 그녀의 일상을 오만가지 색감으로 그릴 수 있을 만큼 알게 되었다. 그래서 사랑하고 싶다.

유쾌한 랄라 씨. 엉뚱한 네가 좋아

그녀와 그녀의 일상 그리고 우리 모두를, 더불어 이 세상 모든 것들을.

맞얽힘! 공자 맹자 순자는 모르겠지만 햇살이가 그랬다.

"나름 어지러움 속에 규칙이 있다"라고.

앗, 역시 뭔 말인지 모르겠지? 모를 거다. 그래서 당신도 꼭 읽어야 한다고 말하고 싶다.

배우 **맹봉학 정현경** 부부

추천하는 말

저는 사서입니다. 책과 관련된 일을 한 지 20년 즈음, 도서관에서 일한 지는 10년이 넘었습니다. 책을 소중히 여기고 사람을 만나면 수다가 그치지 않는 사서이며 지금은 서울의 한 공공도서관에서 간장(어린 친구들이 관장님이라는 발음이 안 돼 절 이렇게 부르곤 하는데^^ 너무 좋습니다)으로 일하고 있습니다.

매일 오다시피 하는 도서관 마니아는 물론이고 공공도서관이 마을의 느티나무와 사랑방 역할을 하면서는 정말 많은 이용자와 세상 곳곳에서 즐겁게 일하시는 분들을 만납니다.

떡집 사장님, 동물병원 수의사, 소방관, 한복 디자이너, 첫 책을 내는 작가, 다양한 문화 프로그램을 진행하면서는 연주가, 아나운서, 연출가, 무용가… 정말이지 생각지도 못했던 다양한 분들을 꽤 많이 만났습니다. 랄라도 도서관에서 그렇게 만났습니다.

제가 일하는 도서관 생일파티 때 인형극을 하러 오셨어요. 인형극단의 한 분이셨는데 어느 순간 랄라와 SNS 친구가 되고 올리는 글들을 찾아 읽고 기다리고 랄라의 내공과 활동에 놀라고 또

유쾌한 랄라 씨, 엉뚱한 네가 좋아

놀랐습니다.

　사서보다 책을 더 많이 찾아 읽고, 읽어주고 책을 인형극으로 만들어 어린 친구들을 만나고, 청소년에게 동시를 읽어주며 마을에서 밴드 매니저로도 활동하고 계셨습니다. 그런 랄라가 급기야 이번에 책을 내고 작가가 되셨네요.

　어느새 SNS에 올라오는 랄라의 글을 기다리게 되었어요. 랄라의 글 여행에는 나와 우리가 있고, 저도 좋아하는 책과 웃음이 있어요. 삐삐와 장자를 함께 이야기하는데 활자에만 있는 게 아닌, 삶 속에서 살아 움직이네요. 맞얽힘이 랄라의 삶 속에 있더라고요. 그러니 저도 랄라의 인생을 응원하게 되었습니다. 도서관에서 제가 많은 분을 만났고, 만나고 있는 것처럼 랄라의 첫 책이 또 다른 만남으로 이어지겠죠?

　작가가 되신 랄라! 책으로 묶어주신 글 여행의 다음 여행지는 어디일까요? 꼭, 함께 떠나요.

SNS친구/도서관사서 **김선영**

유쾌한 랄라 씨와 함께한 책과 영화

책

『나는 왜 쓰는가』, 조지 오웰, 한겨레출판, 2010

『난장이가 쏘아올린 작은 공』, 조세희, 이성과 힘, 2017

『누가 내 누이의 이름을 묻거든』, 채광석 외, 작은숲, 2021

『맞얽힘 : 맞선 둘은 하나다』, 이철, 움직이는 책, 2021

『변신』, 프란츠 카프카, 문학동네, 2005

『부부가 둘 다 놀고 있습니다』, 편성준, 2021

『비폭력대화』, 마셜 B. 로젠버그, 2017

『아버지에게 갔었어』, 신경숙, 창비, 2021

『연중무휴의 사랑』, 임지은, 사이드웨이, 2021

『짜장면』, 정명섭·은상·조동신·강지영·장아미, 북오션, 2021

『전략가, 잡초』, 이나가키 히데히로, 더숲, 2021

『죽은 자의 집 청소』, 김완, 김영사, 2020

『창가의 토토』, 구로야나기 테츠코, 김영사, 2020

『춥고 더운 우리 집』, 공선옥, 한겨레출판, 2021

『콩이나 쪼매 심고 놀지머』, 칠곡 할머니들, 삶이보이는창, 2016

『푸우야, 그래도 난 네가 좋아』, 앨런 알렉산더 밀른, 길벗어린이, 1996

유쾌한 랄라 씨. 엉뚱한 네가 좋아

그림책

『강아지똥』, 권정생, 길벗어린이, 1996

『꼭꼭 숨어라』, 지정관, 북뱅크, 2018

『넉 점 반』, 윤석중, 창비, 2004

『노란 우산』, 류재수, 보림, 2007

『달라도 친구』, 허은미, 웅진주니어, 2019

『민들레는 민들레』, 김장성, 이야기꽃, 2014

『영종도 아기장수』, 한태희, 한림출판사, 2019

『이상한 나라의 앨리스』, 이수지, 비룡소, 2015

『착해야 하나요?』, 로렌 차일드, 책읽는곰, 2021

『충치 도깨비 달달이와 콤콤이』, 안나 러셀만, 현암사, 1994

『프레드릭』, 레오 리오니, 시공주니어, 2013

『훨훨 간다』, 권정생, 국민서관, 2003

영화, TV시리즈

<말괄량이 삐삐-TV시리즈>, 올 헬봄, 1969

<미나리>, 정이삭, 2020

<방랑자>, 아녜스 바르다, 1985

<왕십리 김종분>, 김진열, 2021

<콩나물>, 윤가은, 2013

<플로리다 프로젝트>, 션 베이커, 2018

유쾌한 탈라 씨,
엉뚱한 네가 좋아

2021년 11월 1일   **초판 1쇄 인쇄**
2021년 11월 9일   **초판 1쇄 발행**

지은이   이은미
삽화   박예지
편집   이재필
디자인   블랙페퍼디자인

펴낸이   이재필
펴낸곳   움직이는 책
            등록 2021년 6월 15일 제 2021-000054호
            주소 (02717) 서울특별시 성북구 보국문로 18가길 52, 302호 (정릉동)
            전화 010-2290-4973   팩스 0508-932-4973
            전자우편 moving_book@naver.com
인쇄   (주)길훈C&P
도서유통 총판   (주)자유서적
            전화 031-955-3522   팩스 032-955-3520

ISBN   979-11-976327-0-9 03810